A infância recuperada

Fernando Savater

A infância recuperada

Tradução
MICHELLE CANELAS

Preparação do original
SILVANA VIEIRA

Martins Fontes
São Paulo 2001

Esta obra foi publicada originalmente em espanhol com o título
LA INFANCIA RECUPERADA.
Copyright © Fernando Savater, 1976.
Copyright © 2001, Livraria Martins Fontes Editora Ltda.,
São Paulo, para a presente edição.

1ª edição
abril de 2001

Tradução
MICHELLE CANELAS

Preparação do original
Silvana Vieira
Revisão gráfica
Célia Regina Camargo
Ana Maria de Oliveira Mendes Barbosa
Produção gráfica
Geraldo Alves
Paginação/Fotolitos
Studio 3 Desenvolvimento Editorial

Dados Internacionais de Catalogação na Publicação (CIP)
(Câmara Brasileira do Livro, SP, Brasil)

Savater, Fernando
A infância recuperada / Fernando Savater ; tradução Michelle Canelas ; preparação do original Silvana Vieira. – São Paulo : Martins Fontes, 2001.

Título original: La infancia recuperada.
Bibliografia.
ISBN 85-336-1404-7

1. Arte de contar histórias 2. Ficção – História e crítica I. Título.

01-1120   CDD-809.3

Índices para catálogo sistemático:
1. Ficção : História e crítica   809.3

Todos os direitos desta edição para o Brasil reservados à
Livraria Martins Fontes Editora Ltda.
Rua Conselheiro Ramalho, 330/340
01325-000 São Paulo SP Brasil
Tel. (11) 239-3677 Fax (11) 3105-6867
e-mail: info@martinsfontes.com
http://www.martinsfontes.com

Índice

Dez anos depois	11
Prólogo	17
I. A evasão do narrador	21
II. Um tesouro de ambigüidade	47
III. A viagem até as profundezas	59
IV. O triunfo dos proscritos	73
V. A terra dos dragões	89
VI. O pirata de Mompracém	99
VII. Os habitantes das estrelas	111
VIII. À espreita do tigre	125
IX. A peregrinação incessante	133
X. Na companhia das fadas	143
XI. Forasteiro em Sacramento	159
XII. O significado do terror	169
XIII. O assassino perfeito	181
XIV. Borges: duplo contra simples	197
Epílogo	209
Apêndice: Robinson ou a solidão laboriosa	215
Despedida	223
Guia biobibliográfico dos principais autores mencionados	225

*Para meu filho Amador Julián,
de quem sou a sentinela dos contos.*

"A literatura é a infância enfim recuperada."

Georges BATAILLE

"– Sábio, não há nada escrito.
– Vire mais algumas folhas.
O rei virou mais páginas, e não demorou muito para que o veneno começasse a circular rapidamente por seu corpo, pois o livro estava envenenado. Então o rei estremeceu, deu um grito e disse:
– O veneno corre através de mim.
O sábio Dubã começou a recitar:
– Durante muito tempo foram juízes arbitrários, mas logo seus juízes se desvanecerão como se não houvessem existido. Se tivessem sido justos, teriam recebido tratamento justo, mas oprimiram as pessoas, e o destino os ultrajou com padecimentos e tribulações.
Ao amanhecer de um novo dia, a língua do destino lhes disse: 'Isto por aquilo.' E não há quem possa censurar a fatalidade.
Quando o sábio Dubã acabou de falar, o rei caiu morto."

As mil e uma noites

Dez anos depois

"Não penseis que o destino seja outra coisa senão a plenitude da infância."

(R. M. RILKE)

Lembro-me muito bem de quando tive, pela primeira vez, a idéia de compor este livro. Foi durante um verão de há doze anos, e eu tomava banho na praia de Almuñécar. Havia nadado bastante mar adentro, em todo caso mais do que costumo permitir-me em águas não familiares (para mim, só as águas da Concha de San Sebastián são familiares), quando me assustei com a passagem, demasiadamente próxima, de uma lancha a motor com seu correspondente esquiador na rabeira. Decidi voltar e virei-me para a praia em rápido mergulho oblíquo. Ao tirar de novo a cabeça para fora da superfície, o sol ricocheteava esplendidamente sobre o azul enrugado e sem turvamentos, e a orla parecia felizmente inalcançável: considerei-me já para sempre parte do mar. Sentia-me embalado, venturoso, desfeito, e então soube que já antes – não antes daquele momento preciso, que ainda estava dentro da minha vida, mas *antes de ser eu* – havia gozado com idêntica fruição da perdição nas águas. Foi um atavismo vívido, tão claro e irrefutável como o movimento reflexo de proteger o rosto com a mão quando nos atiram um objeto. Continuei nadando e, muito lenta e suavemente, a sensação de simpatia primígena foi-se desvanecendo. Lembrei-me então de certa teoria exposta por Jack London no começo de seu emocionante *Antes de Adão*, segundo a qual a sensação de queda que às vezes temos no brumoso limite entre sono e vigília corresponde à memória atávica dos tempos em que nossos ancestrais arborícolas desabavam de grandes alturas. Nós descendemos, explicita London, daqueles que

11

conseguiram *agarrar-se* a tempo em algum ramo antes de estatelar-se no chão; os outros tiveram trajetória descendente, isso sim, mas não tiveram descendentes... Essa hipótese não me parece mais divagante que algumas outras sobre esses mesmos assuntos, e que receberam a aprovação da ciência oficial.

E assim, nadando preguiçosamente para a praia e lembrando-me de meu querido Jack London, concebi escrever um livro sobre as melhores narrações que houvesse lido na vida. Até mesmo guardei de cabeça alguns capítulos imprescindíveis: *A ilha do tesouro*, *Andarilho das estrelas*, do próprio Jack London; *A guerra dos mundos*, *O mundo perdido*... Outros que então me pareceram atraentes terminaram relegados na prática a simples menções incidentais, como Kipling ou Tarzan. Em conjunto, todo o essencial brotou daquela travessia por águas de Almuñécar, embora eu tenha demorado mais de um ano para começar a escrever. É esse meu modo de proceder, que, contrariando os que confundem "rapidez de execução" com "facilidade", é muito elaborado; sempre tenho na cabeça o plano de pelo menos uns dois livros de natureza muito diferente que eu gostaria de escrever e para os quais vou acumulando materiais interiormente: depois, quando por fim acredito estarem maduros e passo a redigi-los, escrevo de forma contínua e rápida. Minha escritura é *intensa* e por isso enfastia menos que a de outros, e preciso gravá-la de jato ou desistir. Mas no texto sou qualquer coisa, menos improvisador, o que na fala sou quase sempre. Voltando ao que dizia antes, quase tudo surgiu daquele exercício natatório, exceto o título: este, como tantas outras coisas boas e más da minha vida, devo-o a Lourdes Ortiz. Um dia, Jaime Gil de Biedma me repreendia amigavelmente por não ter dado a este livro o nome de "*A infância recobrada*", em vez de "*recuperada*", e argumentava seu protesto. Eu me defendi como soube, mas a verdadeira razão do título é que ele parte da citação de Bataille, que o encabeça, tomada da tradução castelhana de *A literatura e o mal*, feita por Lourdes antes de nos conhecermos. Ali ela pôs "recuperada", e "recuperada" pus eu. A seguir nos conhecemos e nos desconhecemos, velha catástrofe do mundo. Mas hoje essa palavra promissora e irônica, "recuperada", e sua alternativa óbvia, "recobrada", significam já para mim tão-somente perda. Evidentemente, pouco depois de publicar este livro fiquei sabendo que Graham Greene tem um breve ensaio sobre suas leituras juvenis favoritas, que ele intitulou precisamente assim, *A infância perdida*. Como advertiu Borges com acerto, "algo que certamente não se designa com a palavra acaso / rege essas coisas". Desde o começo houve certos mal-entendidos em torno deste livro, aos quais talvez se deva parte de seu êxito, se – como garante Cioran – o próprio êxito não é mais que um mal-entendido. Em primeiro lugar, talvez por indução do título, houve quem supusesse que se tratava de contos infantis: recuperar a infância consistiria em reler as coisas que nos deslumbravam quando crianças. Pois bem, não é isso de modo algum, ou pelo menos não é isso primordialmente. Sobre contos propriamente infantis – ou seja, os que são dirigidos a um público até oito ou nove anos –, nenhum comentário é feito nestas páginas; e não – é bom que se diga – por serem tema indigno de menção. Aqui falamos de *narrações*, no sentido por mim estabelecido no longo capítulo introdutório, e estas podem – e devem – ser lidas em qualquer época da vida, embora, por suas características intrínsecas, costumem ser mais desfrutadas na adolescência e na primeira juventude. O espírito que anima esse tipo de narração nos é imprescindível por razões não estritamente literárias ou, se preferirmos, não só estéticas mas acima de tudo éticas. Poderíamos condensar isso nos seguintes versos do *Poema a Colombo* de Nietzsche: "Ali eu *quero*; e confio doravante em mim e em minha mão. O mar está aberto, rumo ao azul meu genovês impele a nave." Quando Bataille falou da literatura como infância por fim recuperada (e num livro que tratava, não nos esqueçamos, de autores malditos) não se referia certamente a historietas suavemente pueris, mas sim à obra de ficção como experimento no qual corremos de novo um risco *fundacional*.

A referência marinha da citação de Nietzsche traz à baila um episódio que diz respeito a outro mal-entendido, este produzido por minha arbitrária e um tanto fantasiosa erudição. Quando estava sendo preparada a edição americana deste livro, a cargo da Columbia University Press, minha excelente e conscienciosa tradutora, Frances López Morillas, manteve comigo detalhada correspondência sobre a origem das diversas citações incluídas no texto. Reconheço que, nesse campo, minha memória é caprichosa, a documentação do que digo se me escapa com freqüência, e em não poucas ocasiões deixo-me levar pelo retoque, embora quase nunca pelo às vezes aconselhável apócrifo. Uma das citações que mais intrigaram Frances é a que epigrafa o capítulo dedicado ao livro *A ilha do tesouro*: "Meus olhos juvenis se extasiaram no mar infinito." Ela me confessou ter relido várias vezes a narração de Stevenson e não ter encontrado essas palavras em lugar algum. Nada mais lógico: provêm de um disco sobre a Ilha que eu ouvi mil vezes na infância e que, para mim, é tão autêntico quanto a prosa inesquecível do autor escocês. Com certo embaraço comuniquei a Frances a chave do modesto enigma, e ela, generosa mas inflexível, incluiu meu esclarecimento em nota de rodapé de sua tradução.

Outra confusão em torno desta obra teve como resultado ser ela tomada quase como um manifesto contra o romance psicológico ou experimental e como uma excludente reivindicação da literatura "em que acontecem coisas". Certos entusiastas me tomaram por paladino de uma campanha cujo resultado deveria ser o abandono de todas as produções nas quais não abundassem piratas, basiliscos e naves espaciais. Ainda agora às vezes vejo expressões de incredulidade ou decepção quando asseguro publicamente que Samuel Beckett e Vladimir Nabokov não têm leitor mais devoto que eu, isso sem me referir a Flaubert ou Tolstoi. Em nada sou menos segregacionista do que em literatura: ter bom estômago sempre me pareceu sinal de melhor saúde do que fazer regime, seja este de iguarias requintadas ou de "mistura" rústica. Meu livro vinha precisamente ressaltar que a ficção narrativa cumpre outras funções que não o incansável aprofundamento na introspecção ou a elaboração de formas expressivas, mas de nenhum modo pretendeu, ridiculamente, proscrever os legítimos prazeres destas. É delicioso explicar o próprio gosto e odioso convertê-lo em dogma inquisitorial. Por meu lado, nunca soube privar-me de nada. Neste mês de setembro de 85, em que escrevo estas linhas – alguém as lerá um dia e sorrirá melancolicamente diante dessa data –, estou relendo *Antes de Adão* de London, com que tudo começou, e outras das narrações pré-históricas de Edgar Rice Burroughs, *At the Earth's Core* e *Back to the Stone Age*, novela do ciclo de Pellucidar. Alterno essas jóias com gozosos retornos a *Ana Karenina* e a uma tradução metrificada da *Odisséia*.

A infância recuperada é um livro sobre livros: um livro sobre o amor pelos livros e sobre a força absorta de ler. Recentemente escrevi um opúsculo sobre aquilo que é, para mim, o conteúdo da felicidade (*El contenido de la felicidad*, Ed. El País/Aguilar), e nele estudo a meu modo esse projeto ético no qual se estriba o que o homem quer de verdade. Não obstante, sei muito bem que o conteúdo de *minha* felicidade está exposto em *A infância recuperada*. E tampouco ignoro que assim supuseram de uma vez por todas aqueles que souberam e quiseram ler-me.

San Sebastián, 2 de setembro de 1985.

Prólogo

Este é um livro deliberadamente subjetivo, no qual o subjetivismo foi utilizado como método e não só como causa ou mero adorno. O objetivo pretendido não é, de modo algum, realizar um estudo científico sobre textos literários, desses que tanto entusiasmam aqueles que se sentem fascinados pela frivolidade mais aparatosa. A ignorância me protege – embora não tanto quanto gostaria – da lingüística, da semiologia, da estilística, da informática ou da sociometria. Aqui não há diagramas, e serão bem-vindos todos os que não souberem geometria. Quem se interessar prioritariamente pelo significante e pelo significado, pela literalidade, pela enunciação e por conotações, chegou ao seu Deserto da Morte; deve retroceder, enquanto lhe restam forças para alcançar a gramática generativa mais próxima. Este livro assemelha-se mais a um volume de memórias e mais especificamente, visto que se trata de memória, de memória narrativa. Um livro de recordações, não um tratado científico, apenas um livro-*recordação*...

Ao leitor que ainda não abandonou, com enfado, estas páginas, provavelmente por inércia ou talvez apenas pelo desejo de tirar algum proveito do dinheiro que insensatamente investiu nelas, darei mais uma oportunidade de se libertar, e com razão, de tão supérflua leitura. Consulte o apêndice bibliográfico que se encontra no final deste volume; se não tiver nenhum apreço pelos autores ali indicados, ou se nem sequer os conhecer, se os arquétipos do seu cenário mítico não se relacionam minimamente com eles e se os considera apenas como modestos fazedores de bobas historinhas infantis, este livro não terá o *menor* interesse para você. Não se engane pensando que esta declaração do autor não passa de retórica de circunstância, e pode abandonar, com a consciência tranqüila, a sua leitura, tomando estas linhas como certificado de boa conduta literária, se assim o entender.

Entre os sobreviventes destes sucessivos crivos, adivinho ainda um entusiasta equivocado que fará bem em retirar-se logo a seguir. Esse sujeito concede que os autores aqui tratados podem ter algum interesse como *sintomas* e admitir leituras mais profundas que aquelas que costumam propiciar aos adolescentes arrebatados. Pertence, certamente, ao gênero dos degenerados que vão assistir aos filmes de Buster Keaton porque neles existem penetrantes sátiras do matriarcado americano, ou ao gênero dos que começaram a ler quadrinhos aos trinta anos para completar o seu estudo sobre a função repressiva dos meios de comunicação de massa. Seu luminar é um imbecil que, em certa ocasião, ao inteirar-se de que eu estava escrevendo sobre Stevenson, comentou em tom de aprovação: "Muito bem! Porque *A ilha do tesouro* é só um pretexto..." Fique claro, portanto, que esses narradores me agradam pelas mesmas razões que agradam às crianças, isto é, agradam-me porque contam histórias maravilhosas e não conheço melhor razão para ler um livro. Em literatura evito, sempre que posso, sociologias e psicanálises, para manter a saúde do meu fígado.

Os defensores da desmistificação também devem abster-se. Aqui só se desmistifica a necessidade compulsiva de desmistificar, paixão de indivíduos que ignoram o que é o mito – a Justiça ou a Igualdade são tão gloriosas e imprescindíveis como a Honra, a Nobreza ou o Valor –, e são necessários anos e anos para ser possível a criação livre, que se encontra hoje autenticamente vilipendiada. A desmistificação converteu-se em mecanismo de rebaixamento, absolutamente conformista no que se refere à mítica imagem dominante da sociedade racionalista e progressiva. Isto pouco tem a ver com denúncia dos *falsos lugares* onde se quer fazer aparecer o mito ou com o protesto por seu desvirtuamento em usos consoladores ou apologéticos da Morte, pois essa tarefa, crítica e ao mesmo tempo criativa, só pode ser levada a cabo a partir da plena assunção do confronto mítico com a própria Morte.

Desaparecidos os cientistas da literatura, os sintomatologistas e os desmistificadores, creio que já estamos entre amigos. Falta esclarecer o que se pretende realizar neste livro, uma vez que se recusam os enfoques mais consagrados da crítica e da dissecação de textos. Aqui procede-se apenas, e simplesmente, a uma *evocação*, uma espécie de conjetura literária. O que se evoca não é somente a repercussão escrita das grandes narrações, mas sim a disposição de espírito que as procura e usufrui, junto com a impressão gratificante que sua leitura deixa na memória. Para levar a cabo essa evocação parte-se metodicamente da subjetividade, como já disse, utilizando tudo o que a lisonjeia e inquieta, ou aquilo em que ela se reconhece: emprego citações (preferindo a versão da memória à corroborada após compulsar o texto) mas também pastiches mais ou menos declarados, anedotas pessoais ligadas indissoluvelmente à primeira epifania da narração ou paráfrases propositalmente caprichosas de alguns episódios memoráveis. Tenta-se assim reconstruir – evocar – o nível *ético* da narração, a sua importância primordial na aquisição de uma moral que não remeta acima de tudo à timorata correção dos costumes, mas ao que aludem as expressões "ter a moral elevada", "ter muita moral", isto é, a rebeldia perante a necessidade cega, perante o peso angustiante de circunstâncias desumanas, que parecem não deixar lugar para o humano, a coragem livre que se confronta com rotinas e mecanismos onde não se reconhece nem se consegue afirmar o predomínio do maravilhoso, do imortal. Essa é a disposição do marinheiro Joseph Conrad, que consegue vencer o pânico no meio de um tufão e alcança vigilante serenidade. "O longínquo murmúrio das trevas insinuou-se furtivamente ao seu ouvido. Notou-o, sem se comover, graças a esta fé súbita em si mesmo, como um homem protegido por uma cota de malha examinaria a ponta de uma lança."

Não segui nenhum critério confessável para a eleição das figuras evocadas. Gosto de todas que aqui estão, mas deixei de fora muitas outras que aprecio igualmente. Que desculpa tenho para omitir *Dick Turpin*, *Ivanhoé* ou *Os três mosqueteiros*? Rudyard Kipling ou James Oliver Curwood são mencionados de passagem, mas não contam com um capítulo especial. A exclusão de Tarzan, personagem indubitavelmente mais próximo do meu coração, pretende apoiar-se na existência de um estudo completo realizado por Francis Lacassin. Estou consciente da fragilidade desse pretexto.

Sei que a razão última dessas omissões é a preguiça; quero crer que também tiveram influência um vago temor de repetições e a recordação da advertência de Voltaire: "O segredo de ser enfadonho é dizer tudo." Talvez surpreenda, pelo contrário, a inclusão de algumas páginas sobre Borges, pois os seus admiráveis relatos são *conscientes* demais para ser considerados "narrações" no sentido aqui atribuído ao termo. Contudo, Borges pensou como poucos a função narrativa e é, sem dúvida, um dos leitores mais sensíveis e perspicazes que já existiram. No humor sempre pertinente dos seus comentários, aprendi a recordar e valorizar o que li, de tal modo que este livro deve a ele sua própria possibilidade. Esta obra seria demasiado incompleta se omitisse quem escreveu: "Toda literatura é simbólica; existem algumas poucas experiências fundamentais, e é indiferente que, para transmiti-las, o escritor recorra ao 'fantástico' ou ao 'real', a Macbeth ou a Raskolnikov, à invasão da Bélgica em agosto de 1914 ou a uma invasão de Marte."

Temo que, às vezes, a nostalgia do puro assombro com que li, pela primeira vez, os relatos aqui evocados me faça cair no excessivamente afirmativo, na facilidade do entusiasmo. Era inevitável. Tal como Merleau-Ponty, tampouco poderei curar-me da minha incomparável infância. De qualquer forma, por mais *perigoso* que teoricamente possa ser, quero manter-me fiel ao que me deu prazer. Muitos amigos me incentivaram a escrever este livro, que certamente irá frustrá-los: gostam tanto do vigoroso arroubo dos contos que nunca poderão contentar-se com esta pálida e laboriosa invocação. De qualquer forma quero apresentar-lhes minhas desculpas e, assim como Ezra Pound desculpou-se, no final dos seus *Cantos*, por ter tentado recriar o Paraíso, direi: "Amigos, será que um dia poderão perdoar-me pelo que fiz?"

San Sebastián, agosto de 1976.

Capítulo I
A evasão do narrador

Se eu soubesse contar uma boa história, certamente contaria. Como não sei, vou falar das melhores histórias que me contaram. O contador de histórias acaba sempre de chegar de uma longa viagem, onde conheceu maravilhas e terror. Tal como o inocente Enkidu viu sua existência silvestre perturbada pelo caçador com quem deparou diante da aguada, e que foi o primeiro ser humano que encontrou na vida. Diz o poema que "o medo fez ninho em suas entranhas, seu rosto era o de um homem que chega de muito longe"[1]. Assim, por trás do rosto do homem que chega de muito longe, espreita o sombrio fluir das histórias. Mas a viagem nem sempre permitiu ao viajante protagonizar a aventura; muitas vezes, ele teve de se contentar com ouvir a peripécia narrada pelos lábios de outro, sentado diante de uma caneca de cerveja na taberna cheia de gente e de fumaça, ou atento ao cochichar crispado dos lábios de um moribundo, cujos olhos começam a familiarizar-se com fantasmas. Talvez tenha lido a história assombrosa no manuscrito encontrado numa garrafa, ou naquele alfarrábio maldito que o livreiro se negava a vender. Não posso vangloriar-me de nada semelhante. Li as histórias de que vou falar em livros adquiridos simplesmente, por compra ou roubo, em estabelecimentos comuns e poeirentos... Não, minto; nada havia de mais prodigioso que aquela pequena loja da rua Fuenterrabía, em

---

1. *La epopeya de Gilgamesh*, versão de Augustí Bartra, Plaza y Janés, 1972, p. 30.

San Sebastián, que foi o centro do mundo quando eu tinha sete ou oito anos. Thomas de Quincey afirma que o boticário que lhe vendeu seus primeiros grãos de ópio era um anjo refulgente sob sua aparência vulgar e meio adormecida. Por que não haveria de pensar o mesmo de quem, um dia, pôs em minhas mãos um pequeno volume encadernado em couro vermelho – inquietante ambigüidade – que continha as aventuras de Sherlock Holmes? Ao fundo da loja, por trás do balcão, estava a coleção completa das obras de Salgari, com suas páginas de rosto decoradas com mapas orientais. Uma vez, no verão, entrou um velhinho de barbicha branca de bode para comprar romances policiais, que ele chamava de "pílulas para dormir"; então, a dona da loja disse-me num sussurro de veneração: "Esse é dom Jacinto de Benavente!" E eu, que naturalmente não tinha visto nem lido nenhuma obra de dom Jacinto (nem antes nem agora, verdade seja dita), senti um calafrio de admiração, porque sempre fui dócil à veneração dos grandes homens, e, com medo de que não haja nenhum ou de que acabem os poucos que há, estou disposto a reconhecer esse título até mesmo àqueles que, talvez, não o mereçam mais que qualquer outro. Nessa livraria comprei *Viagem ao centro da Terra*, numa edição moderna muito feia, sem ilustrações, mas que ainda hoje, quando a vejo, me faz sentir um nó na garganta, pelo perigo e pela emoção que ela encerra. E também os meus primeiros romances de James Oliver Curwood (*The Grisly King*, *Kazán*, *The Courage of Captain Plum*...) ou de Zane Grey. Não se assustem porque não vou contar minhas memórias. Só tento dizer, para que me escutem com mais carinho, que, embora de forma muito modesta, também venho de longe, como, de algum modo, podem afirmar todos os homens, levando em conta o tempo e as desditas. O que aqui inicio é uma crônica de uma viagem; afinal, também eu quero pensar que vou contar uma história.

 Porque o problema é que nem todos os que começam a contar-nos alguma coisa têm realmente uma história para contar. Quando descobri essa verdade simples, fiquei estupefato. Anos mais tarde revivi essa estupefação em meu irmão mais novo, quando, certo dia, ao pegar um ensaio filosófico que estava sobre minha mesa, perguntou-me: "Isto tem enredo?". Com imperdoável precipitação, respondi-lhe que não, e ele comentou: "É difícil então imaginar como isso pode ser um livro." Certamente tinha razão, e superar esse assombro inicial é a primeira dificuldade que se coloca a quem deseja ler filosofia. Todavia, se o filósofo realmente *conta*, isto é, se tem valor, o que conta é uma história. Em última instância, é mais fácil atribuir ao gênero narrativo um sistema filosófico que a muitos romances. A *Fenomenologia do espírito*, por exemplo, é a história por antonomásia, como também *A ciência nova*, de Vico, a *Teodicéia*, de Leibniz, e certamente a *Ética*, de Spinoza. O que varia é a forma de contar. O estatuto narrativo da filosofia resolve a perplexidade positivista, que a cada desenvolvimento especulativo pergunta: "E isto, quem disse?", a que o filósofo-narrador responde: "Bom, eu disse", mas formula essa resposta de forma mais exata – "escute não a mim, mas ao *logos*", que poderia converter-se na divisa do narrador. Mas esse meu primeiro assombro, a que me referi, o que constata a ausência de história, não foi produzido por textos filosóficos – não li nenhum ensaio até os dezessete, dezoito anos –, mas por romances, esses romances "sérios" que a minha mãe lia e que eu, de vez em quando, olhava às escondidas. Recordo que, por volta dos doze, treze anos, tinha um professor particular de latim, um rapaz que estudava Direito, com quem batia longos papos sobre o divino e o humano. O que ele dizia parecia-me sempre a última palavra sobre cada tema, porque ele me havia revelado o estranho segredo da sexualidade. A literatura era um dos nossos temas mais freqüentes, e um dia disse-lhe que o meu romance preferido, "o melhor livro que já li", era *Moby Dick*, e perguntei-lhe qual era seu livro predileto. Falou-me com entusiasmo dos *Los cipreses creen en Dios*, de Gironella, que acabava de ser publicado. Pareceu-me completamente ridículo comparar aquele livreco de título simplório e enredo irrelevante com a epopéia do *Pequod*, mas ele, sorrindo benevolente perante meus poucos anos, disse-me que, quando crescesse, pensaria de modo diferente. Não me recordo de alguma vez ter estado tão seguro acerca de algo, de que o passar do tempo jamais me faria preferir Gironella a Melville, e naquele dia a estrela do meu preceptor começou a declinar na minha estima. Constato, com satisfação, que aquele meu critério permanece inalterado, ainda que hoje conheça um pouco mais da literatura preferida por meu mestre. Se então tivesse que explicar o meu veredito, teria dito algo parecido com isto, que no livro de Gironella nada acontece, não se conta nada interessante em comparação com a extraordinária história de Ahab e sua baleia. Todavia, não é fácil sustentar essa opinião, sobretudo se substituirmos *Los cipreses creen en Dios* por uma obra de maior expressão literária, porém não menos carente de história, como, por exemplo, *Em busca do tempo perdido*. Gironella – ou Proust – também conta algo, inclusive mais útil, de caráter mais elevado e sério que a pesca de uma baleia. Acontece que eu chamava – e chamo – de ausência de história uma história que não entendo. Isso requer, provavelmente, uma análise mais minuciosa.

Numa primeira abordagem, chamo de história esses temas de que as crianças gostam, o mar, as peripécias de caça, as reações de astúcia ou energia suscitadas pelo perigo, a audácia física, a lealdade aos amigos ou ao compromisso assumido, a proteção dos fracos, a curiosidade disposta a arriscar a vida para encontrar satisfação, o gosto pelo maravilhoso e o fascínio pelo terrível, a fraternidade com os animais... Suponho que isso seja romantismo retardado ou, como diria um sociólogo em seu jargão petulante, exaltação das virtudes individualistas e rapaces da época feudal, recriadas pelo escapismo pequeno-burguês. Deve haver algo assim, naturalmente, já que assim garantem os especialistas. Trata-se, sem dúvida, de uma intenção desesperada de recuperar o reino do pré-convencional ou, se preferirem, das convenções primárias, perante este mundo das "convenções secundárias" em torno das quais giram os romances sem história. Chamo de "convenções secundárias", para continuar com a sociologia de última hora, aquelas que nascem da implantação do domínio da burguesia e que têm o seu melhor expoente, em termos de enredo, nos romances de Flaubert ou de Stendhal – adultério, medo econômico, adaptação ou inadaptação ao meio social, problemas religiosos, triunfo da honradez e da laboriosidade, ou derrota de ambas por injustiça, perplexidades psicológicas de todos os matizes, marcas da miséria ou da corrupção viciosa...* Nosso século

---

* Depois de terminado este capítulo, encontro em Schopenhauer a seguinte anotação, que, apesar de suas diferenças óbvias, creio que se refere fundamentalmente à distinção antes estabelecida entre convenções primárias e secundárias, ainda que Schopenhauer só considere propriamente convencionais as segundas: "A diferença, tão discutida nos nossos dias, entre poesia clássica e poesia romântica

conserva idêntica problemática, com ênfase, se quiserem, nos confrontos políticos e no experimentalismo em matéria sexual. As "histórias", no sentido antes mencionado, degradaram-se, desceram ao nível da subliteratura, considerada como apta, unicamente, ao consumo de adolescentes sonhadores e adultos com poucas pretensões culturais. Naturalmente, não pretendo fingir desinteresse nem menosprezo por essa literatura sem história que o gosto do tempo consagra, e por isso me apressei a substituir Gironella por Flaubert ou Proust, para que não restem dúvidas quanto ao apreço que merece – de mim, como de qualquer pessoa – o gênero mais cultivado dos últimos duzentos anos. Todavia, e essa é a minha "pequena diferença", continuo firmemente fiel ao mundo narrativo da infância, às histórias que alicerçaram os objetos primários da minha subjetividade. Não creio que minha sensibilidade a esse respeito seja, de modo algum, exclusiva. Como prova, vejam o que Michael Innes põe na boca de um personagem do seu excelente romance policial *A vingança de Hamlet*!: "Vejo a diferença na minha própria vida de vigília e de sonho. Consagro as minhas vigílias à literatura imaginativa, uma literatura cujo principal interesse são os valores. Mas os meus sonhos, tais como o melodrama, estão muito pouco interessados nos valores. O supremo interesse está ali no âmbito das unhas e dos dentes. Ataque e fuga, caçada, emboscadas, ardis. E, durante todo o tempo, a consciência da ação física, de massas materiais dispostas como para um duelo. E, certamente, o constante sentido de obscuridade e mistério que envolve os sonhos."[2] Creio que Innes entende aqui por valores o que antes designei por "convenções secundárias", porque, como veremos a seguir, as histórias puras não deixam de interessar-se

---

consiste em que a poesia clássica não admite outros móbiles para as ações humanas além dos verdadeiros, naturais e puramente humanos, enquanto a poesia romântica admite também como reais certos motivos artificiosos, imaginários e convencionais. A esta categoria pertencem os móbiles derivados do mito cristão, os que procedem do princípio fantasmagórico e extravagante da honra cavalheiresca e, além disso, os móbiles dominantes, principalmente, nos povos germano-cristãos, que se fundem no culto néscio e ridículo da mulher, assim como os extraídos das divagações lunáticas de um amor metafísico." (*O mundo como vontade e como representação*, III, apend. XXXVII.)

2. Innes, Michael¡, *Hamlet, venganza!*, Alianza-Emecé, 1974, p. 45.

por certo tipo de valores, muito pelo contrário. A alusão ao âmbito onírico parece-me particularmente relevante para distinguir as narrações fundacionais de que trato aqui. De certo modo, as histórias derrubam o muro convencional da cotidianidade e fazem estender-se perante o leitor, como diz Lovecraft num de seus sonetos, "o mundo terrível dos meus sonhos". Para superar este nível elementar de descrição, quero subir aos ombros de um dos leitores mais sagazes de nossa época, Walter Benjamim. Sobre os temas que laboriosamente tentei aqui esboçar, tem Benjamim um breve ensaio, simplesmente esplêndido. Tomarei a liberdade de parafraseá-lo longamente, pois seu discernimento virá em socorro da minha falta de jeito e irá nos poupar tentativas infelizes e digressões inoportunas. O breve ensaio em questão tem por título *O narrador*[3]. Benjamim entende por narração mais ou menos o que eu designei aqui por "história", em contraposição ao gênero burguês do romance. No começo de seu estudo, situa-se esta descrição memorável: "Entre aqueles que colocaram histórias por escrito, os maiores são os que, no seu relato, se afastam o menos possível daquilo que tantos outros lhes contaram anonimamente." Aqui se sublinha a relação essencial da narração com a memória, ou melhor, com as formas consolidadas na memória, em comparação com o romance, que é em grande medida invenção, ou, o que vem a ser o mesmo: inovação. O narrador fala de algo que ele não tem direito de mudar substancialmente segundo seu arbítrio; o único direito que o romancista tem para falar do que fala é a fidelidade às modificações que seu arbítrio impõe à narrativa. O narrador transmite, mas não inventa. E o que transmite? A experiência que vai de boca em boca, disse Benjamim, e eu diria que transmite aos homens a *esperança* nas suas próprias possibilidades. Como já se disse, só há esperança nas recordações. Ali estão as vitórias e a lição dos fracassos, a superação do que parecia impossível, a intervenção favorável ou desfavorável dos deuses, o aniquilamento de todos os tiranos, os recursos da astúcia e da coragem... O narrador deve manter viva a chama mais improvável, a da esperança, e por isso não pode alterar

---

3. Benjamim, Walter, *El narrador*, na excelente tradução de Jesús Aguirre, *in Revista de Occidente*, nº 119, 1973.

a seu bel-prazer a mensagem que outros fizeram chegar a ele. Não se pode brincar com a esperança, ainda que só a esperança permita brincar livremente. Não há tarefa mais imprópria ao narrador que a *desmistificação*, que é precisamente a tarefa primordial do romancista moderno... inclusive dos que hoje desmistificam a desmistificação, para, em vez de se aproximarem da narração trivial, sobreporem novas etapas que os afastam definitivamente dela. Por isso, por ser esperançada e esperançosa, a narração é irremediavelmente *ingênua*. Mas sua ingenuidade é fundamentalmente etimológica; vem daquele *ingenuus* latino que, segundo Corominas, significa "nobre, generoso" e, mais propriamente, "nascido livre". Como livremente nascem e livremente se transmitem os contos na nobre e generosa tarefa de narrar.

Benjamim assinala mais adiante que "um traço característico de muitos narradores natos é a orientação para o interesse prático". E um pouco mais adiante: "Tudo o que indica a natureza de uma verdadeira narração. Esta leva consigo, disfarçada ou abertamente, uma utilidade. A utilidade consistirá, por vezes, numa moral, outras vezes, numa indicação prática, num provérbio ou numa regra de vida; mas, em qualquer caso, o narrador é sempre alguém que dá um conselho a quem o escuta." O interesse prático e o conselho sapiencial fazem parte do caráter essencialmente esperançoso da narração. O narrador inclui seu ouvinte no próprio relato, na qualidade de futuro protagonista, e adverte-o para os perigos que, só pelo fato de ouvir, ele já começa a correr. O que é agradável na crônica de aventura é senti-la como prólogo e iniciação da nossa própria aventura. Daí o interesse pelos detalhes práticos, cuja utilidade pode ser muito preciosa para nós. Para assinalar esse caráter preparatório da narração, muitas histórias começam com um relato que põe os protagonistas a caminho e, ao mesmo tempo, dá-lhes conselhos que irão salvá-los de futuras ciladas. A sinistra epopéia que o velho Bill conta a Jim Hawkins, narrando as peripécias do tesouro de Flint e prevenindo-o contra o marinheiro de uma perna só, ou o relato do moribundo que inicia a singular aventura de *As minas do rei Salomão*, transcrita "modesta e exatamente" por Allan Quatermain, ou o mapa e os sinais na rocha que o desaparecido Arne Saknussen deixa atrás de si para estimular e guiar os viajantes ao centro da

Terra... Os narradores contam sua história como se seus ouvintes se dispusessem a partir. Daí as descrições científicas de Júlio Verne ou Emílio Salgari, que recomendam as propriedades medicinais de tal fruto ou previnem contra a ameaça de tal tribo canibal, como se o leitor fosse passar por transes idênticos aos do protagonista de suas histórias no dia seguinte à leitura. Alguns relatos de Salgari parecem uma espécie de *Guide Bleu* para uso de aventureiros do Indostão ou do Mato Grosso. Naturalmente, a capacidade de dar conselhos depende da validade da própria experiência do narrador ou de sua apurada fidelidade à memória que conserva o que ele transmite. Se já ninguém confiar em suas experiências e o fatigado ceticismo abalar os fundamentos da memória, o conselho converte-se em petulante zombaria ou na chave do desespero. Assim, D. Quixote é atraiçoado pela experiência acumulada de todas as suas leituras, que não só não o ajudam em nenhum apuro, mas ainda contribuem decisivamente para sua perdição. O romance moderno nasce para contar o dissabor do homem atraiçoado por todas as histórias, pela própria memória. O que se degrada é a própria verdade, e por isso já nenhum conselho é seguro. "O conselho, entretecido na entretela da vida, é sabedoria. A arte de narrar aproxima-se do fim, porque está próxima a extinção do lado épico da verdade, a sabedoria." O outro lado da verdade é a ciência, que não aconselha, mas legisla, e que contribuiu para apagar o enérgico traço moral que a experiência vivida guardava na lição do conto. Da sabedoria conquistada passa-se à informação adquirida.

Entre os diversos aspectos que substanciam a distinção entre narração e romance, Benjamim assinala: "O romance distingue-se da narração (e do épico em sentido estrito) pelo fato de estar essencialmente referido ao livro." Na narração, conserva-se sempre a presença daquele que se aproxima da luz da fogueira e do círculo ávido de seus ouvintes; mais do que uma metáfora, isso alude à possibilidade de que a narração sempre seja lida em voz alta, e, a rigor, não há outro modo de lê-la. No romance, o livro é um esconderijo e lugar de recolhimento; uma solidão procurou aninhar-se no silêncio inviolável de suas páginas. Não se pode contar, de fato, oralmente, o conteúdo de um romance, ao passo que toda narração, ainda que lida, está de fato sendo contada oralmente. Assinalo que nesse aspecto a filosofia também pende para o lado da narração, pois também pertence ao lado épico da verdade. A relação oposta que o romance e a narração têm com o livro enraíza-se na origem mesma de ambos. "O narrador tira o que narra da experiência; da experiência própria ou da que lhe foi relatada. E, por sua vez, converte-a em experiência dos que escutam sua história. O romancista, pelo contrário, mantém-se à parte. O local de nascimento do romance é o indivíduo na sua solidão, incapaz já de expressar-se exemplarmente sobre seus desejos mais importantes, sem conselho para si mesmo e sem poder oferecer nenhum." A narração, para ocorrer, exige uma comunidade, ainda que seja a comunidade súbita e inesperada que a piedade, por um lado, e a desdita, por outro, criam entre o náufrago e aquele que o recolhe na praia. O romancista, por sua vez, entoa mais o lamento pela comunidade perdida. É possível que a narração tenha por tema a solidão, mas, a partir do momento em que começa a ser contada, a solidão é abolida, e não só no instante fugaz que dura o relato, como também no futuro prometido pela própria possibilidade de narrar. O romance mantém, na sua presente solidão, o hábito narrativo que um dia a desmentiu, tal como o filósofo cínico continuava a falar imperturbável após ter sido abandonado por seu interlocutor ocasional.

Por outro lado, é preciso também distinguir claramente a narração da exposição informativa, da qual poderia aproximar-se por seu gosto pelo detalhe prático. O primado da informação, em nossos dias, contribuiu decisivamente para que a arte de narrar se tornasse rara. Em primeiro lugar, impõe uma verossimilhança abstrata de verificação imediata que nada tem a ver com a plausibilidade narrativa: "Enquanto a narração dava crédito, de bom grado, aos prodígios, para a informação é imprescindível soar plausível. E assim ela se torna incompatível com o espírito da narração." O objetivo do conto inclui sempre uma ampliação mais ou menos generosa do âmbito das expectativas habituais, enquanto a informação tende, em princípio, a confirmar que nossa concepção do possível é adequada. No país remoto, para o homem justo, para o mago poderoso ou para o amigo dos deuses, a necessidade suspende suas leis na narração, abrindo-se por essa via uma fissura na necessidade do necessário; a informação resigna-se, de antemão, ao acatamento das leis necessárias. Desse modo, a narração estabelece em cada caso sua própria lei como a mais elevada, enquanto a informação é a voz mesma da lei a confirmar-se em cada incidência. Como a essência daquilo de que a informação dá conta é sempre idêntica, a necessidade da lei, a pura novidade incidental, é a substância que em cada caso pretende-se transmitir, e nada mais resta além dela, salvo a própria lei. "A informação tem sua recompensa unicamente no instante em que é nova. Vive só nele e a ele tem de entregar-se por inteiro, explicando-se sem perder tempo. A narração é outra coisa, não se dissipa. Guarda sua força cuidadosamente e durante longo tempo mantém sua capacidade de desenvolvimento." A explicação é consubstancial à informação e contribui para aparar as arestas que o sucedido parece apresentar na hora de sua acomodação à lei. A novidade da notícia comporta sempre um relativo ar de prodígio, que a explicação concomitante contribui suavemente para desvanecer. Isso não ocorre na narração: "Quase metade da arte de narrar consiste em manter livre de explicações a história que se reproduz (...). Narra o extraordinário e o maravilhoso com a maior das exatidões, mas não oprime o leitor com o contexto psicológico do sucedido. O leitor fica livre para dispor as coisas tal como as entende, com o que o narrado recupera uma amplitude de vibrações que falta à informação." Aqui radica também a essencial *ambigüidade* de toda a narração, que teremos ocasião de exemplificar amplamente quando falarmos sobre *A ilha do tesouro*. Por duas razões fundamentais a verdadeira narração é sempre ambígua: porque nenhuma lei necessária esgota a inexplicável concreção de seus perfis e porque ela só se completa efetivamente na intimidade do ouvinte que a aceita, tal como a metade do anel e o fragmento de mapa só ganham sentido na presença de quem trouxer a parte que lhes falta. Por isso o narrador foge da análise psicológica como o diabo da cruz, análise na qual o romance encontra, com freqüência, pasto abundante. O romance psicológico aceita de bom grado o fato de que a intimidade está sujeita a uma lei necessária, mas não consegue encontrá-la nunca; sua empresa reúne os inconvenientes da rigidez a que se aspira e da desarticulação que se obtém. Borges expressou isso com graça: "O romance caracteristicamente 'psicológico' tende a ser informe. Os russos e seus discípulos demonstraram à saciedade que nada é impossível: suicidas por felicidade, assassinos por benevolência, pessoas que se adoram a ponto de se separarem para sempre, delatores por fervor ou por humildade... Essa liberdade plena equivale à plena desordem."[4] O curioso é que aqui a desordem é provocada pela pretensão desordenada de rigor. Na realidade, a intimidade está completamente ausente da psicologia, precisamente porque tudo a que se aspira é enjaulá-la. Por isso Benjamim afirma que "não há nada que recomende um relato à memória, com tanta insistência, quanto essa casta concisão que o subtrai à análise psicológica." Quando antes falei da comunidade em que se dá a narração, comparada à solidão em que se realiza o romance, poderia ter aludido à relação dessas duas condições díspares com a *memória*. "Raramente nos damos conta de que a relação crédula do ouvinte com o narrador é dominada pelo interesse de reter o narrado. O ponto cardeal para o ouvinte sem preconceitos é assegurar-se da possibilidade da repetição. A faculdade épica por excelência é a memória. Só graças a uma vasta memória pode a épica apropriar-se, por um lado, do curso das coisas e, por outro, fazer as pazes com seu desaparecimento, com o império da morte." O romance, por sua vez, é irrepetível; seiva destilada na entrega à peculiaridade pura, sua privacidade masturbatória não consente nessa condição de paradigma a que a memória se aferra para garantir a repetição. É específico da narração supor que cada homem se parece mais com todos os outros homens do que com o impreciso e vago fantasma que chamamos de "ele mesmo". Essa concepção não faz desaparecer a peculiaridade individual, pois todos os homens se parecem, precisamente, por serem individualmente peculiares; mas garante a transmissibilidade da experiência e a validade geral do fundamento das coisas, que de outro modo se detém na pura inovação que invalida todo o passado e compromete todo o futuro. O que está mais de acordo com a angústia de nossa sensibilidade atual, pelo que as expectativas da narração nos são cada vez mais alheias, quando não suspeitas. Nessa repetição pela qual se luta, o que se pretende trazer de volta? O poder despótico dos senhores feudais, o obscurantismo de magos e

---

4. "Prólogo", em J. L. Borges, *La invención de Morel*, Alianza-Emecé, 1972, pp. 9-10.

bispos, as épocas em que a clava e a espada eram a única garantia de sobrevivência? Isso só aconteceria se quiséssemos ler a repetição com as regras distorcidas de nosso tempo linear; então, o que ameaça voltar é o que maior pavor nos inspira, a história, cujo retorno converteria nossos esforços mais ou menos baldados rumo ao "progresso" na penosa encosta que Sísifo está sempre a subir, sem proveito e sem repouso. Mas a repetição que a narração busca inscreve-se no tempo cíclico dos mitos; o que volta não é a história, mas a poesia, a criação. O que regressa na narração são os pilares de nossa condição humana: o encontro com o mar e o bosque, nossa definição perante o animal, a iniciação do adolescente no amor e na guerra, o triunfo da astúcia sobre a força, a reinvenção da solidariedade, os méritos da audácia e da piedade. E também as marcas da passagem do tempo, a separação dos entes queridos, a exploração e a usura, a senilidade desfalecida, a morte. A repetição, a que Kierkegaard dedicou suas páginas mais fervorosas, é a plena restituição do que existiu, a restauração intacta das forças gastas no combate perdido ou ganho, a reconstrução do mundo, a abolição do irremediável. Narrar é a possibilidade de reinventar a realidade, de recuperar as possibilidades perante o difícil ou adverso. Quando perde sua força regeneradora, diretamente conectada com essa esperança substantiva de que já falamos, a narração estiola. A decadência da narração é um dos incontáveis sintomas atuais da decadência geral da memória, de que alguns dos aspectos mais evidentes são a depauperação dos estudos de línguas clássicas ou das disciplinas históricas nos cursos de segundo grau.

    Continuemos avançando até o cerne da narração, atrás dos sinais desse W. B. que desempenha o papel de Arne Saknussen. Advirto que estamos já muito próximos da zona mais profunda dessa investigação. Também aqui, no final de nosso *descensus ad inferos*, encontramos a mesma oposição com o romance que nos acompanhou ao longo de toda a viagem. O romance constitui-se em torno da dissociação entre a vida e o seu sentido, entre o temporal e o essencial, como assinala Luckács. A reconciliação de ambos os extremos, ou sua parada no inconciliável, só pode ser alcançada na intenção globalizadora de toda a peculiaridade que o romancista se propõe. "De fato, 'o sentido da vida' é o centro ao redor do qual se move o romance. Perguntar por ele é mais do que expressar liminarmente a perplexidade com que o leitor se vê instalado nessa vida escrita. De um lado, 'sentido da vida', de outro, 'moral da história' – com essas duas ordens se confrontam o romance e a narração, e nelas cabe decifrar o *status* histórico completamente diverso das duas formas artísticas." Creio que já terão entendido o que se quer dizer quando se fala do sentido da vida: alude-se à oposição escandalosa entre a interioridade do sujeito e a perseguição a que ele é submetido pelo mundo exterior, juntamente com a vaga exigência – tantas vezes frustrada – de uma perspectiva, lá no extremo do *stream of life*, que opere uma harmonização suficiente. Mas falar de "moral da história" aplicada à narração não é algo precisamente óbvio e requer uma elucidação. Não disse Michael Innes, por acaso, que a história não tem nada a ver com os valores? Ora, nem os romances de capa e espada, nem sequer os sonhos, estão carentes de valoração. Mais ainda, é dos momentos de plena eleição valorativa, do confronto, triunfo e derrota de tendências, que brota a hierarquização dos valores. Ali se enfrentam os encantos da astúcia contra os da nobreza, as exigências da força e da piedade, a exaltação do companheirismo e o enérgico tônico da solidão. No momento vigoroso e ambíguo que a narração relata, assistimos à origem genealógica da moral. Mas não do moralismo, e este é o ponto crucial. Na narração, tudo acaba bem para o herói, isto é, para aquele que *seleciona* seus gestos com mais integridade e delicadeza; para ele, força e vitória; até mesmo quando é derrotado e aniquilado, como acontece com Sandokan, que no final de sua saga, na coberta de *O rei do mar*, converte sua derrota num triunfo poético que vale mais que a preponderância de seus inimigos. Do mesmo modo, nos seus adversários são indiscerníveis o mal, a debilidade e a derrota. Na narração, os valores *valem* realmente, não se impõem em nome de nenhuma exigência exterior. Ninguém moraliza, apenas se realizam gestos morais. O leitor sabe que nada de mau pode acontecer ao protagonista, *mesmo que chegue a perecer*. Algumas pessoas vêem aqui um sinal de irrisória ingenuidade, mas isto não é verdade. Nobre e generosa ingenuidade, nascida livre, que ainda não separa o bem do triunfo do bem, nem o mal da derrota do mal, e faz que o herói avance seguro e invulnerável até o coração do próprio inferno, provando ainda ali que, afinal, o bem é o mais prático, o mais verdadeiro, o único com que se pode verdadeiramente contar, e que nem a morte pode desmentir tão ofuscante evidência. Na narração, o protagonista é sempre um *eleito*, mas é eleito porque escolheu bem. Aqui a moral não passa forçosamente pela flexibilidade nem se confunde com a piada ressentida contra a grandeza que não se partilha. O herói triunfa porque é fiel, mas é fiel acima de tudo à sua vocação de triunfo, à sua origem, à sua curiosidade, à sua força, à sua independência, ao que ele é na realidade. *O herói é aquele que se recorda de si mesmo*. Em *Poesia e verdade* Goethe fala de um certo capitão francês que, segundo o conselheiro da corte, tinha paixão por discorrer sem estar capacitado para tal tarefa. Esse capitão estava obcecado por uma só idéia, na qual insistia de maneira recorrente: afirmava que no mundo toda virtude era devida à boa memória, e todo vício, ao esquecimento. Goethe comenta, com uma de suas tão freqüentes e antipáticas impertinências: "Sabia expor essa teoria com muita perspicácia, assim como se pode afirmar tudo quando se usam e empregam as palavras num sentido completamente indeterminado, mais lato ou mais estrito, mais próximo ou remoto."[5] Parece-me, contudo, que esse pensamento do capitão é, no mínimo, tão bom quanto o melhor de Goethe. A narração baseia-se, precisamente, em adjudicar a virtude a quem tem melhor memória e condenar todo vício como uma forma de esquecimento, ou melhor, toda forma de esquecimento como vício. O herói move-se nessa estreita e precária faixa, na qual perece aquele que se esquece de quem é e para onde vai. E perece sem honra. Como acontece no conto dos três irmãos que vão sucessivamente ao castelo para resgatar a princesa: os dois primeiros não se atrevem a pisar o caminho de gemas e diamantes, enquanto o terceiro, que não se esquece do objetivo que persegue, pisa-as sem reflexão. Ou ainda como no conto de Ruskin, *The King of the Golden River*, em que os dois irmãos mais velhos acabam convertidos em pedra porque, embora se recordem, muito nitidamente, do ouro que iam buscar, esquecem a exigência anterior e fundamental de dar água ao que tem sede. A narração recorda,

---

5. Goethe, *Obras completas*, trad. Cansinos Assens, Ed. Aguilar, t. II, p. 1673.

com muita virtuosidade, que não há dissociação entre intimidade e mundo exterior, entre vida e sentido, e é precisamente essa a "moral da história". Para além do predomínio generalizado do esquecimento, o romance tateia em busca de uma reconciliação, de cuja impossibilidade sua própria presença é penhor. Em última análise, pode-se dizer que o romance é orientado pela morte, enquanto a narração serve de orientação na vida. Quem busca o sentido da vida só pode encontrá-lo na morte, pois nela se reconciliam, afinal, o interior e o exterior, numa unidade inexpugnável. O romancista corre ao longo do caminho da vida e situa-se no final dele, para ver chegar seu protagonista; tudo é contado a partir da perspectiva simulada do póstumo. Até o final ninguém é feliz, diz-nos o romance, nem sequer radicalmente infeliz; logo, se há algum sentido, ele brotará no último suspiro, como o traço que separa as quantidades que vão somar-se no resultado definitivo da adição. Só no final pode-se fazer o balanço, pode-se entender, enfim, da única maneira que é possível *entender*, a vida do indivíduo isolado, como a súbita rememoração à luz crepuscular da morte. São as recordações amontoadas da existência passada que assediam os últimos momentos dos afogados, de acordo com a lenda. Que plena e dispensadora de sentido aparece assim a morte, diante da falta de sentido da vida! Benjamim recorda a máxima de Moritz Heimann de que um homem que morre aos 35 anos é, em cada momento de sua vida, um homem que morre aos 35 anos. O selo da morte imprime-se da frente para trás. "O 'sentido de sua vida' só se nos torna patente a partir de sua morte. Mas o leitor de romances busca, na verdade, homens nos quais consiga decifrar o 'sentido da vida'. Por isso tem de estar seguro de antemão de que vai viver de um modo ou de outro a sua morte. E, em último caso, sua morte em sentido figurado: o final do romance. Contudo, será muito melhor se for verdadeira. Como dar-lhe a entender que a morte espera uma morte muito determinada e numa paisagem muito determinada? Esta é a pergunta que alimenta o interesse do leitor pelo que acontece no romance."
A última página equivale ao último suspiro e marca o começo do sentido, cujo vetor aponta para trás. Por isso o romance é uma grande invenção *cristã*, que surge da laicização burguesa das vidas de santos medievais, nas quais o último transe do martírio, beatitude

ou arrependimento, conforme o caso, iluminava uma história que não tinha outro sentido senão preparar essa morte salvífica. Os dois primeiros romances contam a vida de um santo mártir e de um anacoreta, Dom Quixote e Robinson Crusoé, respectivamente. A morte, a última página, dá a adequada dimensão às duas intrigas e resgata-as, de alguma forma, de si mesmas: a loucura da vida de Dom Quixote desemboca na sensatez de sua morte; a solidão edênica de Crusoé termina no pulular de intrigas de uma nova colônia. O sentido que a morte dá às duas vidas é, significativamente, um desengano. Afinal, a morte não consegue nada mais que *desmentir* a vida, e coitado daquele que espera ser confirmado por sua morte, daquele que aposta nela à espera de sentido! Por isso, o romance é um gênero desesperado, se comparado à narração enquanto gênero esperançado e esperançoso. Porém, o desespero é atributo muito mais próprio do leitor do romance que do próprio romance, pois é a vitalidade dele que está realmente comprometida: "O que arrasta o leitor para o romance é a esperança de aquecer sua vida transida de frio na morte da vida que lê."

Na narração, pelo contrário, a morte está sempre presente, *autoritariamente* presente, diríamos, mas não é necessária nem, de modo algum, dispensadora de sentido. O sentido é atributo da vida, é a própria vida, e por isso é a vida quem pode dar sentido à morte, nunca vice-versa. A morte é um silêncio, um espaço em branco, que necessita de todo o âmbito significativo restante para adquirir inteligibilidade e excelência. O protagonista da narração não pode esperar por essa morte sucedânea, que é o final da narração, para se compreender no final, pela simples razão de que a *narração nunca acaba*. "De fato, não há narração possível quando não se pode perguntar sempre: 'E o que acontece depois?'" Note o leitor que essa pergunta nunca será possível no romance bem escrito. Por muito que se teorize sobre a "obra aberta", o romance é o gênero mais fechado que existe, em que tudo permanece coeso e bem coeso, pois precisamente a última página (a morte) é a única imprescindível no romance. Ora, acontece que a morte acaba, mas a vida continua; note-se que não é possível dizer que a "morte continua". A fórmula que encerra os contos em alemão, recorda-nos Benjamim, é a seguinte: "E, se ainda não morreram, é porque continuam vivos." Indeterminação que assenta na não-necessidade narrativa da morte, que aparece como uma possibilidade exclusiva, embora não única, e que oferece também a chance de retomar a narração... vinte anos depois, por exemplo*. A fórmula espanhola é ainda mais vitalista: "E foram felizes e comeram perdizes." Por que não? A rima não é forçada, mas sim constatação de que a felicidade deve estar intimamente relacionada com coisas tais como comer perdizes depois de viver aventuras. Veremos alguns exemplos quando falarmos de Tolkien. Em ambos os casos, o final do conto abre-se sobre a vida, isto é, sobre a possibilidade de continuar a narrar, de repetir a narrativa a outros, de tirar

---

* Um ponto de vista totalmente diferente é o adotado por Dieter Wellershoff em *Literatura y principio de placer* (Ed. Guadarrama, 1976) quando diz: "A mancha branca que há por trás da história é a verdade que esteve coberta, durante um curto espaço de tempo, por evoluções aparentes. Agora todos estão de novo ali, na vã duração do 'não vale a pena continuar contando'. A mancha branca por trás da história é o conhecido desconhecido, a vida de todos os dias. Seu horror sem semblante nos intercepta o passo a partir da lacônica fórmula final das lendas: 'e se não morreram, continuam vivos ainda'. Em conseqüência, isso é tudo o que ainda cabe dizer sobre eles. Alguém vive, mas tudo seria exatamente igual se estivesse morto. Depois que as pessoas encontraram seu *status*, depois de inquietações, erros e perigos, a vida adota a forma de uma repetição sem novidades. Um dia normal de trabalho parece-se com o seguinte, e como não há nada de novo a esperar, o passado coloca-se sobre o presente e o futuro, como seu modelo inevitável, sempre conhecido. Assim se pode compreender o *happy end* como orientação para a depressão. Como um disco riscado, ouve-se a voz do recitador que continua falando. Porém, dizendo sempre e somente etc., etc., etc." (pp. 77-8). Wellershoff desconhece aqui duas características fundamentais do conto: por um lado, a cotidianidade vazia é patrimônio de quem não tem nada para contar, daquele que não foi a parte nenhuma, enquanto a narração conta a peripécia que dá ao cotidiano seu caráter de *ganho*, sua densidade de prêmio, repouso aprazível no que foi conquistado e memória compartilhada da aventura. A narração conta o caminho arriscado que oferece, a quantos se arriscam por ele, uma cotidianidade *intensa*: até a nostalgia contribui para isso. Em segundo lugar, o final de uma história é sempre provisório: acaba o conto, não os contos. A história pode prosseguir em qualquer momento, e por trás desse "e, se não morreram, é porque estão vivos", que marca uma pausa e certifica também vitalidade, podem palpitar outras tantas histórias como a narrada. Contudo, o comentário de Wellershoff tem ampla e lícita aplicação a distintos *happy ends*: aos de edificantes relatos comprometidos com a "conscientização" política, aos das curas de psicanalistas populares, aos das comédias americanas e aos escassos e terrivelmente irônicos *happy ends* de alguns filmes de Bergman.

proveito prático do que foi narrado. O caráter iniciático e preparatório da narração seria absurdo se esta desembocasse na morte. Fundamentalmente, quem acaba um conto tem sempre *toda sua vida à frente* para poder repeti-lo, vivê-lo, ser feliz e comer perdiz, ou para dispor-se a escutar o próximo. De qualquer modo, a morte não pode confirmar nem desmentir os valores cuja eficácia se afirma precisamente contra ela; não apenas são gestos que não esperam pela morte para ganhar sentido, senão que esperam tudo menos a morte, na qual o próprio sentido se encerra e dissolve num beco sem saída. Se à narração vem alguma luz, não virá da frente, desse último momento a cujo fulgor obscuro deve-se ler o romance, mas de trás, onde está a experiência e para onde remete a memória.

Experiência e memória formam um conjunto de silhuetas entrelaçadas que denominamos *mundo mítico*, que é uma pesada carga para nós, mas à qual nos leva o rastreio da genealogia de nossos valores, isto é, dos nossos gestos incorruptíveis. Perante esse mundo mítico, a narração ajuda a situar-nos; não nos ensina a "superá-lo", à maneira racionalista moderna – esqueçamos que a narração pertence à sabedoria, ao lado épico da verdade –, mas revela como a humanidade "se faz de tola" diante do mito; mostra-nos, na figura do irmão mais velho, como sua sorte aumenta ao afastar-se do tempo mítico originário; e na figura do que partiu para aprender a ter medo mostra-nos como as coisas que temos são escrutáveis; na figura do prudente mostra-nos como são simples as questões que o mito coloca, assim como o enigma da Esfinge; e na figura dos animais que ajudam o menino prodigioso mostra-nos que a Natureza se reconhece obrigada não apenas ao mito, mas que também prefere congregar-se em torno do homem. Note-se bem, contudo, que isso ocorre sem ruptura com o mundo mítico. A ilustração – representada em boa parte do romance – cura-nos do prodígio de nossas origens, volatilizando todo prodígio e assegurando-nos de que já não temos nada a ver com a obscura sombra do passado: neste mundo, como sabemos, estamos condenados a esperar a sombra ainda mais tétrica da morte, a espaldeirada definitiva que irá nos confirmar numa realidade que, nesse instante póstumo, perdemos e ganhamos simultaneamente. A narração, pelo contrário, reafirma-nos uma filiação cujo alcance ela explicita. A rigidez e o afastamento do mito, correspondentes a um dos seus momentos, chegam a ofuscar as passagens pelas quais ele se aproxima de nós, fazendo-o aparecer como estranho e, até mesmo, inimigo da intimidade. A narração elucida nossa vinculação com esse âmbito primigênio, dissipando a sensação de afastamento e de opressão que aí pode gerar-se. Pelo conto sabemos até que ponto o mito preserva nossa liberdade de iniciativa e é familiar aos fundamentos de nossa intimidade; numa palavra, devolve-nos a memória. Quando a esclerose do mito ameaça acabar com seu potencial de vitalidade, a narração reconstrói-o num plano muito mais fresco e estimulante, menos atinente às origens remotas e mais enraizado com a forma mais rica da cotidianidade. Às vezes, a atitude humorística ou irreverente que adota o protagonista da narração perante o mundo mítico é a expressão de uma profunda piedade pela essência libertadora do mito. Este nasceu para libertar o homem da necessidade cega e fazê-lo confiar nas ilimitadas forças divinas que partilha e nas instituições que sua liberdade cria. No entanto, quando o divino ou o instituído adotam o pesado rosto do necessário para oprimir seu esforço corajoso, o homem deve combater o mito com o mito e narrar novas lendas sobre seu valor, sua perícia e sua independência. "O mais aconselhável, como o conto sempre ensinou à humanidade e ensina às crianças, é sair com astúcia e arrogância ao encontro dos poderes do mundo mítico. [O conto polariza a coragem dialeticamente: em infracoragem, isto é, astúcia e arrogância.] O feitiço libertador de que o conto dispõe não põe a natureza em jogo de maneira mítica, mas indica sua cumplicidade com o homem libertado. O homem maduro sente essa cumplicidade apenas por instantes, isto é, na felicidade. A criança, por seu lado, encontra-a pela primeira vez no conto, e fica feliz." A palavra importante aqui é *cumplicidade*. Com ela cessa a oposição entre o íntimo e o exterior, sem que seja necessário pagar tal concórdia com o tributo da submissão forçada, ou, como diz José Bergamín de modo tão penetrante, "o homem é livre quando se põe de acordo com os deuses em vez de obedecer-lhes"[6]. O sentido mais profundo da narração é precisamente a renovação desse pacto, que se consolida na forte in-

---

6. Bergamín, José, *Fronteras infernales de la poesia*, Madri, Taurus, 1959, p. 20.

tensidade do valor da vida e se recolhe no secreto palpitar da felicidade do homem ou no júbilo da criança.

Até aqui seguimos, com maior ou menor lassidão, o artigo de Walter Benjamim, o que nos evitou muitas tentativas e nos forneceu as idéias fundamentais. Benjamim conclui com algumas palavras sobre o próprio narrador, de quem se pode dizer: "Seu talento é sua vida; sua dignidade está em ser capaz de narrar *toda* a sua vida." E finalmente: "O narrador é a figura em que o justo encontra a si mesmo." Desse modo, torna-se feliz aquele que reúne a energia para elevar a voz e começar a história. O justo é *o que conta*, em ambos os sentidos: o que narra e o que é importante. É desnecessário mencionar o respeito que envolve o narrador, o dono das histórias, nas culturas primitivas para constatar o laço inquebrantável que une a superioridade moral à função de narrador; basta olhar para os olhos de uma criança quando lhe contamos um conto. Nesses olhos lemos que ela espera que a cada um seja dado o que lhe cabe; mas não como pura determinação exterior, caindo como ducha fria sobre as costas hirtas dos personagens, e sim como um fogo interior que se vai propagando e reafirmando no encadeamento assombroso das peripécias. Arriscar-se a contar uma história é decidir-se a instaurar uma ordem só afiançada pela retidão do narrador, isto é, por sua fidelidade à experiência e à memória. Quando alguém começa a narrar, deve estar disposto a contar tudo: inaugura-se um ciclo interminável, que a pergunta "e como continua?" pode prolongar indefinidamente, sem que o narrador tenha direito a reservar parte alguma de sua existência – para si mesmo ou ao silêncio –, pois a própria exigência de conformidade com a verdade, que fundamenta seu relato, confirma-o numa perfeita transparência discursiva. A justiça é sempre aquilo de que é possível dar-se conta, o contável por excelência. O narrador jura por sua própria vida que não irá mentir nem, o que é mais importante, desmentir-se, e é precisamente isso o que conta, o que importa. Não há maior risco para quem o escolhe, nem nada é mais necessário para a comunidade, que espera tudo desse vínculo.

Já antes aludi, de passagem, ao atual decréscimo do gosto pelas narrações, considerado como indício suficiente para qualificar alguém de infantilismo. Aqueles que ainda se dedicam a elas lêem-nas como se fossem romances frustrados, tentativas malogradas que não conseguiram explicitar seus propósitos e esconderam a confusão de suas parábolas no jardim-de-infância. Pode ser que esse refúgio seja um desterro ou até uma prisão. Lidas como se fossem romances, sua insuficiência é apressadamente tranqüilizadora; a peremptória obviedade de seus recursos condena-as ao venial ou ao alegórico, e nenhuma de suas exigências chega a inquietar. Talvez exijam algo que ninguém está capacitado a dar, mas fazem-no num estilo que ninguém se sente obrigado a aceitar, tanto faz que seja um ou outro, e todos ficam contentes. Restam as crianças, os adolescentes, transitórios pacientes de uma condição em que ninguém poderia persistir sem cair no doentio. A eles pertencem as narrações, que povoam o seu mundo juntamente com a masturbação, a acne e as inquietações religiosas. Época de imaginações excessivas, de anseios injustificados, em que a solidão e o companheirismo são paixões compatíveis e até complementares. Lê-se, escuta-se e deseja-se... A partir desse ponto, situado muito lá atrás em nossa vida, chega-nos uma espécie de zumbido apaixonado para o qual só Freud atreveu-se a inclinar-se, e não exatamente muito bem. A leitura aparece-nos então, segundo acreditamos recordar, com um calafrio envergonhado, como um prazer desconcertante, disparatado. Por sorte, não dura muito tempo, e nunca mais poderemos voltar a ler assim, o que evita que os livros se convertam num problema e torna-os compatíveis com a divisão do trabalho e a resignação. Piedosa transmutação de nossas expectativas no reino da necessidade. E, contudo, já crescidos e amadurecidos, voltamos, de vez em quando, ao espaço proibido das histórias, em que espreitam as selvas de olhos fulgurantes e os navios fantasmas da infância. Descemos à nebulosa terra natal de nossa alma anestesiados pela maturidade, amortecidos para essa sensação de extravio controlado que nos invade nas tardes de sábado. Erigimos como divisa uma palavra que para uns é censura, para outros incentivo, e para todos, defesa pertinente contra o veneno fatal da nostalgia: *evasão*. Mas, assim de repente, evadir-se de onde e para onde? As respostas estereotipadas são: evadir-se da realidade rumo ao limbo do que não pode ser (do que nunca pôde ser, do que já não pode ser, do que ainda não pode ser ou do que para mim não pode ser). Não é impossível escapar a esta concepção habitual. Como toda abstração nebulosa e contraditória, porém decepcionante, a palavra "realidade" goza de grande prestígio entre as pessoas de bom senso. É uma noção freqüentativa: é mais real uma castanheira que um pirata, porque já vi muitas castanheiras mas nenhum pirata, porque é mais habitual ver castanheiras que piratas ou porque as castanheiras estão mais próximas de mim que os piratas. Essa forma de realismo assemelha-se muito à *preguiça*, que faz alguém preferir o filme ruim que está sendo exibido ali na esquina ao bom que nos obriga a ir ao centro da cidade. Mas, diz o sonso, não é lastimavelmente infantil apreciar o longínquo por ser longínquo e o inusitado por ser inusitado? Com toda a certeza. O longínquo e a estranheza são categorias estéticas tão pueris quanto as demais, mas, acicatados por elas, empreendemos viagens para conhecer paisagens e templos cujo mérito principal reside precisamente nelas. Quem vive ao pé da Acrópole ou na frente do Canyon do Colorado desfruta essas maravilhas de modo muito diferente do peregrino que chega de terras distantes para contemplá-las e que, em cada caso, acrescenta ao seu prazer esse outro prazer incomparável de ser peregrino. A alegria de reconhecer é muito grande, mas a alegria de conhecer pela primeira vez aquilo com que tantas vezes se sonhou não é menor, e a primeira, obviamente, depende da segunda. Por outro lado, se nos entrincheirarmos no grau mais ínfimo da trivialidade, toda ficção e toda crônica serão igualmente irreais. O dragão Fafnir não existe, mas tampouco existe madame Bovary. O fato de para alguns ser mais aceitável a segunda e para outros o primeiro pode ser questão de educação e talvez de metabolismo. Ao argumento de que o caso da esposa que engana o marido é mais freqüente que o do dragão que guarda um tesouro, podemos responder duas coisas: primeiro, que entre uma esposa que engana o marido e madame Bovary existe a mesma impossível semelhança que relaciona estouvadamente o lagarto à entrada da caverna com Fafnir; segundo, que as esposas que enganam os maridos são uma invenção falaz dos dragões, propalada para evitar que alguém se atreva a sair em busca de tesouros. Em todo o caso, não dar crédito ao que este mundo decidiu proclamar "real" em si mesmo parece ser a primeira e mais saudável vocação dos insubmissos.

  Contudo, o veredito de "evasão" que recai sobre as narrações tem no fundo uma certa relação com o que se considera o pecado secreto desse gênero: sua artificiosidade. São relatos, diz-se, que procuram produzir um *efeito*, não reproduzir a suprema limpidez da vida "tal como é". O romance, por sua vez, aspira a ser como esse espelho ao longo do caminho, segundo a patética e esquiva imagem de Stendhal. A chave de toda a ambição do romance reside na palavra "naturalismo", que não só designa um modo específico de modelização do real, mas também a própria função narrativa de índole ficcional. A narração pertence à órbita do íntimo e religioso; desde o seu delineamento é um puro esforço espiritual, um artifício. Já o romance surge no orbe das ciências naturais e pretende-se reflexo espontâneo do real, naturalismo. Um de nossos contemporâneos que mais bem souberam pensar a literatura, Jorge Luis Borges, expressa-o assim: "O romance 'psicológico' quer ser também romance 'realista'; prefere que esqueçamos seu caráter de artifício verbal e faz de toda vã exatidão (ou de toda lânguida vagueza) um novo toque verossímil. Há páginas, há capítulos de Marcel Proust que são inaceitáveis como invenções, ao que, sem saber, nos resignamos, como nos resignamos à insipidez e ociosidade de todos os dias. O romance de aventuras, pelo contrário, não se propõe como transcrição da realidade; é um objeto artificial no qual nenhuma parte é injustificada."[7] Essa artificiosidade da narração apóia-se em seu caráter decididamente antropocêntrico; o universo dos contos tem o seu centro no espírito humano, e tudo gira em torno de seus conflitos, criações e propósitos. O romance, por sua vez, é um gênero descentrado, excêntrico, que mimetiza de algum modo o desenvolvimento mecânico das forças materiais, carentes de projeto e hostis ou ignorantes quanto ao projeto humano. A narração propõe-se um efeito, e se não aspira à simples contemplação ou à análise do dado, nesse sentido, ocupa perante o romance a mesma posição que a moral com respeito à ciência. Tudo o que hoje nos induz com urgência à valoração parece-nos justificadamente suspeito, e o romance adapta-se mais ao nosso gosto, com sua descrição simples, "sem enfeites", de fatos, entre os quais os valores figuram como fatos subjetivos, necessitando eles também de hábil dissecação, como todo o resto. O mundo da narração parece-nos excessivamente *livre*, pois todos os condicionamentos externos atuam apenas como problemas morais, que podem ser resolvidos com a eleição do gesto oportuno;

---

7. Borges, *op. cit.*, p. 10.

todavia, carecem da inerte estreiteza material que caracteriza os obstáculos em nossa vida cotidiana, que o romance, por sua vez, consegue reproduzir. Não obstante, é preciso recordar aqui que *o narrador conta sempre a história a partir do ponto de vista do herói* e que, vista de tal perspectiva, a realidade é essencialmente campo livre para a atividade do justo. O herói não é otimista, mas enérgico; o narrador não desconhece o peso do inerte, mas confia na força que sabe escolher. Se assim exigir a burocrática serenidade da alma laboriosa, cujo único consolo moral é sua condição de vítima, pode chamar-se "evasão" a essa despreocupada confiança com que o narrador, ao tomar a palavra, se instala de imediato e sem pedir desculpas no plano do vitorioso.

Para onde evadir-se? Porque se fosse realmente possível abandonar este mundo por outro mais conveniente, não consigo ver nenhuma razão para não o fazer. A questão reside naquilo que Éluard condensou na sua expressão bastante feliz: "Há outros mundos, mas estão neste." A narração não abandona o plano da realidade mais estrita, embora não o faça apenas porque isso é absolutamente impossível, por definição. Chamamos realidade ao que não podemos deixar para trás, ao que nos alcança sempre. Mas a fuga tampouco entra nos cálculos do narrador, que começamos definindo como aquele que chega de longe. O narrador não vai embora, mas está de volta. Digo mais: está totalmente de volta, por isso começa tudo de novo, desde o princípio, lentamente, construindo outro mundo, peça por peça, para que seus ouvintes conquistem, como ele, o direito de residir neste. Segundo contam, Shakespeare destacava-se na sua interpretação do papel de espectro do pai de Hamlet; sua alma refulgente de vivedor de histórias comprazia-se nessa figura velada que volta de muito longe para revelar – recordar – ao seu filho uma verdade que já sabe e que Hamlet deverá repetir, por sua vez, como drama, para depois vivê-la como vingança.

Capítulo II
Um tesouro de ambigüidade

"Meus olhos juvenis extasiaram-se no mar infinito..."

A narrativa mais pura que conheço, a que reúne com mais singular perfeição o iniciático e o épico, as sombras da violência e o macabro, com o fulgor incomparável da audácia vitoriosa, o perfume da aventura marítima – que é sempre a aventura mais perfeita, a aventura absoluta – com a sutil complexidade da primeira e decisiva eleição moral, numa palavra, a história mais maravilhosa que já me contaram é *A ilha do tesouro*. Raro é o ano em que não a releio pelo menos uma vez, e nunca passam mais de seis meses sem ter pensado ou sonhado com ela. Não é fácil conseguir assinalar a fonte da magia inesgotável desse livro, pois, como toda boa narração, esta só quer ser contada e recontada, não explicada ou comentada. Sublinho que não digo ser impossível comentá-la ou explicá-la, mas sim que não é isso que ela *quer*, o que pede à generosidade de seu ouvinte ou leitor. Nada mais simples, porém, que assinalar alguns de seus evidentes encantos parciais: a impecável sobriedade do estilo, o ritmo narrativo que parece resumir a perfeição mesma da arte de contar, o vigoroso desenho das personagens, a sábia complexidade de uma intriga extremamente simples... Uma primeira leitura poderia dar a impressão de que é a história de uma figura fabulosa, John Silver; mas logo se verifica que a personagem realmente desconcertante, o herói do relato em todos os sentidos, é Jim Hawkins, cujo *olhar* fixo em Silver confere a este todo o seu enigma. É tentador comparar a relação entre o grumete e o cozinheiro da *Hispaniola* com a que une Ismael e Ahab, contudo seria errôneo considerá-las simétricas. Certo é que tanto Ismael como Jim se vêem obrigados a realizar a escolha ética fundamental diante da exibição de energia indomável dos dois ferozes coxos que os incomodam; é certo que Ahab e Silver pulverizam a doçura da moral cotidiana gregária, mostrando a realidade *invulnerável* da autêntica vontade livre, e não é menos certo que ambos conseguem aterrorizar e repelir os civilizados, quase amadrinhados, Ismael e Jim. Mas aqui termina o aspecto positivo da comparação, porque as reações deles são diametralmente opostas perante o desafio de seus fulminantes tentadores. Ismael emerge desde *o primeiro momento* contra Ahab; sua fascinante simpatia pelo capitão do *Pequod* baseia-se precisamente no nostálgico sentimento de saber-se oposto a ele. Ismael ama o mar como uma alternativa terrível, mas excitante, ao seu verdadeiro mundo cotidiano, a terra. Ahab ignora a terra, à qual não pertence; ele *é* o mar, o monstro branco e o profundo abismo. No oceano de Ahab, Ismael desaparece; só vem à tona por instantes, para contar sua sorte, anti-Ahab, de sovar a grata maciez do espermacete; quando finalmente reaparece é porque Ahab, a baleia e tudo o que eles representam desapareceram no propício negrume da memória, a partir do qual começa a contar: *chamem-me Ismael...* Contudo, Jim aceita o desafio de Silver e combate no próprio terreno do pirata; na realidade – como lhe recorda o cozinheiro coxo –, ele chega a ser o único verdadeiro pirata além de Silver: a cria dinâmica de uma raça extinta. Por isso Jim não se esfuma ao entrar no perigoso terreno dos piratas – o mar, a ilha sombria e pantanosa, as secretas profundidades da escuna... –, mas readquire cada vez mais força, reafirma-se de narrador a protagonista, *conta-se* a si mesmo (enquanto Ismael conta Ahab) e no final acaba por *desdobrar-se*: parte dele, o tesouro, vai com Silver, e parte fica com os representantes da ordem estabelecida... Ah! ainda mais, pois o último pensamento de Jim, no final do romance, dirige-se para as barras de prata que ainda permanecem na ilha e que – diz ele tranqüilamente – "Por mim, podem continuar lá". Serenidade perigosa, profundamente ambígua, como tudo nessa desconcertante história.

Essa radical ambigüidade é o segredo ou, se preferirem, o tesouro desse conto ímpar. O mundo plurivalente da adolescência, isto é, o mundo do momento imediatamente anterior à invenção da necessidade, atinge aqui sua mais alta cristalização literária (se quiserem, com exclusão de *A volta do parafuso*, de Henry James). Nunca a vocação do juízo taxativo e definitivo, que o moralismo sempre se acredita em posição de ditar, viu-se tão irremediavelmente frustrada. John Silver, hipócrita, assassino e traidor, luta para apoderar-se de um tesouro que pertence muito mais aos piratas que haviam penado e padecido por aquele ouro que aos acomodados aventureiros que se apoderam dele em circunstâncias propícias. Sua atitude para com Jim é sempre perfeitamente leal, mesmo quando o engana, tal como acontece com a serpente em relação a Adão e Eva; finalmente, salva-o da vida, da vida de assassino e ladrão que Jim decidira viver na ilha dos piratas. A figura intrigante de Jim Hawkins acumula intermináveis ambivalências: espião que tudo vê e tudo ouve, circula de um bando para outro numa correria vertiginosa e equívoca, incapaz de aquietar-se num campo, fiel somente à sua condição de desertor, de *infiltrado*. Sua figura aparentemente frágil revela-se, a cada passo, a mais forte do relato, a mais hábil e impecável, mas também verdadeiramente infantil; ele é o catalisador da ação, o que lança de novo os dados quando a história se suspende num aparente equilíbrio, o acicate inexorável da aventura. E que diremos de outros paradoxos menores, tais como esse andrajoso e milionário Ben Gunn, pirata arrependido, espantalho que arbitra irremediavelmente a situação? É o mais inepto e ridículo dos sicários de Flint, mas o único capaz de fazer-se passar por Flint, como voz espectral entre as árvores, porque é o dono da herança do pirata: o verdadeiro legatário do capitão Flint é esse fantasma lamentável, sempre desrespeitado pelos companheiros, morto ou vivo! E os digníssimos *squirer* Trelawney, doutor Livesey e demais revelam uma suspeita aptidão para a fraude e para a aliança mais oportunista que oportuna, além de outros rasgos de ética decididamente pragmática, como sua avidez de autênticos flibusteiros pelas riquezas da ilha. Ainda que não se possa dizer *stricto sensu* que ninguém sai do seu papel (exceto Jim?) e que todos respeitam mais ou menos a convenção de suas respectivas condições, o desenrolar da história encarrega-se de ridicularizar, implicitamente, a confiança que cada personagem deposita em sua própria lógica. Todos sabem fazer belos discursos racionalizando a própria conduta, mas, de vez em quando, deixam escapar um pequeno suspiro revelador como no momento em que Trelawney, ao iniciar a viagem rumo ao tesouro, confessa sua admiração pelo velho Flint e admite *alegrar-se com o fato de ser inglês...*

A palavra "peripécia" vem do grego *peripetéia*, que significa mudança súbita da sorte, guinada brusca. Nesse sentido etimológico, as peripécias de Jim e de John Silver são realmente vertiginosas. De bom filho de família modesta, que ajuda os pais na manutenção do negócio familiar, Jim converte-se, insensivelmente, em confidente e logo depois em legatário de um velho pirata da tripulação do grande Flint. Todavia, é cúmplice de outro flibusteiro cego que entrega ao primeiro a "marca negra", ultimato ao estilo bucaneiro, e sua forma de cobrar a herança, que implicitamente lhe compete, assemelha-se bastante a um furto. Daí passa a desencadeador da expedição, ao descobrir e tornar público o mapa do tesouro; a ruptura definitiva com sua vida anterior torna-se evidente quando, ao regressar à pousada para despedir-se da mãe, constata que esta o substituiu por um rapaz da mesma idade para ajudá-la nas fainas da estalagem; esse intruso, que ocupa sua vaga na normalidade, desenraíza-o definitivamente, projeta-o para a aventura. Ele se transforma em grumete da *Hispaniola* e ajudante do cozinheiro Silver, de quem se torna amigo e fiel ouvinte das histórias de piratas que esse lhe conta, nas quais já se prefiguram as suas próprias. Contudo, é ele quem espia e denuncia o complô dos flibusteiros, escondido no barril de maçãs como se fosse o duende do barco, um *poltergeist* marinheiro... e silencioso. Logo que chegam à ilha do tesouro, Jim entra num frenesi de fugas; primeiro salta para o bote de Silver, cujo jogo descobriu, escapando daqueles que supostamente formavam seu bando (Trelawney Livesey etc.); quando chega à terra, foge também de Silver e do resto dos piratas, para perder-se sozinho pela ilha. Encontra o eremita Ben Gunn, cuja desconfiança em relação a esse desconcertante trânsfuga encontra eco no excitado mal-estar do leitor perante tal comportamento nada transparente. Volta a juntar-se aos antigos companheiros, os "legais", no velho fortim; luta ao lado deles como mais um soldado para de novo os abandonar, sub-repticiamente, ao cair da noite. Qual é seu objetivo? Apoderar-se da *Hispaniola*! O garoto da pousada, o grumete, o espia, o amigo de Bill Bones e de John Silver, convertido decididamente em pirata, lança-se à abordagem da pequena escuna. Conquista-a, leva-a até uma longínqua enseada e assume o comando: torna-se o capitão Jim Hawkins. Da marinha real? Embora tendo mandado arriar a bandeira negra, seus procedimentos são mais de pirata que de oficial de sua Graciosa Majestade: deixemo-lo como pirata, para sermos justos. Em todo caso, revela-se um capitão enérgico, que não vacila em matar o amotinado Isarel Hands para conservar seu domínio no navio conquistado. Onde está agora o assustadiço e piedoso criado do *Almirante Benbow*? Volta ao fortim e *casualmente* encontra-se em pleno campo pirata, de novo cúmplice e confidente de John Silver. Na manhã seguinte, o doutor Livesey reprova amargamente seu comportamento e exorta-o a fugir com ele, apesar da palavra de honra dada a Silver de não fazer isso. Mas Jim nega-se, não *pode* ir; ele, que se furta sem embaraço a todas as promessas de obediência feitas ao capitão Smollet e a Trelawney, concede obrigatoriedade irrecusável ao juramento feito ao pirata, acatando assim, implicitamente, a *omertà* dos Irmãos da Costa. Finalmente, parte com John Silver em busca do tesouro, e cabe perguntar o que teria acontecido se tivesse sido o flibusteiro a encontrar o ouro de Flint; no entanto, a paciente rapacidade de Ben Gunn, o solitário, já o pusera em lugar seguro, retirando dessa maneira a Jim a oportunidade de operar mais uma transformação.

A figura de John Silver, por sua vez, não vive menos peripécias. A primeira ocorreu *antes* do começo da narração e o levou de contramestre do *Walrus* de Flint a tabernero de "O Binóculo" de Bristol, conforme viremos a saber ao escutar com Jim, no barril de maçãs. Daí passará a cozinheiro da *Hispaniola*, cargo "oficial" que ocupa simultaneamente com o de cabeça do motim de piratas que se trama na escuna. Assassino implacável dos marinheiros leais ao capitão Smollet, logo que chega à ilha atribui-se o título de capitão Silver, sendo, juntamente com Smollet e Jim, o terceiro com esse posto que aparece em um ou outro momento da narrativa[1]. Rapidamente invertem-se os papéis, e aquele que era encarniçado assaltante do fortim acaba por convertê-lo em seu refúgio, deixando aos "legais" o papel de saqueadores sem quartel. Sua ambígua postura de proteção e utilização de Jim coloca-o em confronto com o resto

---

1. Se contarmos o capitão Flint, cujo espectro por ali ronda ao longo de todo o relato, e o papagaio de mesmo nome que lhe serve de irônico porta-voz.

dos piratas, que lhe enviam a *marca negra*, porém ele sufoca a rebelião exibindo o mapa do tesouro que os "legais" lhe deram com suspeita facilidade. Acreditará realmente que tem oportunidades de encontrar as riquezas de Flint, ou cumpre até o final o ritual da busca, como meio de livrar-se de seus perigosos e decepcionados companheiros, que ele conduz a uma cilada? A verdade é que, na emboscada final, ele colabora com os "legais", matando o cabeça do recente amotinamento contra a sua autoridade. Por fim, Silver volta a incorporar-se tranqüilamente ao grupo vencedor e responde à interpelação de Smollet: "Voltei a meu dever, senhor" – afirmação que o capitão legal não sabe ou não quer contestar. Radicalmente transformado, participa, inclusive, da festa de despedida da ilha, como mais um dos vencedores: "Ali estava Silver, sentado atrás, afastado do clarão da fogueira, comendo contudo com apetite voraz, solícito para ajudar sempre que faltava alguma coisa e até participando, discretamente, de nossas risadas, o mesmo suave, cortês e obsequioso marinheiro de nossa primeira travessia." Todavia, falta-lhe ainda exibir uma última faceta, quando foge com uma modesta parte do tesouro, graças à cumplicidade de Ben Gunn... e à tácita complacência do restante dos "legais", felizes por se verem livres dele e da problemática necessidade de julgá-lo. Há, no último capítulo, um momento particularmente impressionante, quando, antes de zarpar definitivamente da ilha, a brisa noturna traz até o doutor Livesey e Jim um rumor de risadas ou alaridos longínquos. São os últimos piratas, que vagueiam espectrais pela ilha, misturados definitivamente aos demais fantasmas da tripulação de Flint. Seus gritos devem-se à embriaguez desesperada ou ao delírio da febre; o doutor Livesey sente pena deles e chega a ponderar se não seria seu dever prestar-lhes os serviços próprios de sua profissão. Silver, muito bem investido em seu novo papel, como aliás em todos os anteriores, dissuade-o dessa intenção, afirmando que aqueles homens não só não respeitam a palavra dada, como também não entendem que outros a respeitem. Livesey responde-lhe indignado que seu caso não é precisamente muito diferente, ao que Silver nada replica, ainda que a evidência da diferença salte à vista. Silver está ali e não com os espectros, *o que prova que sabe muito bem a que palavras é preciso ser fiel...* Seus antigos companheiros devem ter chegado também à mesma conclusão, o que é comprovado, significativamente, pelo fato de que a bala disparada por um pirata enraivecido contra a escuna que se afasta passa poucas polegadas acima da cabeça de Silver.

Porém, o que mais intriga o leitor reflexivo numa segunda leitura (que nem sempre é a melhor) é a relação entre Jim e John Silver. Se algum psicanalista se ocupou dessa narrativa, o que ignoro, não terá deixado de notar que o relato se inaugura com a morte do pai de Jim e termina com o desaparecimento de Silver, que atua como *imago* paterna do rapaz durante todo o romance: observada desse ponto de vista, toda a narração pode ser ouvida como uma reflexão sobre a orfandade ou, se preferirem, como a aceitação da solidão que marca a entrada do adolescente na idade adulta. Silver, indigno mas estimulante, perigoso mas também prestativo quando se sabe conquistar a sua ajuda, tão virtuose na hipocrisia que chega a convertê-la numa forma insólita de franqueza, é o pai que ensina a renunciar aos pais, o pai cujas assombrosas força e liberdade instauram uma lei que refuta toda e qualquer pretensão legisladora. Só por meio da sua própria entrega à mais radical independência e à coragem mais incondicional, Jim conquista o direito de ser ajudado por John Silver e de ajudá-lo. Em troca de valor e liberdade vende, ao mais forte, o direito à sua cumplicidade. Não quero falar, porém, numa linguagem que não é a minha, e deixo as metáforas familiares para os profissionais de tais passatempos. Gostaria de expor o assunto em termos, por assim dizer, morais: Jim tem de decidir se está ou não do lado dos piratas ou, para ser bastante direto, como o faria uma criança, se John Silver é bom ou mau. E aqui não vale encostar-se à beata superioridade do relativismo adulto, que sabe perfeitamente que todos somos bons e maus. Porque estamos na maior aventura, entre piratas e correndo risco de morte, com um tesouro incalculável em jogo, e é preciso *decidir bem* ou perecer no empreendimento. Jim percebe que há dois modos de fazer as coisas, dois modos opostos – o do capitão Smollet e o do capitão Silver –, e que ambos são, se bem pensado, capazes de insuspeitados recursos à força e de admiráveis conquistas. Toda a sua educação primária, toda a *linguagem* que lhe foi transmitida, inclina-o a respeitar e imitar o modo do capitão Smollet e a não buscar salvação fora dele;

mas, e esta é a dimensão oculta da narração, os acontecimentos o projetam para o mundo dos piratas, oferecendo-lhe a *profunda tentação da pirataria*, isto é, a insinuação de que para ganhar um autêntico tesouro de flibusteiro é preciso tornar-se de algum modo flibusteiro. Nesse ponto aparece John Silver, mestre de piratas, e brinda-o gratuitamente com sua irresistível lição. O caminho de Smollet não leva ao tesouro, não tem nenhuma relação de *simpatia* com o tesouro; o de Silver é a promessa constante dele. Finalmente, Silver escapa com o mais precioso do tesouro, isto é, com o ânimo de Silver e sua audácia: são riquezas que ninguém pode roubar ao pirata. Há um momento crucial no relato, em que Jim e Silver justificam um ao outro tudo o que os respectivos papéis permitem. Quando Jim entra no forte, depois de esconder a *Hispaniola*, e cai inesperadamente nas mãos dos piratas, julgando-se perdido proclama todas as suas atividades contra eles – espionagem no barril, roubo da escuna etc. – e, admitindo estar ainda dirigindo o jogo, chega mesmo a oferecer-se, com singular desfaçatez, para interceder por eles se lhe perdoarem a vida. Depois, dirige-se a Silver e diz-lhe o seguinte:

"– E agora, senhor Silver, creio que é o senhor que aqui tem mais valor e, se as coisas piorarem, eu lhe agradeceria se contasse ao doutor como foi que tomei isto."

"– Vou me lembrar disso – disse Silver, com um tom tão esquisito que não consegui deduzir, por mais que me empenhasse, se estava rindo do meu pedido ou se a minha valentia chegara a impressioná-lo favoravelmente."

Esse breve diálogo é particularmente significativo. Jim acaba de expor seu comportamento pirático, sua qualificação nos ensinamentos de Silver, e pede a este, que é o mais indicado para compreendê-lo, que explique aos "legais" a *inevitabilidade de tal comportamento dada a empresa em que se haviam empenhado*: quem quisesse viver realmente a busca do tesouro teria de vivê-la como um pirata. Agora que Jim provou suficientemente a Silver e a si mesmo suas aptidões de flibusteiro, ganhou de fato, sem ressentimento nem timidez, o direito de repelir a pirataria, o que faz solenemente nessa ocasião, chegando a oferecer àqueles que o escutam a possibilidade do arrependimento. A partir de então, Jim começa a desinteressar-se do tesouro, até sua declaração final de que nada no mundo o faria voltar a buscar o resto das riquezas escondidas na ilha. Sua prova já terminou, sua escolha está feita. Ou não...? Porque ainda observa Silver para ver se este zomba ou aprova seu procedimento; porque não fugirá no dia seguinte com o doutor, para não faltar à palavra dada ao pirata; porque, afinal de contas, o que teria acontecido se fosse John Silver quem tivesse encontrado o tesouro? Nem Stevenson nem ninguém pode saber; felizmente, a narração não tem outra determinação definitiva senão os próprios fatos que a constituem e que permanecem até o final renitentes a qualquer interpretação concludente.

Em resumo, li e leio *A ilha do tesouro* como uma *reflexão sobre a audácia*. Jim Hawkins é, indubitavelmente, audaz desde sua primeira aparição no romance, mas, sozinho, não seria capaz de explorar todos os aspectos de seu dom, sobretudo sem aquele momento transgressor, sem o qual não se pode dizer que haja audácia verdadeira. Essa é a virtude de John Silver: mostrar a Jim o rosto *demoníaco* da audácia. E não restam dúvidas de que Jim tira pleno proveito da lição, sem retroceder perante nenhum dos aspectos violentos, rapaces ou desoladores da audácia demoníaca. E assim até o final, até sua domesticada e tranqüilizadora adesão definitiva aos "legais". Também essa retirada é um gesto de audácia, talvez o maior de todo o relato, o que vinha sendo preparado esforçadamente em todas as peripécias anteriores. Afinal de contas, não é o mesmo demoníaco John Silver quem ensina a Jim as virtudes táticas da oportuna adesão ao que é legal? "Senhor, voltei ao meu dever." Ah!, velha raposa, e que incomparável audácia, que esplêndida lição de liberdade! Desoladora e desenganada audácia da liberdade! Jim aceita o desafio como um autêntico pirata, disposto a ir até o fim da aventura. Em luta sem quartel, por astúcia ou morte, conquistou o barco, a ilha e o tesouro; agora chega a prova mais difícil, a hora da renúncia, e nem nesse transe fraqueja sua audácia. John Silver pode agora desaparecer no tumulto do porto, pois o jogo foi jogado, e bem jogado, até o final. Assim a razão audaz impôs sua ordem, e talvez rapidamente Jim chegue a *squire*; mas o sonho, ai!, o sonho é indomável. Ali segue outra lenda sem tréguas. Ali rebenta incessante o marulhar contra as escarpas da ilha remota, e a voz do papagaio do espectro sem repouso de Flint continua gritando: "Moedas de oito!", "Moedas de oito!", como a nos chamar de novo à aventura.

Capítulo III
A viagem até as profundezas

> "Olhe e olhe bem. Devemos *aprender sobre o mistério*!"

O caráter iniciático dos romances de aventuras que têm uma viagem como argumento é amplamente reconhecido até pelos críticos mais refratários à mitologização da narrativa. Olhando bem, 80 por cento das aventuras revestem, explícita ou implicitamente, a forma de uma viagem, decomponível sempre, com muita facilidade, em etapas rumo à iniciação. O esquema é óbvio: o adolescente, ainda no âmbito placentário do natural, é chamado para a aventura em forma de mapa, enigma, narrativa fabulosa, objeto mágico...; acompanhado por um iniciador, figura de energia demoníaca a quem teme e venera ao mesmo tempo, empreende um trajeto cheio de peripécias, dificuldades e tentações; deve superar sucessivas provas e finalmente vencer um monstro ou, mais geralmente, afrontar a própria morte; no final, renasce para uma nova vida, já não natural, mas artificial, madura e de uma qualidade delicadamente invulnerável. Esse esboço é tão conhecido[1], que só me permito recordá-lo ao leitor

---

1. Apresento aqui um esquema mais detalhado da aventura iniciática, que me parece particularmente completo na sua concisão. "O herói mitológico abandona a sua choça ou castelo, é atraído, levado ou avança voluntariamente até o umbral da aventura. Ali encontra a presença de uma sombra que guarda a passagem. O herói pode derrotar ou conciliar essa força e entrar vivo no reino da escuridão (luta com o irmão, luta com o dragão; ofertório, encantamento), ou pode ser morto pelo oponente e descer para a morte (desmembramento, crucificação). Depois de passar o umbral, o herói avança através de um mundo de forças pouco familiares e, não obs-

como elucidação do uso habitual que faço da palavra "iniciação", utilizada em seu sentido menos pretensioso e mais corriqueiro.

Neste livro fala-se de numerosas viagens iniciáticas: *A ilha do tesouro*, *O mundo perdido*, *O senhor dos anéis*, *Os primeiros homens na Lua*, *Andarilho das estrelas*, e também dos dois livros tratados neste capítulo. Repassar mentalmente as obras enumeradas é suficiente para provar que o mesmo esquema de iniciação pode servir a propósitos profundamente diferentes, e que o resultado do ritual pode ser a virilidade ou a resignação, o enriquecimento de possibilidades ou a aceitação da finitude. Tanto a viagem de Gilgamesh como a busca do Graal são relatos iniciáticos: o desenlace do primeiro é a inexorabilidade da morte; o do segundo, a imortalidade. A viagem é sempre vista, pela sabedoria épica, como algo significativo: para o narrador, nunca se viaja impunemente. Porém, os estatutos do iniciado variam desde o triunfo mais irrefutável da força até o acatamento não menos resoluto da fraqueza, da solidão ou do aniquilamento. A iniciação não tem lição unívoca; em seu mais alto nível não lhe é estranha nem a sabedoria nem a ignorância. Todas essas perspectivas já foram minuciosamente recenseadas pelos críticos modernos. Gostaria de insistir ainda em alguns aspectos da materialidade mesma da viagem, numa de suas variantes possíveis: o *descenso*.

Descer é abismar-se naquilo que nos sustenta, é retirar o fundamento que nos subjaz. Perigosa missão, que pode até mesmo levar à loucura, pois tudo parece indicar que o solo nos sustém precisamen-

---

tante, estranhamente íntimas, algumas das quais o ameaçam perigosamente (provas), outras que lhe prestam uma ajuda mágica (auxiliares). Quando chega ao nadir do périplo mitológico, passa pela prova suprema e recebe uma recompensa. O triunfo pode ser representado pela união sexual do herói com a deusa-mãe do mundo (matrimônio sagrado) pelo reconhecimento do pai-criador (concórdia com o pai), por sua própria divinização (apoteose), ou também, se as forças lhe permaneceram hostis, pelo roubo do dom que ele foi conquistar (roubo da mulher desposada, roubo do fogo); intrinsecamente, é a expansão da consciência e por fim do ser (iluminação, transfiguração, liberdade). O trabalho final é o do regresso. Se as forças abençoaram o herói, este move-se agora sob sua proteção (emissário); se não, foge e é perseguido (fuga com transformação, fuga com obstáculos). No umbral do retorno, as forças transcendentais devem ficar para trás; o herói volta a emergir do reino da aflição (retorno, ressurreição). O bem que ele traz restaura o mundo (elixir)", de *El héroi de las mil caras*, Joseph Campbell, Fondo C. Econ., México, 1959, pp. 223-4.

te enquanto conserva sua opacidade, sua obstinada ocultação a nosso olhar indagador; abri-lo, de qualquer modo, é inutilizá-lo como apoio: a pesquisa descobre-o a nossos olhos e com esse mesmo gesto rouba-o de nossos pés. Porém, não só nossa estabilidade física, como também nosso equilíbrio mental, a própria razão, podem chegar a oscilar nesse empreendimento; ao descer radicalmente – isto é, não ao descer uma escada, que é algo elevado, mas ao descer ao que realmente está *embaixo* –, perdemos nossas mais estáveis coordenadas e devemos inverter estranhamente nossos pontos de referência. O que nos sustentava passa a ser o que nos cobre; o fechado rodeia-nos e dá-nos passagem, enquanto o aberto atinge uma longínqua indeterminação opaca; os saltos aproximam-nos da pedra, enquanto as quedas nos aproximam do ar... A cabeça necessita de sólidos alicerces, não menos que os pés, e esse exercício de perversão geográfica pode transtorná-la. Desde sempre, o que está embaixo foi particular e incontestavelmente tentador; ali se encontra o reino dos mortos, mas também os tesouros ocultos; ali, as entranhas de todas as coisas, que nos permitirão controlá-las melhor quando voltarmos à superfície; ali o mais profundo, que, por intuição verbal, nos aparece como o mais estimável; aí jaz toda a podridão, mas também o esquecido, o temido, o que se deve ocultar, isto é, *ser enterrado*; aí nos esperam as trevas mais espessas – mortos ou vivos acabaremos indo para elas; descer vivos nos previne e prepara para a descida definitiva –, tudo o que é negado à luz do dia; finalmente, aí embaixo, deve estar *o centro*, pois não podemos esquecer que andamos sobre uma esfera – e esse centro não é tanto uma eqüidistância geométrica como um ponto de poder espiritual, o terrível umbigo divino, que monopoliza o significado do mundo. Do inferior, do obscuro, do fechado, da terra saímos um dia; a isso voltaremos qualquer noite. Desce-se para ressurgir, isto é, para renascer; este segundo natalício nos proporciona forças renovadas, uma disposição vital impecável, temperada pelo contato com o inferno, e uma familiaridade com o fundamental que faz o irremediável perder sua horrível magia.

Retiraremos nossos exemplos dessa peregrinação essencial de Júlio Verne. Curiosamente, enquanto há quem veja em Verne o paradigma mesmo do romancista iniciático (cf. Simone Vierne, *Jules*

Verne et le roman initiatique, Paris, Ed. du Sirac, 1973), um crítico tão arguto como Michel Foucault nega o caráter de iniciação a seus relatos, argumentando que no final de suas viagens "nada mudou, nem na Terra, nem na profundidade de si mesmos". Talvez seja oportuno distinguir aqui entre o relato de uma iniciação e um relato iniciático: *A ilha do tesouro* pertence claramente à primeira categoria, e os romances de Verne, à segunda (com matizes relativos, que veremos mais adiante). O relato que narra uma iniciação é a crônica das peripécias que ocorrem a uma personagem no seu caminho para a luz e a maturidade iniciáticas; no relato iniciático, *o iniciado é o leitor*. Efetivamente, as personagens de Verne costumam ser pura exterioridade, olhos que vêem ou mãos que agarram, termômetros das mudanças de temperatura ou foles que acusam as faltas de oxigênio; sua mínima fundura interior só é apontada em fenômenos primários como a resistência à aventura (Axel, de *Viagem ao centro da Terra*) ou o mistério: o capitão Nemo não tem psicologia, mas *um segredo*. Depois da iniciação, que indubitavelmente tem lugar em seus romances, revelam tão poucas modificações quanto as mostradas pelo velocímetro de um automóvel depois das 24 horas de Le Mans: registram a distância percorrida, mas continuam na mesma posição em que estavam na partida. Porém, cumpriram sua missão de ser olhos e ouvidos do leitor durante a iniciação. Daí o caráter *documental* de tantos romances de Verne, sua obsessão em proporcionar ao leitor dados fidedignos sobre as circunstâncias de uma aventura que concerne mais a ele que aos personagens que supostamente a vivem, os quais, na realidade, não são mais que os *sensorium dei* da pessoa que a lê.

Ler Verne é como subir num balão sem lastro, como cavalgar num cometa, como deixar-se arrastar ao abismo por uma insondável catarata; e tudo isso dentro do mais estrito e até prosaico bom senso. É sonhar, mas sem por isso renunciar ao cálculo, à reflexão e até ao projeto; é aliar-nos com o delírio e colocar o mito a nosso serviço, para chegar ao realismo mais pleno e irrefutável, para instalarnos irrevogavelmente na estrita cotidianidade que nos rodeia, assumida como *imaginação realizada*. Para que possamos chegar a algum acordo, digamos que há fantasias duras e fantasias brandas. Estas últimas são divagatórias, acumulativas, invertebradas, como seu protótipo, a *História verdadeira*, de Luciano; as coisas prodigiosas, inverossímeis ou concebíveis só em último extremo por uma sensatez generosa, sucedem-se, com suspeita arbitrariedade, num mundo em que tudo é possível, *menos a ordem*. É o reino não tanto do caótico, que postula pelo menos um cosmos ausente, com o qual contrasta, e sim do amorfo. Como é o único tipo de fantasia que pessoas sem imaginação concebem, e como permite certa inclinação prejudicial para o alegórico, produziu babugens insuportáveis e pretensiosas, tais como certos subprodutos do romantismo alemão ou algumas *rêveries* francesas; recordemos as obras-primas que propiciou: *Alice no país das maravilhas*; *A Dreamer's Tales*, de Dunsany; *A procura de Kaddath*, de Lovecraft... A fantasia *dura*, pelo contrário, prefere o que Borges designaria de "as secretas aventuras da ordem" e abomina a peripécia gratuita tanto quanto a fascinação da inverossimilhança ou do absurdo. Nela o assombro nasce do rigor, não da incongruência, e o mais prodigioso é precisamente a gradação familiar pela qual nos aproximamos do improvável. Ditam-se e respeitam-se algumas regras do jogo, certamente mais amplas que as habituais, mas profundamente vinculadas a estas, que são simultaneamente extrapolação e contraponto. Na fantasia dura, as realidades mais estritamente legisladas, como a moral ou a ciência, podem chegar a ser o núcleo do argumento ficcional; recordemos com um calafrio de agradecimento *O estranho caso do dr. Jeckyll e mr. Hyde*, as obras de Wells ou de Olaf Stapledon, *Encontro com Rama*, de Artur C. Clarke... É necessário dizer que Júlio Verne é o próprio paradigma da fantasia dura, que sua obra admirável não só pretende obter o efêmero triunfo da perplexidade, mas também as magias mais duradouras e profundas da profecia, o ritual iniciático e a libertação utópica?

Aparentemente, Verne é precisamente o oposto de um escritor maldito. Sua obra gozou da mais ampla repercussão popular quase desde o começo de sua carreira, e essa fama manteve-se intacta, se é que não aumentou, até os dias de hoje, em que seus livros já tiveram múltiplas edições em todas as línguas cultas. Porém, não foi só o público comum que o apoiou em espontâneo e permanente plebiscito; alguns de seus contemporâneos mais ilustres – como Tolstoi, Alfred Jarry, ou mesmo Kipling, Gorki, Paul Claudel, Raymond

Roussel ou os surrealistas – não hesitaram em proclamar com incomum consenso o seu gênio. A crítica francesa atual, com Butor, Michel Foucault, Roland Barthes ou Claude Roy, "redescobriu" – termo muito em voga hoje em dia – Júlio Verne, esmagando a singela limpidez de sua obra sob montanhas de interpretações freudianas, diagramas estruturais ou divagações sociológicas. Nesse esforço cabe não só admirar o talento como também a repetição ou a superfluidade; mas não insisto, porque talvez eu mesmo esteja incorrendo nesta página – neste livro – nos mesmos defeitos, faltando-me esse dom ainda mais que a outros. Dizem que Verne era um desconhecido, e que o prestígio que conquistou nasceu de um mal-entendido: confundido com um autor "menor", tomado por um simples escritor de romances de aventuras ou de ficção científica, ignoraram seu valor simbólico, os níveis míticos e políticos que leituras mais "adultas" de sua obra possibilitam. Seu tradutor para o castelhano, Miguel Salabert, acusa resolutamente desse ocultamento os próprios leitores de Verne: "Os leitores de 'livros de aventuras' são maus leitores. Levados pelo interesse da peripécia, da história, saltam, sem escrúpulos, por cima de tudo aquilo que não lhes parece essencial. As descrições e digressões aborrecem os jovens." Convenhamos que os leitores de livros de aventuras são maus leitores porque gostam de boas histórias bem contadas, sem falsos recheios; e que os bons leitores, pelo contrário, gostam de sofrer com o supérfluo. Isso lá é com eles... Mas onde Salabert terá ido buscar essa idéia de que os jovens não gostam de descrições e digressões? O jovem que lhes escreve isto, lia Salgari com outros jovens como ele e não era pouco freqüente correrem a ampliar algumas das fichas técnicas de animais ou de árvores que apimentam seus relatos nas páginas do dicionário. Ninguém mais minucioso que os jovens leitores, amigo Salabert. Em casos como o de Verne, os críticos literários são particularmente vítimas de suas limitações intrínsecas: são *eles* que decidem que os escritores de aventuras ou ficção científica são "menores"; são eles que decretam que os adolescentes só gostam do pitoresco ou do ameno; foram eles que, no século passado, limitaram o interesse de Verne à sua capacidade de prever avanços científicos e de alinhavar peripécias curiosas... São eles que sempre se equivocaram com Verne; as crianças, ao contrário, acertaram desde o primeiro momento. Tratam agora de resgatar Verne, não de seus entusiastas, mas dos preconceitos da crítica "séria" contra a literatura "menor". Mas até em meio a esse resgate os críticos aproveitam para culpar, de seus tiques, aqueles que conservam o frescor diante do valor dos contos que eles já puseram a perder em boa parte. Naturalmente não é imprescindível que um adulto sofra de oligofrenia ou infantilismo para interessar-se por Verne: basta que não tenha perdido a capacidade de apreciar a leitura. Mas isso não impede que Júlio Verne seja, *efetivamente*, um escritor de aventuras fantásticas e, por isso, possuidor de um magnífico ânimo poético e mítico, tal como muitos outros escritores "menores": Stevenson, Kipling, Wells, Salgari, Conan Doyle... Seja no fundo do mar, nas nuvens, nas selvas impossíveis de nossos terrores noturnos ou na Lua, a voz de Júlio Verne reitera seu hino secreto, que canta poderosamente os avatares da coragem, os milagres do raciocínio e também – por que não? – os paradoxais prazeres da resignação.

O primeiro dos dois romances de Verne que escolho para ilustrar a viagem até as profundezas é *Viagem ao centro da Terra*, um dos mais prodigiosos e indeléveis do ciclo. Verne todo está nele: o cenário insólito, a empreitada prodigiosa, o adolescente tímido e obstinado, mas empreendedor, o adulto enérgico que leva a cabo a iniciação, as forças indomáveis do oculto, a significação implicitamente metafísica do risco e da descoberta...

O professor Lidenbrock decide dar aulas de abismo a seu sobrinho Axel: seu projeto é nada mais nada menos que fazê-lo descer até o próprio centro da Terra. A aventura começa quando encontram um antigo manuscrito com ininteligíveis caracteres rúnicos: é a palavra do Viajante, do Alquimista, que chega de longe, revestida de um cerimonial de ocultamento digno de Poe. Axel não quer atender a esse chamado; suas objeções reproduzem uma sensatez que poderíamos chamar de superficial, visto que seu principal argumento consiste em que tudo o que lhe interessa no mundo está na superfície e que nada se perdeu no centro remoto. Lidenbrok, não obstante, convence-o de que chegar ao centro é a melhor garantia para alcançar os prazeres da superfície. E se é certo, tal como afirma Valéry, que "o mais profundo é a pele", a verdade desse apotegma reside no fato de que, para reconquistar a pele, é preciso passar antes pelo profundo.

Axel tardará a admitir isso: demorará exatamente toda a narrativa, pois ainda que, no final da viagem, já pareça sentir tanto interesse quanto o próprio Lidenbrock em chegar ao centro da Terra, esse interesse parece ser uma espécie de "embriaguez das profundidades", mais suicida que regeneradora. O centro, afinal, marca apenas a *metade* da viagem: o certo é que se desceu para subir, dessa vez com sentido profundo, à superfície. Falamos de *A ilha do tesouro* como sendo uma reflexão sobre a audácia; podemos, sem dúvida, considerar *Viagem ao centro da Terra* como uma epopéia do *esforço*. Poucos relatos são tão palpavelmente penosos, tão obsequiosamente elogiosos ao esforço e à perseverança. Descer, fica bem claro, é antes de tudo uma questão de empenho. Axel deve conhecer todas as provas que o esforço afronta: a fome e a sede, a fadiga, a vertigem, a solidão nas trevas, os traumatismos, as queimaduras, a desorientação, o recomeçar, o pânico pelo desconhecido, os monstros inferiores, a tormenta, o poder do raio, as águas revoltas, o vendaval. E também os caminhos obstruídos e os becos sem saída. Só a obstinação no que foi empreendido permite tirar a cada momento da fraqueza essa força imprescindível para superar airosamente cada prova. Na crônica de outras façanhas resplandece, acima de tudo, a perícia ou o valor dos heróis; nesta destaca-se a obstinação. Exceto as evidências de sua passagem, que o remoto Arne Saknussen quis deixar para marcar o caminho para baixo, e as indicações positivas de seu manuscrito, nenhuma outra iniciativa inteligente guia a descida dos expedicionários, que no fundamental se deixam levar pela obstinada inércia. Mais que descer, parecem cair. E sua subida pelo vulcão não será mais deliberada e ostentará o mesmo automatismo pneumático da rolha disparada pela garrafa de champanhe. Aos viajantes só resta suportar a ciranda das diversas transfigurações da viagem, enquanto sentem gravitar sobre suas cabeças os milhares de quilômetros de rocha que, milagrosamente, não se decidem a esmagá-los. No professor Lidenbrock, a perseverança é uma segunda natureza, enquanto a perspicácia de sua ciência já é bastante menos patente. Mas nessa empenhada descida, a sabedoria está demais. Trata-se apenas de *querer*, não de saber nem sequer de poder.

À medida que desce, Axel vai encontrando cada vez mais espaço livre onde, segundo supomos, tudo deveria ser compacto. Tal como a moderna física atômica pulverizou a solidez da matéria, igualando-a à dispersa vacuidade dos espaços estelares, também as cavernas cada vez mais generosas encontradas pelos exploradores de Verne reproduzem a amplitude aberta da superfície que haviam deixado para trás. Como advertiu Hermes Trismegisto, "o que está em cima é igual ao que está embaixo". Depois de descer muitos quilômetros, Axel recupera a brisa e o mar, as nuvens e a vegetação. Tudo é o mesmo, mas não pode ser mais diferente. O mundo inferior é o passado do superficial; seu mar é o que nossos mares esqueceram, sua vegetação remete-nos ao jurássico perdido ou a um tempo anterior; seus animais formidáveis já não importunam o rosto exterior da terra. Um gigantesco pastor antediluviano toca o rebanho de mastodontes, entre fetos gigantescos; a poeira que cobre o solo provém dos restos calcários de moluscos pré-históricos. Assim como as recordações da mutável infância amontoam-se em nosso inconsciente, que é nossa profundidade, também o passado da Terra se estratifica e se justapõe no interior dela. O hercúleo pastor de mastodontes é Utnapishum, o Antepassado Eterno, a quem Gilgamesh recorreu em sua busca de imortalidade. O que parecia definitivamente perdido – o passado – só está enterrado, afundado, a fim de proporcionar um fundamento sólido ao nosso presente. Descer é retroceder. O que nos sustenta é o que nos precede. Axel não conseguirá trazer para a superfície a flor da imortalidade, como tampouco Gilgamesh conseguiu; a sombra de Utnapishum, congelada e fundacional, desperta seu horror e postula uma descida ainda mais radical, de que já não será capaz. Só o jovem, realmente, cumpriu o compromisso da viagem, pois o professor Lidenbrock pertence à abstrata esfera científica da disputa das formas, e a descida para ele representou principalmente a verificação ou a refutação das teorias vigentes. Quanto a Hans, pertence totalmente ao silêncio feroz do primitivo, tal como se revela na travessia do pântano à luz mágica do fogo-de-santelmo: "Hans não se move. Seus longos cabelos desalinhados pelo vento, com as pontas de feixes luminosos encrespadas, dão-lhe uma estranha fisionomia. A espantosa máscara em que o seu rosto assim se transforma faz dele um homem antediluviano, contemporâneo dos ictiossauros e dos megatérios." Só Axel desceu realmente, seguindo as pegadas do alquimista Arne Saknussen, mas não consegue completar o périplo do iniciado impecável. O centro do mundo, que talvez seja definitivamente fogo, permanece-lhe vedado; a apressada violência dos explosivos indignará as entranhas da terra contra ele e provocará a sua expulsão. Na realidade, essa é a única *iniciativa* que toma em todo o trajeto e causa o final da iniciação, antes de conseguir cumpri-la. Descer é verdadeiramente tarefa para pessoas tenazes, não para empreendedores.

O mesmo Verne propõe-nos outra versão da viagem para baixo, essencialmente distinta da que acabamos de comentar. Nessa segunda, o que se abre abaixo de nós não é a solidez terráquea, e sim a agitada pele do mar. Aqui a descida reveste-se de características de penetração no outro mundo paralelo ao nosso, não de mergulho nos antros subjacentes, que tornam possível o solo sobre o qual nos movemos. *Vinte mil léguas submarinas* promete, como seu próprio título indica, um périplo completo por esse novo território. Mundo paralelo, reflexo qualitativamente invertido da superfície sólida que habitamos. Agora já não se desce para voltar a subir, como no caso anterior, mas para se instalar de forma definitiva em pleno coração do diferente. A profundidade marítima é literalmente para *desterrados*. Os que a escolhem, morrem completamente para sua vida anterior. A tripulação dessa embarcação errante e fantasma, o *Nautilus*, é formada exclusivamente por mortos. Seu capitão perdeu o nome e o posto anteriores para chamar-se Ninguém, como Ulisses; porém um Ulisses que renuncia à reputação não como subterfúgio para recuperá-la melhor depois, mas que, por esse desbatismo, quer proclamar seu definitivo abandono da ilusão de Ítaca. Descer ao mar é um passo decisivo que não admite convenções: significa celebrizar-se pela absoluta *liberdade*. Assim declara Nemo em seu apaixonado elogio ao mar: "O mar não pertence aos déspotas. Na superfície, eles podem ainda exercer seus direitos iníquos, podem lutar, devorar-se e trasladar para lá todos os horrores terrestres. Mas, trinta pés abaixo do seu nível, o poder deles cessa, sua influência apaga-se, seu poderio desaparece! Ah, senhor, viva, viva no seio dos mares! Só aqui é possível haver independência! Aqui não reconheço amos! Aqui sou livre!" Porém, essa liberdade conquista-se depois de uma morte prévia aos olhos do poder, preço que nenhum dos três hóspedes forçados que Nemo recolheu da superfície do mar está disposto a pagar. Por outro lado, esse azul e frio paraíso é pródigo em espantos, e só sobreviverá nele quem conseguir converter-se numa ameaça não menos formidável. Tomado no início por um gigantesco narval ou algum outro tipo de animal marinho perigoso, o *Nautilus* ostenta, efetivamente, um arbítrio de fera: sua independência confunde-se com o exercício da ferocidade. Só desse modo poderá partilhar a selva submersa com o horror centímano dos polvos gigantes, com os cachalotes carniceiros – "que não são mais do que boca e dentes" – ou a veloz sombra do infausto tubarão.

O capitão Nemo utiliza seu prodigioso submarino para realizar autênticos desafios às forças naturais. Por mais que abomine os poderes terrenos e seus abusos, há muito nele do ímpeto fáustico que move os conquistadores de impérios ou os inventores de vulcânicas máquinas de guerra. Apesar de ser negra a bandeira que ele finca na gelada solidão polar, algo em seu gesto assemelha-o mais ao orgulho de Alexandre que ao humanismo de Livingstone. Tal como seus inimigos, os déspotas, Nemo entende a independência como mais força e mais resistência. Isso explica seu errar de tigre, seu desafio à pesada e opressora capa dos gelos, que o apanha num ataúde gélido, sua obstinada aproximação do forno insuportável do vulcão submarino ou seu desafio às grandes pressões da fossa dos sargaços, onde também o *Nautilus* cede à tentação de descer cada vez mais, em busca das "rochas primordiais que nunca conheceram a luz dos céus, dos granitos inferiores que formam os poderosos pilares do globo, das grutas profundas escavadas na massa pétrea...". Os desenhos de De Neuville capturam bem a compleição altaneira desse imperioso libertário, que não se contentou com um domínio partilhado e procurou, só para si, o ilimitado reino do mar. Seus prisioneiros nunca chegam a identificar-se completamente com ele, o que, reconheçamos, não era fácil. Os interesses de Aronnax eram plácidos e contemplativos demais para que ele simpatizasse plenamente com o pirata; a submissão do arquivista do Conselho deveria agradar-lhe ainda menos. Ned Land, por sua vez, tinha um caráter bastante semelhante ao de Nemo, mas sua perpétua rebeldia não despertou no capitão a simpatia que se poderia esperar. Afinal, até no próprio nome, Land levava a terra na alma; era, além disso, extremamente cético e atreveu-se a formular objeções contra seu próprio criador: "Que o vulgo creia em cometas extraordinários que atravessam o espaço, ou na existência de monstros antediluvianos que povoam o interior do globo, ainda passa, mas nem os astrônomos, nem os geólogos acreditam em tais quimeras." Aqui o próprio Verne se expõe ao ridículo com seu *Hector Servadac* e sua *Viagem ao centro da Terra*! Nemo elegera o mar porque amava o prodigioso e não podia conciliar-se com aquele insubmisso de inclinação tão frontalmente oposta à sua. Como iniciação, *Vinte mil léguas submarinas* é ainda mais frustrada que *Viagem ao centro da Terra*; Axel sofre pelo menos alguma transformação, entusiasmando-se gradualmente com a empresa que seu tio e ele haviam encetado, mas os três prisioneiros de Nemo não modificam em nada sua relação com ele ou consigo mesmos, em nenhum aspecto fundamental, embora Aronnax não deixe de maravilhar-se com os aspectos científicos da viagem do *Nautilus*. Em seus melhores momentos, portam-se como turistas, e no restante do tempo como prisioneiros ávidos de fuga.

Como já dissemos, o iniciado que o ritual descendente de Verne espera não é o jovem Axel nem o conspícuo Aronnax, mas o próprio leitor. *Tua res agitur*. Para ti, atrevido leitor, o côncavo diamante, a fenda cheia de ecos pela qual a pedra se precipita, ricocheteando, e o mar íntimo das origens que te espera no centro do globo, se te atreveres a descer pela boca de Sneffels que a sombra do Scartaris assinala antes das calendas de julho. Para ti, leitor, que não te afogas num copo de água, a turquesa ilimitada onde se agitam seres que nunca viste nem sonhaste, o trêmulo espectro das ruas submersas de Atlântida, a cintilante tortura branca e azul do gelo – que Dante reservou para o mais profundo de seu inferno – contemplada *de baixo*, a maldição espiral do vertiginoso *maëlstrom*... Procura tu mesmo teu próprio caminho para as profundezas, segue o percurso inicial do remoto alquimista que te precedeu na descida ou o sinal desafiador do grande desterrado: as iniciais "A. S." rabiscadas na rocha ou o "N" de ouro a triunfar na bandeira negra.

Capítulo IV
O triunfo dos proscritos

"– Que isto lhe sirva de lição, William Brown! – disse-lhe. Mas William já não estava lá."

Sempre que encontro alguém mais ou menos da minha idade, com gostos teóricos ou éticos semelhantes aos meus, alguém, em suma, que entende a vida como eu (isto é, que não a entende em absoluto), não preciso sondar por muito tempo no mais íntimo e congenial de suas recordações para que apareça, aureolado de glória, William Brown. É nosso ponto de referência comum, o único precedente necessário, de cujo exemplo vibrante não saberíamos prescindir: é o elo perdido através do qual permanecemos unidos a uma felicidade tão longínqua que já parece impossível. William Brown! Ninguém, nem mesmo Tarzan, Sandokan, nem sequer Sherlock Holmes consegue ser, para nós, tão vinculativo, *explicar*-nos tão profundamente. Os outros podem ser relidos, carinhosamente desmistificados; pode-se voltar a eles de um modo ou de outro, pelo pastiche bem-sucedido ou pela recriação cinematográfica: mas William não necessita de segunda vez; não é necessário fazer esforço algum para manter vivo o seu culto. Basta tê-lo conhecido a tempo, quando tínhamos aqueles incorruptíveis onze anos que ele eterniza, para conservá-lo sempre guardado na alma, brincando com sua espingardinha de cortiça ou chupando pensativo uma enorme barra de alcaçuz. Seria blasfemo considerá-lo simplesmente um acerto literário, o que, indubitavelmente, ele *também* é; pois, antes de tudo, William Brown é a própria esperança de que nunca nos faltará ânimo para sair do buraco, o nome do ímpeto que liberta do irremediável, a voz do clarim que conclama para a liça e convoca à vitória. *Extra Guilher-*

mo nulla salus: esta é a divisa de todos os que juramos pelo único anarquista triunfante que os tempos permitiram, o capitão indiscutível dos proscritos.

Creio que parte do êxito de William Brown se deve, antes de mais nada, ao lamentável aspecto da senhora de meia-idade, amiga de mamãe, que me presenteou com o primeiro de seus livros. Eu tinha, naturalmente, o mais profundo e justificado desprezo por essa insípida monstruosidade, tão apreciada pelos mais velhos, conhecida como "livro infantil", libelo que costumava misturar, em amálgama detestável, um enredo capaz de provocar asco ao menos dotado dos oligofrênicos a algum conselho moral derivado da mais rasteira idiotice ou sadismo, mais umas ilustrações cujo mérito artístico consistia em reunir, de modo nefasto, as cores mais berrantes com o desenho mais presunçoso. Esse era, precisamente, o tipo de livro que seria de esperar da senhora de antigamente, e sempre que num de nossos dez primeiros aniversários nos colocava nas mãos o pacotinho, dizendo: "Você vai adorar, é um livro muito *bonito*", a imediata e mais lógica reação era atirar o suspeito obséquio para o lixo. Mas, felizmente, não o fiz. Rasguei o papel e ali estava William Brown, sem tirar nem pôr. No princípio, seu aspecto confirmou minhas piores previsões: ora, eram histórias de um *menino*! É preciso notar que a coisa mais infame nos "livros infantis" eram os meninos que invariavelmente os protagonizavam: obedientes até a escravidão ou travessos até o crime, felizes ou infelizes sem terem chegado a merecer nenhum desses destinos, resignados com a fúria exemplar de umas Tábuas da Lei que alguém tinha decidido ilustrar à sua custa, propensos às mais vazias ocupações e às brincadeiras menos atrativas, rematadamente *burros* para exprimir tudo numa só palavra... Ah!, quantas vezes ri, depois disso, por ter sido capaz de pensar que William pertencia a esse bando de sonsos! E que prazer senti com o tratamento que o grande proscrito reservava para os palermas, vagamente aparentados com os usuais protagonistas dos livros infantis, que tinham a infelicidade de cruzar seu caminho! A surpresa que a leitura de William Brown me causou multiplicou, de imediato, meu entusiasmo por ele: era o sol a nascer no Ocidente quando mais dele necessitamos, o improvável a realizar-se a nosso favor... Que felicíssimo erro, que ironia secreta dos deuses incitou a perfumada e enfadonha senhora, cujo gosto, em todos os campos do espírito, não podia provavelmente ser pior, a oferecer-me aquela inusitada maravilha? Era como se um policial oferecesse gazuas, como se um vampiro se apresentasse como voluntário para doar sangue... Mas logo aprendi, lendo precisamente as aventuras de William Brown, que o mundo está cheio de senhoras extravagantes, cujo aspecto assustador esconde, atrás de si, a boa sorte, à espera de que a deixemos aproximar-se de nós. Salve velha senhora indigna, fada madrinha – hoje sei disso – que um dia me trouxe, de improviso, William Brown, como para me advertir de que as coisas mais preciosas chegariam sempre assim, inesperadamente, sem que eu quase fosse capaz de acreditar que realmente haviam chegado! Venha quando quiser, mas não deixe de vir! Que um dia, depois do doce que já enjoa ou da fatigada carícia, nessa hora em que nada mais esperamos, a não ser fastio, surja de novo o prodígio e ressuscite o milagre, tal como naquela longínqua ocasião em que um desesperante "livro infantil" converteu-se na refulgente lenda de William Brown!

É espantosa a facilidade com que ingressávamos nas circunstâncias de vida de William, que, afinal, eram francamente diferentes das de um menino espanhol da minha geração. O mundo aveludado e verde de uma pequena cidade inglesa, mais provinciana que urbana, com seus *cottages*, seu vigário e mulher, suas complicações de *pennies*, guinéus e meias coroas, seus invernadouros, seus absurdos chás de caridade, todas as constantes referências a uma história e a uma cultura estranhas, o ar de antigamente dos excelentes desenhos de Thomas Henry, cada uma dessas coisas e seu conjunto deveriam distanciar-nos solenemente das peripécias de William, tornando-as, para nós, pouco menos exóticas do que se ocorressem no Congo ou na Indonésia. Isso não teria nenhuma importância se William fosse personagem *literária*, à qual seria lícito e até recomendável o caráter inopinado ou folclórico, mas poderia ser fatal para o companheiro por antonomásia, o grande mestre de jogos a que acudíamos todas as tardes para comandar nossa turma e cuja principal virtude, o mérito básico a justificar sua excepcionalidade, era ser, indubitavelmente, *como um de nós*. Precisamente porque era dos nossos, podíamos admirar sua esplêndida peculiaridade; o fato de partilhar nossos gostos, nossos deveres e nossas limitações permitia-nos desfrutar de seus triunfos como se fossem nossos. Tudo o que o afastasse de nossa cotidianidade o debilitava, tendia a fazer dele um fenômeno próprio de terras remotas. Mowgli era assombroso, mas era preciso levar em conta que era indiano e tinha crescido no meio de lobos; Ivanhoé era inesquecível, mas nem todos têm a sorte de nascer cavaleiro na Corte furtada a Ricardo Coração de Leão. Com essas personagens podia sonhar-se; podia-se até imitá-las, mas sempre ressalvando as distâncias: as aventuras de William Brown eram feitas para ser *vividas* plenamente, sem mediação alguma. Com William Brown não havia distâncias, nada nos separava do modelo: era um evangelho sem ênfases nem intervenções sobrenaturais que dificultassem a identificação com o salvador. Numa ocasião, François Mauriac, indagado no final de sua vida sobre quem gostaria de ter sido, replicou: "*Moi même, mais réussi.*"* William Brown era eu mesmo, mas completamente bem-sucedido, eu no meu melhor momento, no pleno desenvolvimento do meu vigor e da minha sorte. Se não tivesse sido assim, tudo teria permanecido simples literatura. William Brown não era um ideal mais ou menos inalcançável, mas sim o cumprimento prazeroso da melhor das minhas possibilidades. Sua primeira e talvez maior façanha foi apagar todas as diferenças entre o seu ambiente e o nosso, isto é, conservá-las como peculiaridades concretas da aventura, mas não como atos exóticos a dissipar seus contornos ou circunstâncias de sua verossimilhança. E assim todos buscamos nosso velho alpendre na casa de veraneio ou tentamos em vão destilar o hidromel fabuloso, a água de alcaçuz. Não se tratava de "brincar de William Brown", como se brincava de Tarzan ou Touro Sentado: tratava-se de brincar com William Brown e, em homenagem aos aditamentos habituais em suas façanhas (aditamentos desnecessários, pois os nossos teriam valido tanto quanto os dele, mas que eram simpaticamente reconhecíveis), bebíamos água misturada com alcaçuz à saúde dos proscritos.

Ao reler alguns livros de William Brown, antes de escrever estas páginas, reparei, com certo assombro, que são compostos por breves aventuras independentes; por mais surpreendente que possa parecer, não me recordava disso. Guardo na memória a saga do gran-

---

* "Eu mesmo, mas bem sucedido." (N. do R.)

de proscrito como uma continuidade perfeita, na qual se confundem não só os capítulos, mas também os diferentes livros, ficando apenas as várias *jornadas* da minha vida com William Brown, como as manhãs e as tardes da nossa amizade. Os leitores adultos de Richmal Crompton são capazes de assinalar-me uma ou outra peripécia de William Brown como particularmente feliz, enquanto outras lhes parecem insípidas ou aborrecidas. Suponho que, como leitores, não podemos pedir-lhes mais. Mas esses juízos nada valem se comparados com a recordação mágica da amizade com William, experiência que se tem quando ele é lido na idade adequada: então o que agrada é *estar* com ele, embora sem nada para fazer, sendo possível até desfrutar os refluxos menos vibrantes ou mais baldados, como aquelas tardes de quinta-feira em que tentávamos três ou quatro brincadeiras com a turma e nenhuma dava certo, mas ficava o calorzinho agradecido aos amigos por estarem ali e por termos tentado juntos. William Brown não ensinava a pedir, mas a esperar alerta, com paciência e vocação para a boa sorte. Bastava que ele estivesse presente para que a aventura reunisse as probabilidades mais favoráveis; era um pára-raios da fortuna, o grande provedor da surpresa, o senhor indiscutível da oportunidade aproveitada. Era? Custa-me falar de William Brown no presente: será que temo contagiá-lo com a minha miséria atual, com a abjeta submissão de quem cresceu... Complexo de Peter Pan, síndrome de William Brown? Não faltam aos idiotas nomes para aviltar a ferroada abrasadora da rebelião contra o tempo, para justificar como "normalidade" a decadência da carne e da alma, o pacto com a resignação e a acomodação ao espanto, a abdicação da vocação ao risco e da opção pela fraternidade, a entrega à magia abstrata do irremediável, a traição à generosidade: o esquecimento culposo de William Brown.

Nos excelentes livros de Carlos Castañeda sobre Don Juan – talvez devêssemos antes falar de livros de Don Juan sobre Castañeda; seja como for, constituem o núcleo literário mais profundo e original entre os editados desde há muitos anos nos Estados Unidos –, apresenta-se como fundamental o conceito de "guerreiro impecável", que Don Juan aplica com freqüência a si mesmo e a Don Genaro. Esse conceito, mais fácil de descrever que de definir suficientemente (como ocorre com todas as noções que não só se referem a relações entre termos, mas que exigem também, para ser entendidas, o concurso de um *exemplo de ação*), remete ao vigor sem palavras de quem consegue reunir toda a sua energia para atingir um objetivo que lhe escapa, juntando o respeito inteligente, e até mesmo o medo, às leis do que existe com a consciência perfeitamente desperta e a plena confiança em si mesmo no momento da ação. Pois bem, se houve alguma vez neste mundo um guerreiro impecável, esse é William Brown. A única diferença entre ele e as personagens de Castañeda é que estas chegam à sua privilegiada condição por meio de uma exigente ascese e da autodisciplina dirigida pelo conhecimento, enquanto William Brown é um guerreiro impecável *inato* ou, pelo menos, fruto de uma experiência incodificável, tão privada e exclusivamente satisfatória quanto a masturbação. A moral guerreira que rege William Brown é tão revigorante ou mais que a virtude da fortaleza que, segundo Platão, devia sofrear a alma irascível do guardião da Cidade Ideal. Ele é valente e até temerário em muitas ocasiões, mas tem fria consciência dos seus próprios limites e luta sempre para que o seu arrojo não o precipite da diversão para o martírio; diverte-se com o que a violência tem de desentorpecimento físico e de perspicácia na finta, mas nunca com seu aspecto cruel: a magnanimidade para com o vencido é a única glória que o vencedor não deve, certamente, à sorte; é impetuoso, mas entusiasma-se com os calculados meandros da estratégia; procura mais o júbilo da descoberta e o desafio do risco que os despojos; prefere as recompensas espirituais – o sorriso agradecido de uma loura de olhos azuis, a admiração orgulhosa da turma – aos cumulativos e contáveis: estes ele busca mais para os outros que para si mesmo. Afinal, ele tem sempre a recompensa de ser William Brown. É resignado, mas não ascético; fantasioso, mas com lógica; romântico até onde essa enfermidade seja compatível com a ironia, o pragmatismo e a paixão pelos bolinhos de creme. Segundo conta a lenda, a deusa Atena gostava tanto do guerreiro Tideu, pai de Diomedes, domador de cavalos, que decidira conceder-lhe a imortalidade; esperou até vê-lo caído no campo de batalha e então correu para ele, a fim de dar-lhe a ambrosia que o subtrairia para sempre da morte; mas viu com horror e repulsa que o feroz lutador, levado pelo arrebatamento desumano do combate, aproveitava suas últimas forças para tentar devorar o cérebro desfeito que assomava pelas fraturas do crânio de um inimigo caído: indignada, Atena verteu a ambrosia no solo e deixou Tideu morrer. Não concebo William Brown dando-lhe ensejo para esse acesso de fúria: ele pertence a essa raça luminosa de capitães para quem um inimigo caído deixa de ter interesse, inclusive alimentar. Obviamente, o canibalismo é o tipo de idéia que costuma despertar autêntico entusiasmo em William Brown, mas como aventura, não como dieta ou vingança. Ainda que Robert Graves nos tenha recordado numa ocasião que os heróis homéricos desconheciam o doce e centravam suas preferências nos fortes assados, nosso guerreiro impecável sente decidida paixão pela confeitaria: é um Aquiles guloso, um Heitor inclinado a bombons recheados...

E também, talvez acima de tudo, é Ulisses, o da palavra alada e sutil, o que urde mil histórias e que, para salvar-se, é capaz de apresentar-se como criminoso ou mendigo, aquele que tudo negocia, o rei do pacto e do bate-boca, o melhor advogado de sua própria causa. Os recursos oratórios de William Brown fariam empalidecer de inveja o astuto soberano de Ítaca. A versatilidade do seu talento verbal é literalmente inesgotável: tão apto para o sarcasmo feroz quanto para a interessada reverência, tão brilhante na hora amarga do protesto perante a injustiça quanto no ditirambo que canta o próprio triunfo ou exalta os dons da pessoa amada. Destaca-se poderosamente sua arte no acerto da primeira palavra que inicia um relacionamento; o cidadão médio, nessa situação, costuma perder-se em fórmulas convencionais que nada revelam, ou em alusões receosas, mas William Brown passa, imediatamente, ao cerne do assunto, abrindo fogo com um: "Sabe andar com as mãos? Eu sei." Ou informa abertamente: "Sou um pirata." Semelhante procedimento, de imediato, torna interessante a relação menos promissora. Não menos admirável é sua arte de levar adiante uma conversa cujo sentido e contexto ignora completamente, deixando que seu interlocutor fale e respondendo com monossílabos complementados por advérbios, para dar-lhes precisão: "Sim, muito bem...", "Nem sempre", "Pois é, é isso" etc. Essa habilidade complementa-se com uma diabólica facilidade de valer-se de qualquer afirmação que seu oponente apresente (geralmente uma senhora velhota que o toma por seu sobrinho desaparecido, um vigário que o considera um órfão amnésico ou mesmo uma mocinha delicada que ele convenceu de que é um agente juvenil da Scotland Yard com a missão de vigiar um príncipe russo). Quando a hipnotizada criatura, acreditando atuar por livre-arbítrio, sugere a William Brown algo assim como "Estou certa que você é..." ou "Não estranharia que você tivesse de...", fornece-lhe a base necessária para que sua transfiguração continue. De modo algum pode deduzir-se daí que William Brown seja um farsante: ele simplesmente é consciente de sua pluralidade e a utiliza em benefício próprio. É menos mitômano que mitológico, menos ator que visionário. Duas qualidades essenciais garantem a essência aventureira de cada uma de suas mutações: em primeiro lugar, respeita sempre, até o final, a lógica interna da personagem que assumiu, isto é, se decidiu ser órfão ou pele-vermelha, só utilizará, na sua luta pelo triunfo, os recursos próprios dessas caracterizações; em segundo lugar, cada uma de suas invocações conserva fielmente os traços morais do eterno William Brown: não é simplesmente *um* gângster ou *um* urso, e sim William, *o* gângster, ou William, *o* urso. Desse modo, é tão fiel ao múltiplo de si mesmo quanto ao uno. Durante essas transmutações, baseia-se, fundamentalmente, na *palavra* para convencer os outros e *na ação* para convencer a si mesmo, isto é, para se divertir. Sabe que um discurso adequado pode converter um menino com plumas em animal do espaço, ou uma garrafa de água de alcaçuz em rum, mas ele necessita, além disso, fazer algo em relação ao que foi modificado pela palavra mágica para que o simplesmente descrito seja levado à sua mais alta virtualidade lúdica. Nesse ponto crítico, a contradição da situação costuma irromper, tal como profetizava Hegel, e a ilusão dissipa-se numa crise, graças à qual se pode começar a brincar de outra coisa.

No discurso de William Brown convivem duas forças que habitualmente costumam ser más companheiras, mas que nesse caso específico se potencializam: a fantasia e a lógica. William Brown é um sonhador rigoroso e coerente, cuja irrequieta imaginação extrai boa parte de seu poder da própria estrutura de sua forma de discorrer. Nada há nele de covarde, de gratuito: a constante invenção da realidade não é a *rêverie* de quem não tem forças para afrontar a dureza do dado, mas a via mais rápida rumo à aventura para quem decide arriscar-se. Trata-se de pôr a fantasia em marcha: para William Brown, o sonho não é um refúgio para fugir da prática, mas é precisamente nesta última que a capacidade sonhadora se manifesta e exercita. O vigor lógico de William Brown surpreende pela contundência de seus argumentos. A debilidade secreta do discurso dominante é elevar a exigência lógica à inexorabilidade do domínio, condenando assim à heteronímia tanto quem o emprega quanto quem o suporta. Mas em William Brown a lógica não é ditame do domínio, mas sim ímpeto da liberdade: é uma coerência que brota da paixão, não uma limitação imposta pela necessidade. Desse modo, por exemplo, William Brown decide que na Inglaterra *deve* haver pigmeus, uma vez que há bosques, que é onde vivem os pigmeus; e quando se argumenta que, se fosse assim, alguém os teria encontrado, ele replica que não é necessariamente assim, em vista do pequeno tamanho dos pigmeus e de sua habilidade para se esconderem; e se alguém então retruca que ele tampouco poderá encontrá-los, sua resposta imediata é de que ele é precisamente a pessoa adequada para achá-los, pois seu tamanho e sua habilidade para se esconder são idênticos aos dos pigmeus; mas não será perigoso topar com esses selvagens? Não, diz William Brown, pois "eu também posso ser selvagem se eles forem". Resultado: os proscritos, encabeçados por seu invicto capitão, põem-se imediatamente em marcha e encontram, sem demasiado esforço, os pigmeus em pleno coração da Inglaterra. Os pigmeus não são uma categoria antropológica, nem ocupam um determinado âmbito geográfico, nem são sequer uma determinada espécie de porcos (*pigs*), como William Brown acredita em princípio, mas decididamente um apelo à emoção, uma possibilidade de aventura, objetivo final da impecável lógica de William Brown.

A vida de William Brown transcorre em dois âmbitos que se contrapõem quase ponto por ponto sob todos os ângulos de enfoque: por um lado, sua família e, no oposto, os proscritos. A lista de oposições radicais poderia ser longa: o fechado diante do aberto, o monótono diante do diverso, o imposto diante do escolhido, o previsível diante do imprevisto, o ridículo diante do sublime, o arbitrário diante do pleno de sentido, o dever diante do prazer... Em geral, *a carência*, em todos os aspectos – miséria emocional, austeridade nos gastos, limitação nas expectativas –, diante da *abundância*, considerada de modo não menos geral – riqueza passional, esbanjamento, infinitude do possível. Mas essa contraposição é rígida demais e poderia suscitar um maniqueísmo simplista segundo o qual a família seria uma síntese de todos os males, diante da perfeição sem mácula dos proscritos. Daí a trivializar William Brown, convertendo-o num rebelde contra a tirania familiar, não vai mais que um passo, que talvez certo gosto "progressista" sancionaria. O desprezo pelos pais, no entanto, é uma vocação mesquinha, que a grandeza apaixonada de William Brown não consente. William Brown *adora* sua família com todo o intenso vigor de que o seu espírito brioso é capaz; adora-a sem deixar de lutar contra suas restrições nem ceder no seu ativo protesto contra as imposições. A família inteira está, sem saber, sob a proteção de William Brown, o que costuma ser fonte de preocupações para ambas as partes. As ameaças que gravitam em torno das finanças do estóico senhor Brown ou da saúde de sua lânguida e pouco perspicaz esposa, os pretendentes molestos ou irresistíveis de Ethel e as atividades artísticas, políticas ou mundanas de Robert, sem contar com os numerosos problemas reais ou aparentes (no entender de William Brown) que afligem os pitorescos tios, primos, tias-avós etc., o clã, todo esse conflituoso universo encerra um sem-fim de atribuições que William Brown considera com absoluta seriedade e enfrenta com uma empreendedora eficácia, que os beneficiados costumam considerar expedita *demais*. William Brown não é o dissolvente, mas o *tônico* desse mundo familiar, e não é culpa sua se, com freqüência, tão debilitado âmbito não consegue sobreviver aos radicais tratamentos que ele lhe administra. A espontaneidade do nosso herói está, em todo caso, acima de qualquer suspeita. William Brown tem perfeita consciência de suas raízes e lhes é agradecido – sua força é incompatível com o ressentimento dos malnascidos, que sempre encontram *depressa demais* os culpados de seus males –, mas não está disposto a permitir que isso o imobilize ou mutile. É fiel demais para limitar-se simplesmente à obediência; ama demais os seus para consentir em parecer-se com eles.

Os proscritos são a liberdade em companhia. Têm muito de fratria de caçadores nômades e bastante de tripulação de piratas. William Brown é o chefe pelos mesmos motivos que levaram Akela a capitanear a manada de lobos em que Mowgli cresceu: corre sempre na frente, salta mais alto e tem melhor olfato para as pistas que levam à presa. O enorme prestígio de William Brown entre os seus e a profunda confiança que o grupo tem nele vão sempre acompanhados por uma permanente possibilidade de protesto da base, que é despertado pela menor contrariedade: os grunhidos de seus seguidores quando se aborrecem ou quando algo sai errado servem de permanente aguilhão, o que preserva William Brown de qualquer ameaça de letargia ou rotina. Os proscritos devem ser conquistados todos os dias: exigem assim um esforço permanente de seu capitão, e em troca disso eles lhe dão sua lealdade incondicional e uma entrega pessoal que vai além do que é exigido pelo simples dever. As ordens de William Brown nunca são ultimatos taxativos sem explicações, mas fazem parte integrante daquela *narração vivida*, que a brincadeira sempre constitui para os proscritos. William Brown conserva a chave geral do discurso que sustenta a diversão e reparte os papéis ou propõe os exercícios em refletida relação com ela. Tais brincadeiras não têm nada de divertimento mudo nem de passatempo mecânico, mas são o fruto poético de uma imaginação militante. Os proscritos são precursores indiscutíveis de qualquer outra forma de poesia em ação, e William Brown é seu chefe nato, porque é ele quem tem mais capacidade para *contar-lhes o que estão fazendo*. Essa correlação vivida entre a ação como discurso e o discurso como ação é uma determinante constante em todos os momentos da saga de William Brown. Quem proscreveu os proscritos? Precisamente a dominação, que perpetua uma vida cindida entre a acolhedora ternura da família e a livre camaradagem dos amigos, entre os poderes da fantasia e as exigências da lógica, entre a disponibilidade da teoria e a necessidade da prática, entre a piedade e a coragem, entre o que conserva e o que intensifica... Essa cisão apresenta-se como inexorável e obriga a uma escolha mutiladora: ou submissão ou fuga de casa; não se pode ser simultaneamente pirata e filho de família. Mas os proscritos negam-se a escolher; impelidos por sua idade intacta, escolhem tudo ao mesmo tempo e zombam da cisão que os proscreve. Não é outra sua lição memorável: tudo o que perpetua a dicotomia é falso. O conformista de chinelos ou o feroz rebelde que queima suas próprias naves colaboram, igualmente, com uma ordem que é fortalecida pela inevitabilidade do dilema. *Não é necessário privar-se de nada, não é necessário renunciar a nada*: o caminho que se define por exclusões e abandonos leva à morte.

Será isso a glorificação da transitória indeterminação adolescente? Mas falar assim é dar por certo que amadurecer é acatar a necessidade do necessário! Precisamente, tratava-se de pôr em dúvida esse tipo de sabedoria, por mais veneráveis que sejam os pergaminhos que a prestigiem. William Brown, Pele-vermelha, Douglas, Henry entrincheirados no seu velho refúgio, preparam-se para uma expedição: e peripécias não vão faltar, porque a sorte não renega aqueles que, renegando a necessidade, foram por ela proscritos.

Revelarei, finalmente, o segredo da caminhada vitoriosa de William Brown? Ei-lo. William Brown é, para cada caso e em cada momento, capaz de adotar o ponto de vista do herói. A lenda que ele incessantemente conta aos seus e a si mesmo é narrada do ponto mais alto, do cume triunfal, em que tudo adquire sentido enérgico, inclusive – e principalmente – a derrota. Seus inimigos, os míseros Huberts Lanes e Heriberts Franks que correm pelo mundo, jogam com todas as vantagens conferidas pelo dinheiro adquirido sem mérito nem astúcia e pelo apoio incondicional da situação estabelecida, mas carecem do mais importante, do indispensável para a vitória, do ânimo que imortaliza: não conseguem adotar em suas manobras o ponto de vista do herói. É uma perspectiva arriscada demais, que ronda constantemente o desespero, que deve estar sempre disposta a pôr tudo em jogo, a não virar as costas, mas é a única que pode aspirar à definitiva recompensa, ao prêmio que não vem de fora, mas que faz parte dela, que é ela mesma, por assim dizer. William Brown, no essencial, nunca vacila: essa é a sua magia. Gostaria de poder dizer algo sobre aquela velha senhora vestida de roupa escura, Richmal Crompton, a preceptora inglesa que soube adotar o ponto de vista do herói, de modo tão irrepreensível, para nos contar a saga de William Brown, mas o certo é que não sei nada a respeito dela. Parece-me, sim, extremamente significativo que tenha sido uma *mulher* quem conseguiu tão bem animar esse sonho viril da perfeita adolescência predatória que William Brown personifica. Afinal, as fratrias de homens livres e irresponsáveis só são concebíveis no matriarcado... Quantos caminhos libertários são obstruídos pela concepção masculina do racionalismo, baseada no esquecimento sistemático do essencial! Mas só me faltava, depois de ter feito tanta literatura sobre William Brown, dedicar-me agora a fazer antropologia de última hora. O ponto de vista do herói: aí está o segredo. Sem ele, só se pode ser pessoa útil, homem do mundo, reformador bem-intencionado da sociedade; mas com ele é possível ser tudo isso e qualquer outra coisa, pirata, pele-vermelha, urso, conquistador, detetive, dragão, rebelde, proscrito, incompreendido, genial, como William Brown.

Capítulo V
A terra dos dragões

> "Mais além estendiam-se os bosques, e no centro, resplandecendo confusamente em meio à escuridão, estava o grande lago, que escondia em seu seio monstros surpreendentes. Enquanto olhávamos, ecoou nitidamente na escuridão um grito agudo e estalidante, o chamado de algum animal fantástico..."

Acho que pouco se escreveu sobre a enorme importância dos dinossauros. Além do seu notório interesse biológico, os dinossauros têm uma invejável transcendência mítica e uma repercussão epistemológica de primeira grandeza. No tocante à biologia, outros mais doutos que eu na matéria poderiam falar longa e extensamente dessa proliferação de répteis de nome retumbante que cobriram as terras, os mares e até os céus do remoto jurássico, convertendo-se, por si sós, em toda uma zoologia completa. São os seus aspectos míticos e epistemológicos que quero destacar agora. A qualidade lendária do dinossauro consiste em atender adequadamente a uma íntima apetência da alma romântica que Tolkien expressou assim: "*I desired dragons with a profound desire.*"* Borges assinalou, em seu estudo sobre as literaturas germânicas, que o dragão contagia de puerilidade todos os relatos em que aparece; em boa parte isso é verdade, mas não desmente nem diminui o nosso profundo amor por dragões, mais fundo que qualquer apetência de maturidade literária. O dragão reúne em seu vulto escamoso a ferocidade e a desdita, o sortilégio e as forças telúricas, o último obstáculo a impedir a conquista do tesouro e a resignação desventurada de quem se vê, ao longo dos séculos, atado a uma riqueza de que só pode gozar como guardião; trepidante fruto das entranhas da Terra, seu alento é fogo,

---

* "Eu desejava dragões com um desejo profundo." (N. da R.)

suas asas convocam-no para as alturas, e algo em sua silhueta e até mesmo algumas de suas aparições certificam que ele é um animal marinho: além disso, um banho de seu sangue concede a invulnerabilidade, e o seu esperma – o jade – é garantia de imortalidade. Ele é o tenebroso e o incorruptível, a necessidade da morte ou a chave da vida perene. O dragão é insubstituível na imagística de nossos arquétipos. Como não agradecer à paleontologia sua generosa evocação de terríveis lagartos de carne e osso – para nós, apenas osso já, infelizmente –, que sacia por via racionalista nosso anseio de dragões? Evidentemente, estes não são tão satisfatórios no funcionamento mítico como os autênticos dragões das lendas, mas suprem, com o selo científico que os avaliza, algumas de suas mais óbvias deficiências estruturais; menos éticos e nostálgicos que os que povoam os contos, os dragões da paleontologia são muito mais fecundos em formas estranhas e na sugestão de um cego e devastador selvagismo. Na verdade, o que sabemos sobre o comportamento desses répteis são apenas conjecturas científicas, isto é, lendas racionalistas, provavelmente influenciadas pela história de Beowulf ou de São Jorge: de certo modo, os dinossauros são os horripilantes filhotes saídos dos ovos postos nas imaginações pelos dragões míticos. E assim nos remetemos ao valor epistemológico desses lagartos extravagantes. Terá alguém já considerado que os dinossauros são a primeira grande hipótese romântica que triunfa sobre o positivo senso comum antimaravilhoso da ciência moderna? Efetivamente, quando se começou a prestar atenção científica aos primeiros fósseis – em estudos de personalidades tão ilustres como Leonardo da Vinci, Francastoro ou Georgius Agricola –, houve forte tendência a considerá-los como simples pedras de formas caprichosas, e não como restos petrificados de animais antiquíssimos.

 O tradicionalismo laico opunha-se ao que o próprio Leonardo considerava uma prova irrefutável da realidade do dilúvio universal, ao encontrarem-se restos de animais marinhos em terra firme, longe do local para onde poderiam ter sido arrastados por forças naturais. Os positivistas da época falavam de uma *vis plastica* da natureza, que se entretinha a imitar formas minerais e vegetais nas rochas. Ainda no século XVIII, Voltaire zomba dos fósseis encontrados na Alemanha, que, para ele, não são mais que simples pedregulhos dispostos habilmente pelos curas para provar seus embustes. Afinal, não era essa a opinião mais lógica e mais "científica"? Esqueçamos por um momento aquilo que já nos ensinaram como conquista irrefutável da sabedoria moderna: não parece muito mais verossímil, mais racional, mais ciência da boa supor que os aparentes ossos e as aparentes pegadas encontradas na pedra são produto da erosão ou dos enrugamentos mecânicos da crosta terrestre, do que proclamar a prodigiosa teoria de que são restos de dragões e elefantes grandes como casas que fizeram tremer, com suas lutas titânicas, retorcidas selvas de pesadelo, milhões de anos antes do nascimento do primeiro homem? E, não obstante, foi essa hipótese maravilhosa a que se revelou mais sólida: os dinossauros reivindicaram os prestígios da imaginação perante a mutiladora autocensura do bom senso racionalista, para o qual "medíocre" equivale a "provável", e toda descoberta que decepciona as secretas apetências lendárias dos homens é considerada imediatamente confirmada em oitenta por cento dos casos, antes de qualquer outra verificação. Cruéis tiranossauros, estegossauros assustadores, diabólicos pterodátilos semelhantes a cometas medievais, vossas sombras impossíveis saem dos museus para vir em socorro dos contos, para acalmar, de algum modo, nossa ânsia de dragões, para corrigir a obsessão do cientista positivista de desconfiar de tudo o que é assombroso e rejeitar o insólito ou o apaixonante.

Uma das mais divertidas sátiras aos cientistas modernos, às suas querelas acadêmicas e à sua visão redutora, embora enérgica, da realidade, é também um dos melhores romances de aventuras que se permitiu o século. Trata-se de *O mundo perdido*, de Sir Arthur Conan Doyle, romance em que se cria o professor Challenger e que figura entre as histórias mais bem contadas desse narrador fora de série. O argumento parece-nos hoje enfraquecido, devido às incontáveis imitações que sofreu (entre as mais felizes figura a série da ilha Caprona e a de Pellucidar, ambas fruto da desconcertante inventiva de Edgar Rice Burroughs); pode-se resumir assim: o professor Challenger, viajando pela América do Sul, descobre vestígios de vida pré-histórica nas selvas amazônicas; volta a Londres e prepara uma expedição para verificar suas teorias; os exploradores encontram uma meseta inacessível em plena selva, habitada por animais antediluvianos e por raças nos alvores da humanidade; depois de correrem numerosos perigos, retornam a Londres com provas surpreendentes de sua descoberta. Conan Doyle consegue narrar toda a aventura, situando sempre o leitor no ponto mais adequado para desfrutá-la, pelo que cada cena adquire uma espécie de mágica intensidade de prazer: *O mundo perdido* é um romance que se lê num estado de ânimo permanentemente jubiloso, igual ao que se sente na véspera de uma festa ou do amanhecer sonhado e excitante em que vamos empreender uma viagem desejada. É um livro escrito com bom humor, em que o autor contagia seu público com o prazer que sentiu ao compor cada página. As figuras dos cientistas expedicionários, Challenger e seu rival Summerlee, são simpaticamente atacadas. Ambos são obstinados, incapazes de qualquer prazer que não derive da taxionomia ou da prioridade na descoberta, mas, apesar disso, são escravos de uma espécie de fanatismo que quase poderia confundir-se, em determinadas ocasiões, com a grandeza. Challenger, em especial, é uma metáfora animada da selvageria científica do século XIX, expoente privilegiado daquilo que Giambattista Vico chamou de "barbárie da reflexão". Seu aspecto físico assemelha-se de tal modo ao do homem das cavernas, que o chefe da tribo de pré-hominídeos que aprisiona os exploradores poupa-lhe a vida ao tomá-lo por colega de espelunca; mas muito mais bárbaro que seu exterior é seu interior, cuja fisionomia é a de um autêntico Átila saqueador de mitos, anticlerical, antimágico, demolidor da bruma da vacilação diante do incomensurável e da confiança na maravilha que configura o perfil mais humano do humano. Challenger é a hipóstase da concepção fáustica que não conhece outra forma de aproximação do real senão a instrumentalização manipuladora do existente; todas as suas classificações, medições e buscas da causa eficiente de cada fenômeno têm apenas um único objetivo, o *controle*: saber é saber manejar. Essa manipulação reveste-se com a capa legitimadora da utilidade, mas, no final, sua verdadeira aspiração é satisfazer orgulhosamente a pura *libido dominandi*, como se vê no surpreendente conto *O dia em que a Terra gritou*, em que se narra como Challenger descobre que nosso planeta é um enorme animal, uma espécie de equinodermo colossal, e maquina cravar-lhe, numa zona sensível, um tremendo aguilhão, provocando um horripilante uivo da Terra ultrajada. Mas, apesar de intratável e vaidoso, não se pode negar que o professor Challenger tem autêntica categoria, prodigiosa capacidade de ampliar, a partir de uns quantos dados verdadeiros, as margens do provável, vibrante imaginação teorizadora e enérgica determinação, que não retrocede perante nada na hora de levar a cabo seus projetos. Todavia, no plano moral – e aqui reside a ironia de Conan Doyle –, sua condição é surpreendentemente arcaica: Challenger é uma mistura de suprema sofisticação teórica com a maior rusticidade de comportamento, o que se observa até mesmo nas suas condições mais positivas, como em seu infantil e pesado senso de humor ou seu feroz conceito de dignidade pessoal, próprio de Tiglatt Pileser III, mas não de um acadêmico britânico. Bem ou mal, com o espírito positivo, empreendedor e cheio do otimismo científico do século XIX, renasce uma barbárie espezinhadora da trama de matizes, distâncias e respeitos que são o produto mais refinado da civilização, mas talvez também o paralisador começo de sua decadência.

O mundo perdido abre-se e fecha-se com as tumultuadas sessões acadêmicas de uma agilidade narrativa e de uma comicidade autenticamente insuperáveis. O jornalista Malone, desejando fazer alguma proeza para conquistar uma noiva arredia, assiste à primeira delas e oferece-se como voluntário para acompanhar Challenger em sua discutida busca da meseta pré-histórica. Será uma viagem iniciática de qualidade radicalmente irônica, pois quando ele regressar, depois de ter superado terríveis perigos, digno já do coração de sua dama, irá encontrá-la casada com um homenzinho insignificante que nunca viveu outra aventura senão a das apólices e dos expedientes que lhe impõe sua condição de burocrata. Essa decepção final é a prova autêntica na qual se consuma a iniciação. Nessa primeira reunião acadêmica incorporam-se também à expedição outros aventureiros: o professor Summerlee, colega e rival de Challenger, que decide viajar com ele para verificar suas inverossímeis afirmações, e lorde John Roxton, caçador, viajante e guerreiro de acaso, que só aspira a acrescentar mais uma incursão singular ao seu já impressionante currículo. Este último, com seus nervos de aço e sua inflexível belicosidade, irá se converter, de algum modo, no modelo mítico de Malone, esse lutador perfeito em que sua viagem iniciática deverá enfim convertê-lo. Finalmente, fracassado o matrimônio, Malone voltará com ele à meseta esquecida pelo tempo. Mas a sessão geral do Instituto de Ciências, que conclui o romance, é a cena verdadeiramente inesquecível do livro. O capítulo é narrado em forma de crônica jornalística e começa com intervenções de estudantes turbulentos e professores céticos, semelhantes às que haviam animado magistralmente a reunião acadêmica em que se convocou a viagem. Mas, pouco a pouco, a tensão aumenta: os exploradores perderam a maioria de seus documentos científicos, todas as fotografias e a parte mais significativa de suas coleções paleontológicas; o público vê-se obrigado a acreditar nas suas incríveis declarações sem qualquer outra prova além da simples palavra. Surgem naturalmente, incrédulos, que resistem a isso e pretendem baldar o êxito popular da Assembléia. Então Challenger manda trazer uma grande caixa de madeira, a única coisa que os expedicionários conservaram de sua extraordinária viagem. Abre-a e inclina-se sobre ela, estalando os dedos e chamando carinhosamente seu ocupante; nesse momento, aparece na borda da caixa a horrível figura de um pterodátilo vivo, que, alarmado pelo enorme tumulto que sua presença provoca na sala, começa a voar entre o público, conseguindo, finalmente, escapar por uma janela aberta. O *allegro* brioso em que a cena é contada, a imagem do animal antediluviano vivo aterrorizando a convenção de paleontólogos, o acúmulo de detalhes significativamente jocosos, tudo isso estimula, no mais alto grau, o puro prazer da leitura, que não deve nada a coisa alguma, que não está enfeudado nem orientado por nada. Desde que li essas páginas perfeitas, sempre que assisto a uma conferência ou debate científico acalento a esperança de que o dragão real faça, de repente, sua aparição na sala e estremeça o ar rarefeito pelo previsível com o bater assombroso de suas asas membranosas.

Em algum recanto oculto da Amazônia ergue-se inacessível, como um amor proibido, a meseta que o tempo esqueceu, a terra de Maple White – explorada pela primeira e última vez pela pequena expedição do professor Challenger –, o lendário e prodigioso país dos dragões. A luz sangrenta de um sol excessivo pesa sobre fetos gigantes e de enormes blocos de lava; no lago Central o pescoço serpentiforme de um plesiossauro rompe a superfície, enquanto centenas de pterodátilos se reúnem numa boca vulcânica de argila azul, repleta de diamantes que ninguém quer; as tribos de homens-macacos dedicam as horas de luz a montar armadilhas, colocando estacas pontudas no fundo de poços disfarçados, nas trilhas exploradas pelos grandes mamíferos para chegar a um bebedouro. Com a chegada da noite, o bravio antediluviano é percorrido pela fustigada de rugidos de estremecedora avidez: os grandes dinossauros carniceiros saíram para caçar, assim como o impossível tigre de dentes de sabre; sob a luminosidade desatenta da Lua, há assaltos e combates tais que os olhos humanos nunca verão; em seus precários covis encarrapitados no promontório rochoso, os pré-hominídeos tremem com o furioso latejar da selva tenebrosa e povoam seu desamparo com as silhuetas terríveis ou benfeitoras dos seus primeiros deuses. Tudo o que hoje nos é familiar está ainda por começar. Eu não gostaria de ser a criatura primordial que espreita e sonha em sua caverna, mas sim esse viajante que vem do futuro para cumprir radicalmente a citação de Karl Kraus: "A meta é a origem". De alguma maneira sou ele, quando sonho com dragões e dinossauros, com uma obscuridade viva, purificada da presença obsessiva dos homens triunfadores. Não é, sem dúvida, mais que um capricho de adolescente: recordo-me muito bem de estar na cama, quando tinha treze anos, com os olhos úmidos de estranhas angústias e paixões, entrincheirado nas trevas. Por um lado, parecia-me impossível que se pudesse ser tão infeliz; por outro, não me abandonava a íntima convicção de que não podia haver no mundo ninguém mais feliz que eu. Então, sem deixar talvez de chorar, reconstruía passo a passo o caminho que leva ao mundo perdido; juntava-me timidamente à expedição de Challenger e confiava na pontaria infalível de lorde John Roxton; percorria com Malone o caminho noturno de sobressaltos e monstros que leva ao lago Central; sentia atrás de mim o arquejo opressor do tiranossauro ao atacar. Fugia, correndo aterrorizado através das sombras do país dos dragões. Muito antes de ser alcançado por meu tirânico perseguidor, adormecia sem recordações na paz do Senhor.

Capítulo VI
O pirata de Mompracém

"– Sandokan – disse Eanes –, parece-me que estás muito inquieto.
– Sim – retorquiu o Tigre da Malásia – não vou esconder-te, querido amigo.
– Temes algum encontro?
– Tenho certeza de que estou sendo seguido ou precedido, e um homem do mar dificilmente se engana."

Considero-me o feliz descobridor de uma identidade ciosamente guardada, em que pese a publicidade de todos os dados do caso, identidade essa essencial para o bom entendimento da aventura nas letras modernas. Sem qualquer receio concentro minha descoberta numa frase lapidar: "Sandokan foi o pai do capitão Nemo." As conseqüências dessa revelação inesperada farão levantar vôo a imaginação mais coxa; porém, embora com risco de entorpecer o recém-desperto frenesi divagatório do meu leitor e no gozo do meu direito de precedência literário de descobridor, vou aventurar – ou melhor, neste caso, *aventurarei* – algumas elucubrações primárias sobre tão evidente e transcendental parentesco. Começo por assinalar as identidades mais óbvias entre as duas personagens: naturais de uma pequena ilha do oceano Índico, de origem aristocrática e até principesca, os dois foram impelidos, por uma chacina familiar e pela perda de seus respectivos pequenos reinos, a piratear com ódio implacável contra a Coroa inglesa, um por cima do mar e o outro abaixo da sua superfície. Alguém dirá que essas semelhanças não bastam para atestar a postulada paternidade, mas há mais. Em primeiro lugar, a semelhança física, pois Nemo se parece com o pai em todos os detalhes essenciais: estatura idêntica – elevada sem exagero –, idêntico porte bizarro e corpulento, a mesma barba negra cerrada, os mesmos olhos relampejantes de fulgor incontido sob sobrancelhas espessas, a mesma tez acentuadamente morena, de acordo com o atributo racial que lhes corresponde, o mesmo ar dominador e a idêntica passada elástica e felina. Ainda mais surpreendente é a semelhança de caráter: os dois são introvertidos, dados à melancolia e à reflexão mórbida, ainda que cheios de coragem e capazes de executar, sem vacilar, as ações mais arriscadas; ambos são rigorosos e até cruéis, porém dotados de grande generosidade e de uma profunda e estranha espécie de compaixão pelos fracos ou oprimidos; tanto um quanto outro valorizam acima de tudo a liberdade e a independência, exigindo daqueles que os rodeiam estrita fidelidade e amizade sem reservas, ao que correspondem amplamente; os dois têm um elevadíssimo autoconceito e um orgulho sem limites, o que às vezes se revela em demonstrações de uma suscetibilidade excessiva, quase neurótica. Ambos amam o mar, porque é vasto e livre. Não serão esses detalhes suficientes para aqueles que, como eu, tenham o "faro genealógico" de que Nietzsche falou? Por outro lado, as datas também coincidem: a declaração de guerra à Inglaterra, firmada por Sandokan em sua plenitude vital a bordo de *O rei do mar*, é datada de 1868, 24 de maio para ser mais exato, enquanto o ápice de Nemo deve situar-se nas primeiras décadas de nosso século. Creio que tudo isso é mais que suficiente para poder afirmar, sem nenhuma sombra de dúvida, que sob o pseudônimo latinista do capitão do *Nautilus* se ocultava o sobrenome sonoro do indômito pirata de Mompracém.

Uma vez estabelecido isso, a história da rebelião exige que analisemos as diferenças que os separam e a respectiva transformação do espírito insubmisso que se vislumbra através delas. Sandokan é um rebelde muito mais luminoso, mais *solar* que Nemo. Há nele uma certa ingenuidade romântica que o faz vibrar com essa forma de otimismo pelo avesso, que é a nostalgia, mesmo em meio aos seus mais graves infortúnios. Porque Sandokan é derrotado com freqüência: a cada três capítulos aí o temos com os barcos afundados e a tripulação dizimada, a proclamar o adeus definitivo a seus fiéis tigrezinhos malaios ou até a si mesmo, como no final de *A mulher do pirata*, quando, ao ver sua bandeira vermelha derrubada por um tiro de canhão, exclama: "Adeus, pirataria! Adeus, Tigre da Malásia!" Mas, logo em seguida, o vemos reorganizando novamente suas forças e disposto a desferir um golpe feroz no rajá de Sarawak ou no próprio vice-rei inglês. Entre Sandokan e Nemo medeia toda a distância que separa a nostalgia do desespero. Para o pirata de Mompracém, enquanto há vida há esperança, e até a vingança é um princípio conservador, cujo primeiro mandamento consiste em resguardar tudo o que seja compatível com o valor; Nemo nega toda a esperança e até a própria vida: para ele, seu *Nautilus* é um ataúde submergível e destruidor, cuja tripulação renunciou à luz, à vida e à alegria no preciso momento em que embarcou. Nesse submarino maldito, o próprio instinto de conservação deve ser combatido, pois, para quem tem alma morta, tanto faz perder o corpo hoje como amanhã. A aparição final de Nemo em *A ilha misteriosa*, convertido em moribundo demiurgo protetor, confirma também essa imagem: sua perda de agressividade dá a impressão de dever-se, principalmente, à sua debilidade física, não a uma derradeira concessão ao otimismo que o levasse a reconciliar-se com alguns aspectos da ordem do mundo. Apesar do tom tétrico de muitas de suas intervenções, Sandokan rebela-se em busca de uma auto-afirmação pessoal, e a exaltação de sua pessoa por meio de títulos fulgurantes – "Tigre da Malásia"– ou de impressionantes declarações de guerra a seus inimigos – "Eu, Sandokan de Mompracém, a bordo do *Rei do Mar*, declaro guerra à Inglaterra e a todos os seus aliados..." – não é nunca simples e acessório prescindível em seus empreendimentos bélicos. O capitão Nemo, por sua vez, levou seu infinito orgulho até a auto-aniquilação: seu nome é Ninguém, como o de Ulisses, mas ele não adotou esse pseudônimo como medida de prudência ou chave de uma artimanha, mas como realização apropriada de uma *megalomania negativa*. Em todo o oceano Índico não há ninguém que supere Sandokan, senhor do mar; mas só o nada sem limites pode comparar-se à fúnebre grandeza de Nemo.

Os empreendimentos do pirata de Mompracém são marcados por critérios relativamente utilitários, totalmente alheios ao inventor do *Nautilus*. Sandokan busca não só vingança, como Nemo, mas também riquezas, naves velozes e, acima de tudo, o amor de Mariana. Nesse detalhe reside o ponto essencial da diferença entre Sandokan e Nemo: o Tigre da Malásia está profundamente apaixonado e permite-se sonhar de vez em quando com uma ilha formosa e segura onde viveria até o fim de seus dias com sua adorada "Pérola de Labuan", rodeado por seus fiéis malaios. Numa ocasião, quase assustado consigo mesmo, confessa a Yáñez: "Ouça: amo essa mulher a tal extremo que se ela agora me aparecesse e pedisse que eu renegasse minha nacionalidade para me tornar inglês, eu, o Tigre da Malásia, que jurei ódio eterno a essa raça, faria isso sem vacilar! Sinto um amor inextinguível que corre por minhas veias, que me lacera a carne!" Para Nemo, não há consideração humana que o afaste de sua sombria missão nem o faça abjurar de seus princípios. Seu ódio já não se centra exclusivamente nos ingleses e seus aliados, embora continue a preferi-los na hora da aniquilação, mas estendeu-se logicamente a toda a espécie humana. É um morto que odeia as instituições e costumes dos vivos, seus vícios, suas crueldades, sua estupidez; mas odeia, acima de tudo, sua proliferação de formigas e, secretamente, os insaciáveis amores que a sustentam. Não é puro jogo de palavras dizer que Sandokan é mais *superficial* e Nemo mais *profundo*, porque é preciso fazer constar que a vida é na realidade uma fina película que cobre a epiderme da terra e que, no abismo de ar rarefeito, o que desaparece é sua própria possibilidade, antes que tenha lugar o desprezo. O juízo destrutivo lançado por Nemo das profundidades de sua lucidez contra o humano é exigido pela insólita honradez de sua descida ao precipício do desamor. Onde já não há nada, ressoa o lamento de Nemo; a milhares de braças acima dele, Sandokan busca Mariana e luta ferozmente por ela. A única grande paixão de Nemo, afora sua vingança aniquiladora, é o conhecimento científico. Mas a ciência reforça mais do que mitiga o seu afã de morte: não funciona como esse amor que – Sandokan pressente – acaba por fazer renunciar a qualquer ação que não seja diretamente inspirada na afirmação da vida. Para o apaixonado pirata de Mompracém, até o seu ódio aos ingleses acaba por ser secundário: a única realidade é Mariana, nome do desejo, e até o recanto onde se havia fixado o rancor é ao final esquecido como uma convenção que entorpece o que é verdadeiramente importante. Assim, o amor corrige o que se desvia da vida; a ciência, por outro lado, consente todos os erros, exceto os teóricos. Apesar da simpatia que Nemo nutre por Aronnax, pelo fato de este ser cientista, não consegue travar com ele uma amizade íntima, pois estão separados pelo anelo de vida deste último. A sabedoria do capitão do *Nautilus* chega a ser, em contrapartida, desoladamente desinteressada, e ele realiza seus arriscados experimentos – cruzar submerso a calota polar, descer até profundidades inauditas, acercar-se temerariamente de vulcões submarinos – com o olhar indiferente do sujeito transcendental que Kant postulou para o autêntico conhecimento científico. A sabedoria de Nemo torna-o particularmente invulnerável; diante dele, Sandokan é sempre precário. O contato com a ciência do Tigre da Malásia é puramente exterior: ele a utiliza mas não a compreende, e, no fundo, talvez não a aprove. A aventura de *O rei do mar* é significativamente reveladora a respeito. Sandokan faz-se ao mar com um formidável encouraçado americano, *O rei do mar*, autêntico colosso indestrutível para a época; comparado aos juncos e paraus que até então o pirata comandara, trata-se de um salto qualitativo incomensurável. Fascinado pela máquina de fogo e ferro, ele declara guerra à Inglaterra, ao rajá de Sarawak e a todos os seus aliados. De algum modo, vê na poderosa estrutura do encouraçado a materialização adequada de sua desafiadora vontade. Depois de diversas aventuras contra adversários menores, sempre vitoriosas, Sandokan acaba topando com uma esquadra inglesa enviada em seu encalço. Esta é constituída por quatro encouraçados, cada um deles tão grande e potente quanto *O rei do mar*. Sandokan aprende então a infinita repetibilidade de todos os produtos científicos, que por isso nunca podem adequar-se propriamente à indômita individualidade do homem. A força não reside em *O rei do mar*, máquina duplicável ou aperfeiçoável em qualquer momento, mas em ser Sandokan. Todavia, a ciência brinda-o com uma última esperança, na pessoa de um extravagante inventor americano, cuja arma secreta afunda sem esforço um dos barcos inimigos; mas de imediato um canhonaço acaba com ele e destrói seus instrumentos, que, de qualquer modo, ninguém mais no barco pirata saberia manejar. Com esse episódio, Salgari sublinha a radical incompatibilidade da coragem específica de seu herói com o tipo de triunfo proporcionado pela superioridade meramente técnica. Aquilo não era vitória para Sandokan. Um dos momentos mais belos da saga do pirata de Mompracém é quando ele se prepara para afundar com seu grande navio, arrasado por um inimigo superior, sabendo, porém, que permanece invicto no mais essencial. O *Nautilus*, por sua vez, é um prolongamento direto do seu inventor: é mais uma prótese que um barco. O gênio de Nemo e seus insólitos conhecimentos permitiram-lhe construir uma nave à sua imagem e semelhança; cada uma das proezas desta pode ser diretamente atribuída ao seu prodigioso capitão. Mas isso porque Nemo já é um tipo de homem muito diferente de seu pai Sandokan, que tem com as máquinas e com a mentalidade técnico-científica a mesma familiaridade que Sandokan tem com sua cimitarra ou com a valentia. O supercientista consegue individualizar-se, quantitativa e cumulativamente, graças ao seu cérebro. Não obstante, para conservar sua primazia, o sábio precisa continuar aperfeiçoando, sem cessar, sua capacidade inventiva, para evitar a duplicação que irá padronizar sua originalidade. O tempo está contra ele: em cinqüenta anos, tanto o *Nautilus* quanto *O rei do mar* converteram-se em vulneráveis antiguidades de museus, enquanto a enamorada *terribilità* de Sandokan ou o insondável desespero de Nemo conservam intacto o seu valor mítico. De pai para filho, a rebelião tornou-se inconciliável; restam apenas ilhas na superfície onde procurar refúgio e reparar as naves, maltratadas pela batalha, e o indômito deve ocultar-se no mais profundo e desolado do amargo oceano. De lá, fará voltar a sabedoria do domínio contra o próprio domínio, inventando novas e desconcertantes armas que cumpram a missão do puro valor antigo. Mas na hora do confronto definitivo, voltarão a tremular juntas as duas bandeiras da alma rebelde: a vermelha, adornada com uma cabeça de tigre, do pirata de Mompracém, e a negra, selada com um N dourado – inicial de "ninguém" e de "nada" – do solitário vagabundo submarino.

Sandokan é o aventureiro quimicamente puro, apesar dos disfarces vingativos e até políticos que busca para suas ousadias. Sua figura foi, sem dúvida, o que de mais bem-sucedido os desejos do coração – os deuses –, que ditam as histórias aos homens, ofereceram a Emilio Salgari, inesquecível poeta da ação e do exótico. Reconheço ter sentido mais prazer com esse escritor italiano que com Verne ou Walter Scott, que lhe são indubitavelmente superiores. Sem dúvida contribui, para o meu apreço por sua obra, o especial encanto de suas imperfeições literárias, das quais está felizmente infestada: o gosto pelo acúmulo enciclopédico de informações sobre as peculiaridades mais extravagantes da flora, da fauna e dos costumes das terras em que transcorrem seus romances, o que o obriga, freqüentemente, a afastar-se por todo um capítulo do curso lógico da narrativa para introduzir uma árvore ou um orangotango; o ritmo um pouco desordenado com que conta algumas aventuras, com curiosos saltos no tempo e no espaço, que nos dão a mágica impressão de as estar vivenciando em sonhos; o caráter imediatamente perceptível de suas intrigas, cuja previsibilidade as faz parecer um estranho produto do destino (por exemplo, em *O rei do mar* um capítulo intitula-se inexplicavelmente "O filho de Suyodhana"; faz-nos suspeitar de que um oficial anglo-indiano da Marinha, que aí aparece, deve ser rebento do pavoroso chefe dos *thugs*, o que, já no final do romance, virá a revelar-se verdade, com todos os requisitos de um surpreendente lance teatral); o laconismo epiléptico de seus diálogos, tão pitorescos que chegam a produzir arroubos dignos do melhor Zen etc. Salgari teve talento para prescindir de talento, o que não é tão fácil como parece. Para medir a abundância de sua capacidade inventiva, basta examinar as fontes de onde recolhia a documentação para seus relatos. A saga de Sandokan apóia-se em *L'Inde des radjahs*, de Louis Rousselet, para os aspectos ambientais; em *Il costume antico e moderno*, de Giulio Ferrario, para os adereços; numa versão italiana de *Le tour du monde*, a maravilhosa revista geográfica, e em vagas sugestões extraídas de Mayne Reid. Mas no aroma de seus romances Salgari soube conservar o que havia de mais rico nas obras que manejava; por exemplo, suas personagens movem-se sempre por paisagens cheias do matizado encanto das gravuras de Riou ou de Thérond, os estupendos ilustradores de *Le tour du monde*, que pouco têm a ver com as fotografias coloridas da *National Geographic Magazine*, para falar de um similar contemporâneo. Sua capacidade inventiva é essencialmente evocadora: tal como o paleontólogo reconstrói o animal pré-histórico a partir de um único osso, Salgari conjura toda uma Índia cheia de possibilidades épicas sem outro apoio além da ilustração confusa de uma enciclopédia, ou de dez linhas de um duvidoso testemunho de viagem.

Uma recente série da televisão italiana voltou a popularizar a figura de Sandokan entre as pessoas que a tinham esquecido ou que a desconheciam. Segundo parece, os roteiristas da série escolheram apenas os aspectos de rebelde terceiro-mundista do pirata de Mompracém e converteram-no em líder da luta contra o imperialismo. O que há de mais belo e profundamente *útil* nos heróis é que eles voltam sempre, revestidos dos concretos afãs libertadores que animam cada época. Na realidade, Sandokan não foi um protagonista "democrático", visto que o seu autoritarismo chegava às raias do despótico, e ele geralmente era mais estimulado por considerações estritamente pessoais do que por ideais nacionalistas que, no fundo, lhe eram bastante alheios. E, todavia, para além da politicagem medíocre dos profissionais da revolução domesticada, que querem reduzir tudo a um mero jogo, por eles traído de antemão, Sandokan é um símbolo inequivocamente subversivo. Quem deseja viver a plenitude da aventura, da liberdade e do amor, sente sempre em sua cerviz o jugo do colonizado, ainda que viva na própria capital do Império. Os tigres de Mompracém levantam-se contra esse poder que tudo controla por meio da violência racionalizada e cujo rancor codificado desconhece até o nobre desabafo do furor: esse domínio mantém seqüestradas todas as Marianas. Sandokan nos diz – e é uma lição tão subversiva que estilhaça a própria noção de política como arte infame de aperfeiçoar o poder – que quem não quer morrer escravo deve ser protagonista de sua própria paixão. É essa a terrível mensagem que ele nos traz, e, formulada abstratamente, como pura divisa, pode até ecoar com equívocos acentos de barbárie da Nova Era: entre nós e a alegre aventura individual, que se compraz em seu próprio risco, se interporá durante muito tempo a sombria cruz gamada. Que difícil é ter consciência disso e mesmo assim não renunciar à aventura! A isso precisamente ajuda a narração, mostrando exemplarmente que a força do herói é sua ética – memória do primordial, generosidade, fé na vida – contra a qual nenhuma ética da força pode prevalecer definitivamente. E ainda que prevalecesse, o herói não deixaria de ser herói por isso... e triunfaria no essencial! Nesse aspecto, a gesta de Sandokan é luminosa, solar. Mas não cabe lastrá-la com severos transcendentalismos, cuja seriedade perde sempre de vista que o mais importante é a alegre leveza. É preciso embarcar sem rodeios; penetrar na selva que a cada passo oferece terríveis maravilhas, cujo desconhecimento pode provocar a morte do incauto. Ameaça-nos o poderio de Sir James Brooke, o rajá exterminador de piratas, e, em alguma parte oculta da mata, espreita o templo da sanguinária Kali, local de onde o formidável

Suyodhana envia seus estranguladores *thugs* contra nós. Mas: fora o medo! Temos ao lado o sereno e astuto Yáñez de Gomera, irmão de armas; temos como guarda-costas Tremal-Naik e o enorme Sambigliong, além de todos os tigrezinhos malaios que, por seu Tigre, estarão dispostos a deixar-se matar sorrindo. Recompensa? Não há outra senão a própria aventura, mas a aventura é Mariana...

"– Não, meu bravo – diz ela –, não peço outra coisa além da felicidade a teu lado! Leva-me para longe, para uma ilha qualquer onde possa amar-te sem perigo nem ansiedades!

"– Sim, se quiseres te levarei para uma ilha longínqua, coberta de flores, onde não ouças falar da tua ilha de Labuan nem eu da minha de Mompracém; para uma ilha encantada no grande oceano, onde poderão viver apaixonados o terrível pirata, que deixou atrás de si torrentes de sangue, e a gentil 'Pérola de Labuan'. Queres Mariana?

"– Sim!, mas escuta: ameaça-te um perigo, talvez uma traição, que neste momento se trama contra ti.

"– Eu sei! – exclamou Sandokan. – Prevejo, pressinto a traição. Mas não a temo!"

Capítulo VII
Os habitantes das estrelas

"Através dos abismos do espaço, espíritos que são para os nossos espíritos o que os nossos são para os animais de alma mortal, inteligências vastas, frias e implacáveis, contemplam esta terra com olhos invejosos e traçam com lentidão e segurança seus planos de conquista..."

Não resta dúvida de que os planetas do nosso sistema solar, inclusive os que giram em volta de estrelas inconcebivelmente longínquas, são habitados. São povoados por nossos fantasmas, nossos projetos e nossos temores; regem-se por insaciáveis hipóstases dos tiranos terráqueos ou por reflexos monstruosamente aumentados das burocracias sem alma de que padecemos, enquanto cientistas, que de tão rigorosos e precisos chegam a ser desapiedados – isto é, mais *científicos* ainda que os habituais –, inventam máquinas de impecabilidade obsessiva. Ali os insetos crescem até alcançar tamanho humano e erguem-se sobre as patas traseiras, como há muitos séculos acontece em nossos pesadelos, enquanto a linguagem é abolida em benefício da imediata comunicação telepática, como insensatamente tantas vezes desejamos. O humano está presente em toda a parte, até nos confins do universo: não consentimos que nada escape a nosso jogo, a nosso olhar, a nossas manias. A lepra da vida consciente propaga-se de planeta a planeta, salta de sol em sol, ao menos em nível alucinatório. Ao imaginar habitantes em outros mundos, parece que o homem se resigna modestamente a perder sua posição central de umbigo do cosmos. Ora, isso não é verdade: num impulso de supremo orgulho, que certifica definitivamente sua radical incapacidade para o comedimento, ele conquista mentalmente as galáxias, reparte imagens de si mesmo pelas estrelas, furioso por não poder ir ainda enxovalhá-las pessoalmente. Cada aparente retrocesso do antropocentrismo é, na realidade, um reforço sutil da pretensão de domínio cósmico, pelo menos teórico, que constitui a essência desse inextirpável vício. Com efeito, o sistema de Galileu é mais antropocêntrico que o de Ptolomeu, mas menos que o de Newton ou de Einstein. A Terra é pequena demais para bastar à cósmica vaidade humana, e a inteligência se descentraliza em sistemas cada vez mais sofisticados, a fim de que todo o universo gravite em torno de um pensamento que não só ocupa o centro, mas também a periferia e cada rincão do que existe, impregnando com suas leis até a última partícula de poeira estelar que flutua na mínima porção de éter. Qualquer que seja a forma mais ou menos extravagante que se imagine para os seres de outros planetas, eles são sempre monstros que pensam, e isso iguala-os a nós, pois o homem tampouco se define de outro modo. Homens-centopéias, homens com tentáculos e ventosas, homens-água, homens-chama, homens-pirâmide ou homens-cilindro, tanto faz, homens todos em primeira e última instância, seres que refletem, que se distanciam infalivelmente de si mesmos e do que os rodeia, que odeiam ou ambicionam, que se compadecem, que se afligem, que se organizam e se rebelam contra a organização. O cenário da comédia humana cresce, complica-se e torna-se exótico; os vestuários se sobrecarregam de enfeites, os adereços se sofisticam; o argumento permanece monotonamente imutável. O homem espargiu os astros com sua inquietação e já perscruta o infinito silêncio do espaço com temor: os invasores que o seu espanto aguarda vêm devolver-lhe a visita impertinente que sua fantasia criou ao perturbar a perpétua irrelevância do vazio. A nova progênie que descerá dos céus, cantada por Virgílio, não nos traz outra novidade senão a exacerbação de nossas tendências, a acentuação de nossos costumes até o ridículo ou o atroz. Queremos contaminar com a reflexão todo o universo, estender a *anomalia* da consciência às nebulosas mais remotas, exagerar em outros planetas as complicações que sofremos neste. Queremos salvar-nos, é claro, e só podemos correr numa direção: tendo conhecido o espírito, não é possível retroceder, desvanecer as pegadas, regressar ao mineral; é preciso fugir para a frente, dotar de inteligência todas as formas e todos os mundos, para finalmente fazer estourar o pensamento *por cima* e retornar ao paraíso da harmonia pela via da intensificação da diversidade, por meio da sábia ênfase no conflito... Somos os extraterrestres, desde que conseguimos olhar a Terra de fora, de longe; o monstro que trama nossa invasão no outro mundo é a esperança dessa diferença radical que o tédio do espírito não se resigna a abandonar. Já só do espaço intergaláctico podem chegar os bárbaros cujo ímpeto invasor realize os nossos mais secretos anseios. Ou melhor: só em outros planetas ainda mais decadentes e perplexos que o nosso poderíamos exercer-nos como bárbaros e aquecer nosso sangue gélido com o saque de civilizações exaustas, ao lado das quais até nossa espécie cansada se converteria em ideal de vitalidade.

As duas modalidades paradigmáticas de nossa relação com os extraterrestres foram configuradas por Herbert George Wells em seus romances *A guerra dos mundos* e *Os primeiros homens na Lua*. Referir-me a esses dois clássicos, em vez de analisar o tema através dos eruditos meandros da ficção científica, apresenta duas vantagens evidentes, ambas diretamente relacionadas com o capricho subjetivo e a preguiça – ou insuficiência bibliográfica – que regem estas páginas, tal como adverti o leitor desde o começo: em primeiro lugar, nenhuma recriação posterior do tema me agradou tanto quanto os dois esplêndidos romances de Wells, que me parecem não só o início afortunado de um gênero, mas também um dos graus mais elevados alcançados nele; em segundo lugar, o fato de limitar-nos a duas histórias tão nítidas e diretas como estas poupará ao nosso encontro com os alienígenas a fatigante casuística ou suas intermináveis ramificações. Não me resigno, todavia, a deixar de aludir, ainda que apenas como enumeração de títulos trazidos ao acaso pela memória, a outras histórias desse gênero que me deram grande prazer. O primeiro dos dois modelos – o paradigma *A guerra dos mundos* – relata a invasão de nosso planeta por seres do espaço exterior e a luta mais ou menos frutífera dos terráqueos para impedir a conquista de seu mundo. Suas realizações na ficção científica são tão extensas que custa imaginar novas variações sobre o tópico, embora não duvide de que existam. Recordo com franco entusiasmo *The Day of the Triffids* e *Kraken Wakes*, ambas de John Windham; *Whisperer in the Darkness*, de Lovecraft; os benévolos e bíblicos invasores de Zenna Henderson, em *Pilgrimage: the Book of the People*, ou em *The People: no Different Flesh*, diante da assombrosa visita de *O fim da infância*, de Arthur Clarke; o *Titã invade a*

Terra, de Robert Heinlein; *A mente assassina de Andrômeda*, de Fredric Brown, ou o *Killdozer*, de Theodore Sturgeon. O segundo modelo – cujo paradigma é *Os primeiros homens na Lua* – narra a viagem espacial a outro planeta (releio as últimas palavras e recordo o oportuno sarcasmo de Borges: no fim de contas *todas as viagens são espaciais...*) e o choque dos invasores terráqueos com os seres que o habitam. Este produziu um não menor número de variantes que o tipo anterior, e as que me deram especial prazer foram as seguintes: em primeiro lugar, as *Crônicas marcianas*, de Bradbury, que continuam a parecer-me magníficas; as aventuras em Marte e Vênus dos incansáveis gladiadores imaginados por Edgar Rice Burroughs; o esplêndido romance *The Invencible*, de Stanislaw Lem, ou *Le Signe du Chien*, de Jean Hougron, de quem não conheço nenhum outro contato com a ficção científica; um precioso conto de lorde Dunsay, intitulado *Os nossos primos afastados*, e uma história pouco característica de Lovecraft, em que os habitantes de Vênus prendem um terráqueo num labirinto invisível (*In the Walls of Eryx*). No entanto, interrompo aqui essa enumeração, tão arbitrária como limitada pelo capricho da memória. Só queria aludir, através da sempre grata rememoração de títulos desfrutados, à multiplicidade aparentemente infinita de variantes que ambos os paradigmas permitem, diversidade que necessariamente se verá excluída da exposição que farei a seguir. Além disso, a discussão pormenorizada demais dos dois modelos convencionalmente estabelecidos acarretaria a sempre fastidiosa disputa fronteiriça dos casos flutuantes que não se encaixam, completamente, em nenhum desses tipos. Em que paradigma incluiremos o estupendo romance de A. E. Vogt, puerilmente conhecido na Espanha com o título de *Los monstruos del espacio* – o título original é *The Voyage of the Space Beagle*, simpática homenagem à fascinante memória de viagem de Darwin –, em que uma gigantesca nave espacial terrestre, autêntico microcosmos, é reiteradamente assaltada por alucinantes criaturas estelares? Conforme nos situarmos na travessia do *Space Beagle* ou no seu caráter de miniterra invadida, assim a deveremos situar no segundo ou no primeiro modelo. Oposto, mas não menos conflituoso, é o caso da obra-prima de Arthur C. Clarke, *Encontro com Rama*, que narra a exploração realizada por uma expedição terrestre num gigantesco asteróide artificial que penetra no sistema solar, e em cujo interior encontra-se todo um surpreendente mundo fabricado por uma raça desconhecida; aqui é um miniplaneta alienígena que invade o sistema solar controlado pela raça humana, e que é, por sua vez, invadido por um comando terráqueo... Suponho que uma erudição mais sólida que a minha poderia multiplicar interminavelmente os exemplos típicos e atípicos de ambos os paradigmas. Limito-me a essas indicações que apontam para a complexidade do tema e para a insuficiência do tratamento que escolhi lhe dar; passemos sem mais rodeios à discussão das duas obras de H. G. Wells.

A guerra dos mundos é uma reportagem sensacional; com calculada veracidade, num estilo de testemunho direto, a que o jornalismo de guerra do começo do século havia acostumado os leitores, H. G. Wells aproveita ao máximo o caráter de *notícia* extraordinária para apresentar sua história. Esse aspecto de incrível "manchete" da invasão marciana foi também habilmente explorado por Howard Koch, autor do roteiro radiofônico baseado no romance de Wells, cuja emissão em 1938, numa realização de Orson Welles, fez estremecer de espanto uma América do Norte que ainda não pressentia claramente a guerra dos mundos em que ia ver-se envolvida pouco tempo depois. O maniqueísmo a que a imprensa de guerra nos habituou reflete-se fielmente na obra de Wells: os marcianos são monstros repugnantes e ambiciosos, cegamente destruidores, que se alimentam vampiricamente de sangue humano. Carecem de aspectos simpáticos ou simplesmente positivos, a não ser que se considere, entre estes últimos, o seu avanço tecnológico. Na descrição anatômica que nos é feita deles, fala-se de uma radical diminuição do aparelho visceral em benefício de uma enorme hipóstase do cérebro: os marcianos, literalmente, *não têm entranhas*, são apenas cabeça. Podemos encontrar uma visão semelhante dos extraterrestres na apresentação do Grão Lunar feita em *Os primeiros homens na Lua*. Nossos vizinhos interplanetários são, segundo Wells, essencialmente interesseiros; esses monstros personificam a hipertrofia da razão pura, a ênfase na condição implacável da inteligência. A simplicidade imediata do sentimento de aversão despertado pelo absolutamente diferente e hostil facilita a inserção do leitor, por obra e graça da simpatia, na aflição da fuga do protagonista do romance. Poucos relatos chegam a dividir-se tanto por dentro quanto este de Wells: é que ele nos mostra, com inapelável realismo, uma *cotidianidade devastada* que, contudo, nos momentos das mais fantásticas anomalias, recai de novo, graças a um detalhe feliz, no habitual. Wells consegue tornar próximo de nós tudo o que se divide, e que as reações dos acossados terráqueos resultem completamente plausíveis para nós, semelhantes ao que tememos ou desejamos encontrar num turbilhão de desgraça coletiva. Até os marcianos acabam por nos ser familiares, passado o primeiro momento de radical estranheza; acostumamo-nos pouco a pouco ao espanto, reconhecemos suas características, resignadamente imaginamos truques para minorar seus efeitos, e esse acostumar-se ao horror acaba sendo o que há de mais horrível no próprio horror. O protagonista foge por uma Inglaterra subitamente fragmentada pelo soco do espaço, entre vívidas cenas de pânico coletivo e desesperadas tentativas de confiar em que as autoridades restabelecerão finalmente a normalidade: qualquer coisa, desde a passagem de um trem que ignora o caos ou de um regimento de soldados em disciplinada formação, é freneticamente tomada como indício de que a ordem se recompõe, de que a alteração acaba de ser controlada. De vez em quando surge uma imagem de resistência heróica, cuja inutilidade a torna ainda mais emotiva, sem que por isso se reduza ao inane gesto do suicida que busca uma medalha. Durante a minha adolescência, emocionava-me francamente, chegando mesmo a causar-me calafrios, o momento em que o encouraçado *Filho do Trovão* enfrenta os invasores. A cena é descrita com um ritmo insuperável: o irmão do narrador embarca juntamente com numerosos fugitivos numa balsa no Tâmisa, enquanto centenas de pequenas embarcações, abarrotadas de gente, tentam ganhar mar aberto para fugir do continente; nesse momento aparecem os gigantescos trípodes marcianos, cujo Raio da Morte já ganhou fama de invencível, e enfiam-se com grande rapidez na água, como se quisessem interceptar a retirada dos barquinhos aterrorizados. "De imediato, algo como uma espécie de arado, uma enorme massa de aço, fendeu as águas, lançando grandes ondas para ambos os lados; e dirigiu-se para a costa; destacavam-se duas chaminés que vomitavam fumaça e fogo: era o encouraçado *Filho do Trovão*, que acudia em socorro das embarcações ameaçadas." Os canhões do encouraçado conseguem dar conta de dois marcianos, os primeiros a caírem desde que começou o ataque à Terra; mas o raio parte em dois o destemido navio, que afunda sem deixar de disparar à proa e à popa, depois de ter conseguido facilitar a fuga dos barcos em perigo. A essa altura do romance, a superioridade dos marcianos tornou-se tão esmagadora que se rendem graças à proeza do navio que se atreveu a defender a honra da Marinha britânica e a vida dos fugitivos como uma enérgica rajada de esperança. Mas de imediato se desvanece toda ilusão de vitória, e é preciso reconhecer que a conquista da Terra está consumada. Os sobreviventes vivem escondidos nos subterrâneos das cidades demolidas, traçando difusos planos de vingança ou arrependendo-se dilaceradamente de seus pecados, que lhes trouxeram esse castigo, vindo direta e literalmente dos céus. Estranhas ervas vermelhas trazidas pelos invasores crescem emaranhadamente nas ruas de Londres, sufocando as ruínas dos edifícios que antes foram orgulho de uma civilização. Os homens passam a viver num embrutecimento de bestas acossadas, sem amanhã e sem iniciativa. Assim Wells descreve-nos um episódio dessa época: "Certa noite da semana passada alguns imbecis conseguiram fazer funcionar a luz elétrica em Regent Street e no Circus. Logo acorreu para a luz uma multidão de bêbados andrajosos, homens e mulheres, que ficaram dançando e gritando até amanhecer. Quem me contou foi um homem que os viu. Quando amanheceu, repararam numa máquina marciana, quieta na escuridão, que os examinava com curiosidade. Sabe Deus há quanto tempo ali estaria! Começou a andar entre as pessoas e recolheu um centena delas, entre as que não conseguiram correr por estarem completamente embriagadas ou simplesmente espantadas." Reduzido a gado de corte dos marcianos, o homem vive o seu fim como espécie conquistadora e dominante. Sem a inesperada ajuda dos humildes micróbios da atmosfera terrestre, não teria havido libertação possível para ele. Em todo caso, é certo que já não pôde voltar a olhar os astros com a enlevada placidez com que o fez durante séculos antes da Invasão.

O estilo de *Os primeiros homens na Lua* é notavelmente diferente do estilo do romance que acabamos de tratar. O naturalismo mágico de *A guerra dos mundos* dá lugar a um humorismo vitoriano cujas tonalidades vão se obscurecendo até a cruel ironia das últimas páginas. A idéia da viagem à Lua estava já pronta em literatura quando Wells escreveu seu romance, pois Verne acabara de tratar do assunto em dois dos relatos de maior impacto popular do autor de *Viagens extraordinárias*. Mas Verne ocupava-se precisamente da viagem em si, das suas dificuldades técnicas e das suas notáveis implicações: não se atreveu a fazer suas personagens pisarem a superfície lunar, possivelmente pelo escrúpulo de não saber como resolver de modo verossímil o problema do retorno. Wells, por sua vez, resolve todos os obstáculos científicos que obcecavam Verne com o sardônico invento de uma substância prodigiosa, a *cavorita*, refratária à força da gravidade; com uma esfera recoberta por placas de cavorita adequadamente dispostas, pode-se ir e vir pelo espaço com a maior facilidade, o que liquida todas as fastidiosas elucubrações sobre combustíveis, propulsão, atrito e demais ninharias técnicas, para reduzir o tema da viagem ao seu objetivo essencial: a exploração da Lua e o encontro com os selenitas. Verne era possuído pela fantasia militante da eletricidade e do motor a explosão, cujas inesgotáveis possibilidades canta com imaginação e arroubo; mas Wells interessa-se mais pela fábula social, pela utopia estelar, e as surpresas que reserva ao seu leitor provêm mais do choque de culturas e de formas de organizar a vida consciente do que de proezas científicas. Os dois terráqueos, que serão os primeiros homens na Lua, formam um par realmente singular: Cavor, o inventor da cavorita, é um modesto Edison interplanetário, ingenuamente positivista e sem mais ambições que a fama tributada pelos boletins mensais das academias; seu companheiro Bedford é um escritor sem talento, obcecado pelos negócios que lhe possibilitem enriquecer rapidamente. Os habitantes da Lua são uma espécie de inseto inteligente e vivem em complexas galerias, abaixo da superfície do planeta; à noite, trazem para fora, a fim de pastar em pradarias que crescem instantaneamente, umas reses gigantescas de pesada mansidão. Têm uma rígida estratificação social e distinguem-se também pela mesma fria hipóstase do intelecto que caracterizava o povo marciano que invadiu a Terra. Cavor e Bedford são feitos prisioneiros; de imediato, sua maior força muscular e a agilidade propiciada pela baixa gravidade da Lua transformam-nos em elementos altamente incontroláveis pelos selenitas. Esse povo ultra-organizado, pacífico até o bocejo, no qual não existe nenhum tipo de conflito violento, vê-se radicalmente perturbado pela aparição dos terráqueos, que se tornam sumamente perigosos quando desorientados e acossados. Bedford esmaga vários selenitas sem a menor contemplação e consegue fugir na esfera de cavorita, abandonando na Lua o pobre Cavor, que, menos apto para o crime e ainda interessado demais pelas perspectivas dos novos conhecimentos que a aventura comporta, não consegue concentrar todos os seus esforços na fuga. Uma vez a salvo na Terra, Bedford, por descuido, perde a esfera e, com ela, a possibilidade de regressar em busca de Cavor. Um radioamador italiano capta, através do nosso satélite, uma mensagem enviada pelo inventor náufrago. Segundo ele mesmo conta, Cavor foi levado à presença do Grão Lunar, autoridade suprema de todo o planeta: sobre um coto de corpo, apresenta-se um gigantesco cérebro que alguns servidores regam constantemente com líquido refrescante para evitar congestão. O autocrata interroga Cavor sobre os usos e costumes dos terráqueos: escandaliza-se com a inexistência de uma autoridade única e preocupa-se com a instituição da guerra, para ele incompreensível.

Astutamente, certifica-se de que Cavor é o único que possui o indesejável segredo da substância que permite viajar pelo espaço. Eliminando-o, elimina o perigo de que bárbaros sanguinários venham transtornar com suas querelas e sua rapacidade o equilíbrio selenita. Wells envia ao traidor, que abandonou o amigo na Lua, o vívido sonho de um "Cavor despenteado e iluminado de azul, lutando entre as garras de uma multidão de selenitas; lutando com crescente desespero, à medida que seus atacantes se tornam cada vez mais numerosos, gritando, protestando e talvez, por fim, até matando; imagina-o obrigado a retroceder, empurrado para trás, longe de qualquer meio de comunicação com seus semelhantes, até cair, para sempre, no desconhecido, nas trevas, no silêncio infinito...".

A lição mais elementar que se pode extrair dos dois romances é esta: o encontro com os habitantes de outros planetas só pode trazer-nos *conflito*, ou porque os nossos próprios impulsos passionais são incontroláveis, ou por absoluta ausência destes entre os extraterrestres. O mais grave desse conflito é que ele carece de mediação válida, não tem nenhum dos habituais amortecedores que normalmente suavizam os choques entre os homens. O inimigo é sempre o outro, o não-humano, aquele que não se rege pelas normas que regulam a violência no centro da comunidade. "Não matarás", diz-se, e entende-se por isso: "Não matarás nenhum homem, nenhum *semelhante*, nenhum de teus vizinhos, nos quais se esgota a extensão do humano." Mas tudo o que vier de fora, de fora do âmbito humanizador da comunidade, pode e deve ser morto, o que também se aplica a qualquer homem que, por falta grave, *perca* a humanidade e se alheie dela. A maioria dos povos começou chamando a si mesmos de "os Homens", "a Gente": o predicado *humano* tem origem radicalmente excludente e condenatória. Mas, pouco a pouco, os homens vieram a reconhecer certas semelhanças com os inimigos, estenderam pontes sobre o abismo irredutível da sua hostilidade. O inimigo pode ter outros deuses por cuja fidelidade jurará nos pactos, pode conhecer a honra e a piedade, o que diminuirá em alguns graus a destrutividade do conflito que se tenha com ele. Há limites que o guerreiro não deve ultrapassar em seu desprezo pelo rival vencido: não pode tratá-lo como algo absolutamente *alheio* a si mesmo. Atena sentia predileção por Tideu, guerreiro inatacável, e decidira fazê-lo imortal; a deusa esperou até vê-lo caído no campo de batalha, moribundo, e imediatamente desceu para levar-lhe a ambrosia que haveria de torná-lo eterno; mas viu que Tideu, num derradeiro arrebatamento de incontrolável ferocidade, rasgava com as mãos exânimes o crânio rachado de um inimigo morto para morder-lhe bestialmente o cérebro; Atena verteu a ambrosia na terra e abandonou à morte aquele que não respeitava a dignidade humana do vencido. Pouco a pouco vão-se estabelecendo certas semelhanças mínimas entre os diversos grupos de homens que reclamavam para si a exclusividade do humano, e com base nessas semelhanças mitiga-se o estranhamento hostil que acirrava os seus conflitos. Colaboram nessa aproximação a semelhança biológica, as mesmas necessidades e temores, certos *interesses* comuns que a lógica de ambos respeita. Mas, e se o homem topasse com inimigos com os quais não tivesse nenhuma semelhança na fisiologia, no hábitat, nos gostos ou carências? Que mediação aliviaria a destrutividade desse confronto? Os extraterrestres trazem-nos o fantasma da *violência ilimitada*, da abolição definitiva daquilo que protege a vida dos indivíduos e restringe o direito do vencedor ao saque e à destruição. Que terrível é o espectro de um inimigo com o qual não saberíamos em que *bases pactuar*! Na realidade, são as vísceras, as necessidades e debilidades da nossa carne que, em primeiro lugar, propiciam o reconhecimento do outro. O corpo reconhece semelhantes, mas o espírito nunca. Uma inteligência desencarnada seria destrutividade pura, irrefreável e implacável. São os órgãos que se cansam da luta e fazem conceber o desejo de uma companhia pacífica, talvez pelo corpo prazenteiro do outro ou por sua habilidade culinária. Se nos confrontássemos, algum dia, com seres com os quais não compartilhássemos nenhum outro atributo além da capacidade de pensar, da consciência reflexiva, é de temer que a guerra não teria quartel, ou eles ou nós, definitivamente. É o corpo que medeia entre o furor desencarnado e altaneiro dos espíritos. A inteligência pura é *intratável*, como o Deus puramente espiritual e absolutamente Outro do monoteísmo pré-cristão. Sabemos que nossas almas são esses extraterrestres sem entranhas, frios, desapiedados, calculistas, cujos planos rigorosos não se detêm perante nada. Dentro do nosso humilde e carinhoso corpo terráqueo espreita o marciano sem sentimentos para quem os demais homens não passam de animais de carga, o Grão Lunar autoritário e raciocinador, que reconhece somente súditos e vítimas. De algum modo, sentimos com espanto que ele *cresce* dentro de nós. Fingimos esperar do espaço exterior uma ameaça que, sem dúvida, nos vem de *dentro* desse abismo interior cujo silêncio infinito bastaria para aterrar mil Pascals... Aí se esconde, à espera da hora da invasão, o implacável, o inumano: o pensante.

Capítulo VIII
À espreita do tigre

"Tigre, ó tigre
que flamejas nos bosques
da noite!"

Ainda que esta confissão possa prejudicar-me politicamente, devo admitir que sinto decidida simpatia pelo tipo de aventureiro inglês, dourado filho do imperialismo, que com poética coragem descortinou (ou inventou) as maravilhas da Índia para uma Europa fascinada. É o tipo de soldado ou funcionário britânico que aparece como protagonista em muitos dos melhores relatos de Kipling: um herói tão incompatível com o mero respeito às formas e aos seres do meio colonial em que circula como o foram os espanhóis na América, um herói cujo heroísmo consiste em ser suficientemente impermeável ao que o rodeia, para não perder nunca sua identidade e seus ânglicos valores, e suficientemente sensível à beleza épica para inventar a lenda do mundo que ele mesmo destrói. Ali está ele, sentado à porta de seu bangalô, sorvendo, com estudada naturalidade, sua xícara de chá ou fumando ensimesmado o velho cachimbo de urze; o jovem indiano que o serve aparece, com passo ligeiro, para recolher uns maços de *crocket* esquecidos na relva que circunda a casa e retira-se com um sussurro de corteses *sahib* desfechados ao ar; começa a anoitecer; a cinqüenta metros, a selva é densa e ameaçadora, uma úmida sinuosidade de espinhos; os gritos dos macacos diminuíram notavelmente, e só se ouve o chamado ansioso de um vigilante *langur*; como se lhe respondesse, clama em alerta um veado sarapintado, a avisar o bando de uma proximidade indesejável; depois, centralizando com domínio indiscutível o pulsar de toda a selva, ressoa uma espécie de tosse colossal, um bocejo profundíssimo de gigante: "Aaaaoun! Oooouuun!" É a voz do tigre que sai para caçar.

O tigre! não há dúvida: o tigre e o inglês são feitos um para o outro. No campo da cinegética, as afinidades eletivas nunca possibilitaram caso tão evidente, um amor-ódio à primeira vista de tão fecundas conseqüências aventureiras. O grande felino tem a mesma mescla de discrição e dinamismo acanalhado que o britânico passeou pelo mundo: é um predador que sabe unir a eficácia feroz à elegância, que eleva a camuflagem à suntuosidade régia e faz da crueldade um arrojado milagre de harmonia. Nada tão errôneo como simbolizar com um leão o reino inglês, pois, sem querer roubar o mérito à fera de juba, seus atributos são muito menos britânicos que os do tigre, como facilmente se pode comprovar: o leão é preguiçoso e sedentário, o tigre é viajante; o leão costuma caçar em rebanho, o tigre é um caçador solitário; o leão parece mais terrível e imponente do que na realidade é, enquanto o tigre encobre uma força sem igual por trás da aparência enganosamente suave e frágil; acima de tudo, o leão dificilmente se habitua à carne humana, enquanto o tigre chega a preferi-la a qualquer outra, por ser particularmente saborosa e fácil de conseguir. Além disso, o solene leão poderá, em todo caso, ser emblema do londrino de chapéu de feltro e guarda-chuva, mas o tigre, que é um felino muito mais *sport*, é uma representação infinitamente mais adequada do inglês colonial ou explorador, do inglês fora da Inglaterra, que é (foi?) o autêntico inglês. Ao mesmo tempo prudentes e audazes, traiçoeiros e desafiadores, brutais e aveludados, o tigre e o inglês olham-se com admiração e desafio, olhos nos olhos, desde que o primeiro conquistador britânico pisou a Índia. Mas ainda falta dizer o mais importante: para um caçador nato, como o inglês, o tigre devorador de homens é a caça sonhada, porque está sempre disposto a passar de vítima a verdugo e converte a caçada em duelo; além disso, seus crimes excluem-no do amparo de qualquer sociedade protetora dos animais, pelo que sua perseguição reúne aos encantos do esporte as bênçãos da moral. Ao devorador de homens não se caça, executa-se: que inglês seria insensível a esse conluio docemente hipócrita das alegrias venatórias com a administração da justiça?

Toda uma literatura cinegética surgiu para contar as peripécias dos caçadores especializados em livrar o mundo da ameaça dos devoradores de homens. Não é, de modo algum, semelhante aos habituais relatos de caça que explicam como algum Nemrod anglo-saxão despacha "um" leão ou apanha "dois" rinocerontes. Aqui segue-se o rastro "do" tigre assassino, que por sua predileção por carne humana foi individualizado e identificado a ponto de ser apartado da confusão específica e ser dotado de autêntica personalidade própria. Ao perder a generalidade, a fera perde também, de algum modo, sua animalidade, para humanizar-se de forma sinistra, assemelhando-se a nossos foragidos ou a nossos demônios das florestas. O animal que o caçador habitual persegue é uma reiteração do protótipo platônico da espécie, só momentaneamente individualizado pelas circunstâncias particulares da caçada. De cada animal selvagem podemos dizer o que Borges cantou de um bisão:

> *Intemporal, inumerável, zero,*
> *é o bisão derradeiro e primeiro.*

Mas o matador de seres humanos não tem direito a diluir-se na fluida impessoalidade zoológica e fica marcado por uma denominação especial tão identificadora quanto o nome próprio. O caçador deve assegurar-se, sempre, de que o tigre que matou era realmente "aquele", o único, o procurado. Caso contrário, terá de voltar de novo à perseguição. Desse modo, cada perseguição converte-se num combate de características precisas e diferentes do restante, e cada disparo que mata um devorador de homens adquire, de certo modo, uma excitante aura *homicida*. Somos também aquilo que comemos: o animal que come animais conserva sua animalidade, mas a fera que se alimenta conscienciosamente de homens (caso distinto daquela que mata, ocasionalmente, um homem, porque assim o impõe a causalidade do momento) acaba contagiada de humanidade, e sua execução adquire a qualidade de assassinato legal, como qualquer outra forma de pena de morte. Quem mata um devorador de homens mata, de certo modo, um semelhante... Isso contribui para a especificidade desse tipo de caça, próxima ao torneio, até mesmo da partida de xadrez, em que um assassino entusiasta segue o outro, através da selva impassível. Os dois devem aproveitar os mesmos sinais, os mesmos indícios; ambos podem ser atraiçoados por idêntico grito de um macaco assustado ou por um veado a fugir inopinadamente. Ambos devem saber camuflar-se, saber esperar, ser certeiros e implacáveis no golpe fatal. O sonho, a fraqueza da carne, o medo ou a fome perseguem ambos de modo fundamentalmente semelhante (ou assim parece nos relatos que narram essas histórias, aos quais me refiro nesta nota; do outro tigre e do outro caçador, ou, como diria Borges, "os que não estão no verso", desses não sei absolutamente nada de relevante a respeito). É um confronto de poder a poder, mas selado pelo carisma do combate contra o dragão, da submissão da besta infernal que exige seu tributo em inocentes vidas humanas, da inteligência e da civilidade a esmagar o inimigo primordial que, desde a aurora dos tempos, ronda as fogueiras de todos os acampamentos, cintila nas trevas com seus olhos ávidos e espera o momento oportuno para assestar as garras demolidoras.

Falei até aqui exclusivamente do tigre, mas creio que devo mencionar também uma outra imagem felina, que pode ter até mais inclinação para saborear a carne humana. Refiro-me à pantera, que costuma alternar com seu primo maior no papel de protagonista detestada das narrações que cantam a luta contra os devoradores de homens. A pantera costuma reunir atributos mais pérfidos que os do tigre: mais astuta, menos franca, partidária do ataque pelas costas... O que perde em tamanho, ganha em cruel sutileza, em aptidão para a traição. Além do mais, como suas necessidades alimentares são menores que as do tigre, sua afeição pela carne humana parece sempre marcada pelo estigma do *vício*: o homem parece tão desproporcional em relação a ela que só uma perversão gastronômica pode levá-la a persegui-lo. Uma habilidade específica define-a de maneira arrepiante: sua capacidade para trepar às árvores e *atacar* de cima. Essa possibilidade dota os perigos da selva com uma terceira dimensão e supõe outro desafio adicional para o caçador, que freqüentemente escolhe os ramos de uma árvore como refúgio ou emboscada contra o inimigo. A ligeireza mortal do leopardo, sua sinistra beleza – que não só nos fascina, mas também nos escandaliza, como todo o belo que nos é hostil – faz desse subtigre um inimigo de peculiar periculosidade, uma combinação selvática de Iago e lady Macbeth, porque, digam o que disserem, meus amigos, o certo é que lady Macbeth devia ser escandalosamente formosa...

Segundo tenho ouvido, o clássico desse gênero literário é Jim Corbett, de quem li muito pouca coisa. O *meu* matador de devoradores de homens foi e será Kenneth Anderson. Poucos livros li com tanto agrado como os dele, que reúnem a habilidade narrativa mais eficaz com um ingênuo e contagioso amor pelo modelo aventureiro que a Índia proporciona. Trata cada uma de suas caçadas como um autêntico caso policial: em primeiro lugar, descreve a série, mais ou menos longa, de homicídios cometidos pela fera listrada ou sarapintada; depois, dá informações referentes às suas primeiras explorações e observação de pistas; em seguida, põe uma isca e aposta num *machán*, dissimulado nos ramos de uma árvore ou em qualquer zona medianamente protegida; tenso encontro do qual, muito freqüentemente, o devorador de homens foge ferido; é preciso persegui-lo até chegar a um encontro final e a um desenlace, que, embora esperado, não é menos emocionante; a narração conclui com umas linhas em que se costuma revelar a malformação física ou a razão "moral" que levaram o felino a preferir, como dieta, a carne humana. Esse esquema não é, em absoluto, rígido; abundam as peculiaridades circunstanciais, os tigres de psicologia espantosamente diferente, as incidentais aparições de resignados e valorosos hindus, os encontros jocosos ou temíveis com outros representantes da fauna da selva. Kenneth Anderson dosa, sem rebuscamento, o *suspense* de suas aventuras e tem uma habilidade extraordinária para nos introduzir familiarmente no mundo mágico que freqüenta. Já os títulos de cada caso são de uma propriedade imperfectível: *O diabo sarapintado de Gummalapur*; *O matador de Jalahalli*; *O anacoreta de Devaravandurga*; *A pantera assassina dos montes Vellagüis*; *O malvado de Umbalmeru*; *O terror listrado do vale de Chamala*... A personalização do felino inimigo, de que falei antes, é virtuosamente acentuada por Anderson, que não só manifesta particular rancor contra uma fera de perversidade intolerável, como ainda termina um de seus relatos com este reverente parágrafo: "A pele daquela pantera adorna hoje o vestíbulo do meu bangalô. Não posso deixar de manifestar a profunda admiração e o respeito com que me lembro daquele animal. Porque enquanto outros atacam pelas costas, pegando suas vítimas de surpresa, aquele leopardo lutou cara a cara e valentemente em defesa da própria vida e contra forças muito desiguais, apesar de se encontrar gravemente ferido." Se o dogma dos animais-máquinas é próprio do cartesianismo – como de certas formas modernas de mecanicismo "científico" – nada é, felizmente, menos cartesiano que meu excelente Kenneth Anderson. Agora vejo-o numa das fotografias que ilustram seus livros, a cabeça coberta com seu chapéu de abas caídas e corte militar, as pontas do bigode ruivo erguidas como galhardetes; sobre os seus joelhos descansa *Nipper*, o cão vagabundo, que lhe salvou a vida ao adverti-lo da presença do diabo sarapintado de Gummalapur, quando o leopardo se preparava para saltar-lhe em cima, pulando do teto de uma choça indígena; no fundo da imagem, as primeiras árvores, quase domésticas, que marcam o começo da selva. Parece ter-se sentado apenas por um momento para cumprir o cerimonioso ritual da fotografia, com pressa de levantar-se para assumir seu posto e iniciar a espia, pois a chamada do *sambar* indica que o tigre começa sua ronda. Acho que ele é o único homem a quem realmente posso dizer que invejo.

Capítulo IX
A peregrinação incessante

> "Muito esqueceste, caro leitor; mas a leitura destas páginas evocará, entre a neblina de tuas recordações, vagas visões de outras épocas e outros lugares que teus olhos de criança vislumbraram. Hoje te parecem sonhos, mas se foram sonhos dos teus sonhos infantis, de onde procede a substância de que se formaram?"

Descrer da felicidade é uma forma de ceticismo a que todas as pessoas acabam por chegar, mais cedo ou mais tarde; há quem lhe dê enorme importância, mas a maioria prescinde desse enfático conceito com resignação e até mesmo alívio. É como desembaraçar-se de uma pergunta mal formulada, de um engodo que sanciona fantasticamente todas as mortificações éticas, de uma ilusão intimamente relacionada com esse engano fundamental, o futuro. Ou com o passado? Neste caso, a renúncia é mais difícil de digerir. Por indolência ou por tédio, qualquer um pode abandonar o projeto de felicidade; contudo, quando somos assaltados por esse projeto, como desistir da *recordação* da ventura, do obsessivo episódio que parece ser seiva e estímulo de toda a nossa memória? Bem-aventurados os que nunca foram felizes – ou os que foram e esqueceram, supondo-se que isso seja possível –, porque renunciarão sem lágrimas à felicidade! Da minha parte, poderia fazer-lhes a mesma confidência que Merleau-Ponty fez um dia a Sartre: "Nunca me recobrarei da minha incomparável infância." Mas não pensem que vou agora proclamar-me sem reservas, partidário do mito da "infância dourada e feliz". Em primeiro lugar, seria obsceno e criminoso afirmar que toda infância é feliz: tal como Camus, não imagino alimento mais estimulante para a alma rebelde que o escândalo insuportável da dor das crianças. Em segundo lugar, sei que a *minha* infância foi feliz, mas nem sempre nem talvez principalmente. É possível que minha atual melancolia idealize a rotina dos meus oito ou nove anos e converta em inimaginável plenitude qualquer discreto passatempo de sábado à tarde. Contudo, não posso negar um concreto e indiscutível lapso de felicidade cuja memória me é tão clara, tão precisa, tão pungente, que seria mais fácil duvidar de uma de minhas sensações ou vivências presentes do que dela. Minha felicidade de então não foi uma perfeição inconsciente sobre a qual reflito com admirada inveja *a posteriori*; por contraditório que pareça – eu mesmo sustentaria, em qualquer outro caso, a doutrina que invalida a possibilidade dessa experiência –, *minha felicidade de então foi acompanhada pela estática consciência de que eu era feliz*. Se, neste ponto, o leitor impaciente me intima a elucidar o que entendo por felicidade, não poderei deixar de remetê-lo para a definição – ou melhor, descrição – que Valle-Inclán faz do êxtase em sua *Lámpara maravillosa*: "É o gozo de ser aprisionado no círculo de uma emoção pura, que aspira a ser eterna. Não existe outro gozo ou terror comparável a esse sentir da alma desprendida!" Recordo perfeitamente as circunstâncias e imagens que acompanharam esse meu acesso de felicidade – não excessivamente longo, tranqüilizem-se, apenas quinze ou vinte dias –, como também as numerosas sensações gustativas e olfativas, assim como umas difusas características cinestésicas que desconfio ser impossível expressar por escrito. Eu tinha dez anos e contraí sarampelo, uma espécie de sarampo benigno; prescreveram-me vinte dias de repouso em completo isolamento, para evitar que contagiasse meus irmãos e colegas de escola. Instalei-me no quarto dos meus pais – atenção, psicanalistas! –, que durante essa venturosa quarentena foi meu único horizonte. Não tinha praticamente febre nem qualquer tipo de mal-estar; não me ameaçavam com injeções. Entrincheirado em meu refúgio, passava o dia na cama, tagarelando vez por outra com meus irmãos que, de vez em quando, assomavam cautelosamente à porta, guardando as devidas distâncias, e me olhavam com inveja. Tinha à mão a minha espada de abordagem, uma maqueta de plástico do encouraçado francês *Richelieu*, que para mim era a *vera effigies* do *Rei do mar* de Sandokan, e a minha caixa de soldados. Não parava de ler; lia dois ou três livros por dia. Todos os dias minha mãe me levava a provisão literária do dia; raras vezes pedia-lhe algum romance específico: ela acertava sempre. Então li *O vale dos cavalos selvagens*, de Zane

Grey, e *The Grisly King*, de James Oliver Curwood; li *Puck* e *Plain Tales from the Hills*, de Kipling. Um dia ela me trouxe *As minas do rei Salomão* e conheci Allan Quatermain; noutra ocasião apareceu com duas novelas – *Andarilho das estrelas* e *Antes de Adão* –, de um autor cujo nome ouvia pela primeira vez: Jack London. Era a velha edição da editora Prometeo adornada com o *ex-libris* do escritor e traduzida por Fernando Valera. Jack London foi a minha maior descoberta daquela temporada no paraíso. Recordo ainda outras coisas: o cálido e adocicado sabor do arroz branco com molho de tomate, certa maneira de o sol infiltrar-se pelas frestas de uma persiana que vejo perfeitamente, basta fechar os olhos. À noite, ao apagar a luz, sentia calafrios de prazer ao pensar no dia seguinte; murmurava: amanhã e depois de amanhã e no dia seguinte também... Foi a primeira e última vez que aprovei, sem reservas, o futuro. De vez em quando, deixava o livro aberto sobre a colcha e fechava os olhos, num transe de felicidade tão intenso que me dava vontade de chorar. Uma felicidade imóvel, livresca, egoísta – dirão –, fabricada com isolamento e mimo. Lamento que a memória não seja moral, mas estou certo de que foi então, e só então, que me senti feliz. Saí da quarentena sem excessivo pesar, porque já tinha vontade de rever meus amigos e fazer corridas de cavalos com meu irmão José; naquela época mantinha, com vários colegas de escola, um complicado jogo político com soldados de borracha: na véspera do dia em que me deram alta, recebi um telegrama do Estado-Maior de um dos meus vizinhos, declarando-me guerra, o que contribuiu decisiva e jubilosamente para abreviar minha convalescença. Mas mesmo então era claro que, naqueles dias, me fora propiciado algo qualitativamente diferente e superior a todas as minhas outras possíveis alegrias; abandonei meu castelo sem grande tristeza, mas com a secreta convicção de haver conhecido finalmente o irreparável. Como disse, Jack London e, sobretudo, seu *Andarilho das estrelas* foram o apogeu daqueles dias pródigos em descobertas maravilhosas. Não consigo pensar nesse autor ou reler esse romance sem relembrar, com espantosa exatidão, meu "sarampelo". Foi por essa razão que, quando resolvi comentar *Andarilho das estrelas*, fui obrigado a desviar-me, momentaneamente, para o tema da felicidade e de sua perda irreversível.

Andarilho das estrelas é um dos últimos romances que John Griffith escreveu, com o pseudônimo de Jack London, pouco antes de romper com o Partido Socialista americano e suicidar-se no seu rancho de Glen Ellen, na Califórnia. Pouco tempo antes, um incêndio destruíra, às vésperas da inauguração, sua fantástica, utópica e feudal "Casa do Lobo", cuja construção lhe custara tantos esforços e dinheiro. Os editores já se preocupavam pouco com o romancista mais cotado de seu tempo. "Prefiro ser um soberbo meteoro, com cada um dos meus átomos a brilhar com esplendoroso fulgor, a ser um planeta dorminhoco e permanente", dissera ele certa vez, definindo-se com eloqüente sinceridade. Um soberbo meteoro, isto é, um vagabundo estelar. Como estrutura narrativa, *Andarilho das estrelas* deixa muito a desejar. London não conseguiu equilibrar perfeitamente as diferentes histórias engastadas no relato principal e deixa-se levar, mais do que devia, por sua mania discursiva, que o faz teorizar, de vez em quando, de um modo um pouco irritante, sobre evolucionismo e transmigração. London sofria da mesma obsessão informativa de H. G. Wells, própria do regeneracionismo socializante da época, que os fazia extasiar-se dando lições de história ou biologia à maneira da escola dominical de esquerda. Mas a força de ideação do romance é autenticamente incomparável: London cria um mito literário que é, por sua vez, uma metáfora da própria literatura, ou melhor, da necessidade e do ímpeto de fabulação. O interesse pseudo-religioso ou espiritista do relato, a que London e alguns de seus comentaristas de materialismo mais eclesiástico concedem primordial importância, deixa-me *quase* tão frio quanto as aborrecidas investigações espiritistas de *País da Bruma*, de Conan Doyle, em que um professor Challenger envelhecido disparata interminavelmente entre ectoplasmas e médiuns. Enfatizo o "quase" porque, mesmo nesse terreno escorregadio, Jack London conserva sua mágica capacidade de suscitar o entusiasmo por contágio, o que constitui um dos maiores encantos de sua narrativa. Mas enquanto reflexão sobre a paradoxal condição do leitor, sobre o poder e a servidão da imaginação, sobre o que podem chegar a ser as histórias para quem se vê condenado a uma fantasia vivida, *Andarilho das estrelas* é uma ficção indelével, uma aventura literária. E com a proximidade do vazio da morte em suas entranhas, o grande narrador quis expressar, por fim, a chave do seu sonho, o singular enigma da paixão de contar.

Darrell Standing espera a forca na cela de condenados à morte do presídio de Folsom e recapitula, para o leitor e para si mesmo, a última época de sua vida. Passou oito anos na prisão de San Quentin, como parte de sua condenação a reclusão perpétua por assassinato. Uma falsa delação de outro recluso tornou-o suspeito de receptação e ocultação de dinamite, destinada a facilitar uma fuga em massa da prisão californiana. O diretor de San Quentin empenha-se em fazê-lo confessar onde escondeu o inexistente explosivo; para isso, submete-o à incomunicabilidade constante e à terrível tortura do *jacket*. Esse tormento consiste numa espécie de apertadíssima camisa-de-força, cuja pressão comprime violentamente todo o corpo, causando dores terríveis e um entorpecimento mortal que pode facilmente acabar com a vida do paciente. Standing não confessa, porque nada pode confessar, e o diretor prolonga paulatinamente a duração da tortura. Seguindo o conselho de outro recluso também incomunicável, com quem se relaciona por meio de pancadas em código na parede, Standing aprende a insensibilizar o corpo até chegar a uma espécie de morte voluntária. Quando consegue isso, abandona o invólucro carnal e revive algumas de suas existências passadas. Acabam a cela isolada e o *jacket*, e ele se vê como um espadachim da França barroca, um menino mórmon numa caravana perseguida por índios, ou um marinheiro inglês perdido na remota Coréia. A tortura deixa de afetá-lo e ele zomba do diretor, que, ao tentar erigir-se em verdugo, acaba paradoxalmente por se converter em seu libertador. Espera ansioso o *jacket*, em vez de temê-lo. Será assim um náufrago refugiado numa minúscula ilhota do Pacífico e um *viking* que chega a fazer parte da guarda de Pilatos na Palestina de Cristo. Será nossos remotos antepassados, dos quais já não há memória, salvo nessa zona de nossa consciência que já não podemos chamar de nossa. Um ridículo incidente com um guarda irá levá-lo à condenação à morte, mas Darrell Standing sobe ao cadafalso convencido de sua imortalidade e curioso por conhecer os novos avatares que esperam por sua alma na peregrinação interminável.

A descrição que London faz das condições de vida na prisão de San Quentin são dignas de figurar junto às grandes epopéias da clausura, como *Recordações da casa dos mortos*, de Dostoievski, ou a correspondência de Sade. O aviltamento, a degradação física, a ameaça constante de outro cárcere ainda mais rigoroso que purgue os delitos cometidos no próprio cárcere, a presença da tortura como método de persuasão no sistema penitenciário americano do começo do século, todo o horror da máquina repressora em que se apóia a boa consciência da sociedade encontra seu poeta inexorável nesse rebelde apaixonado pelos espaços abertos de neve e ondas do mar. Por outro lado, alguns dos relatos de vidas anteriores, que se inserem em *Andarilho das estrelas*, como, por exemplo, a aventura de Adan Strang na Coréia e sua extraordinária vingança, podem figurar entre os contos mais perfeitos desse mestre de narradores. Mas o fundamental do livro é a própria idéia de libertação através do imaginário. A alma pode ser todas as coisas, como disse o grego: nunca lhe basta uma só trama, um só argumento. O que perde em disponibilidade para a ação, ganha em capacidade de fabular: o que aprisiona o corpo, liberta o vagabundo das estrelas. A imaginação é a sábia utilização de uma grilheta, a faculdade de erigir em gozo privilegiado a perpétua inadequação de nossas aspirações e êxitos. Acaso uma utilização mágica da miséria pode convertê-la em riqueza? Não parece que a imaginação funcione segundo outro princípio. Aquele cadáver amarrado, amordaçado, de vitalidade fugidia, que deliberadamente imobilizou o sangue das veias e deteve os batimentos do seu coração, é como você, leitor. Você também – tal como eu, que agora o imagino – escolheu o *jacket* da poltrona e as pernas cruzadas para sair de si, para fixar-se no diferente, no desconhecido ou no improvável. Nem você renuncia a ser muitos e prefere acentuar sua limitação, até o ponto de mumificar-se com um livro nas mãos, a renunciar para sempre à pluralidade de existências que fervilham em seus sonhos. Creio firmemente que a doutrina da transmigração das almas teve como origem a vívida incorporação dos ouvintes nas histórias que lhes narravam e a possibilidade imaginativa de recriá-las, constantemente, na intimidade da memória. A leitura, ao abstrair ainda mais de circunstâncias exteriores o acesso à narração, fez da metempsicose algo cotidiano. Afinal, a transmigração não é um desvario religioso que se incorpora na noção mais ou menos sensata (outrora, até científica) de *alma*, mas uma elucidação necessária da aptidão desta para a modificação da perenidade. A alma reúne os atributos da impermanência com a própria essência do perdurável: é mutável mas invulnerável, sujeita às transformações mais radicais, porém condenada a subsistir. Recordemos que a palavra *psique* significava para os gregos "alma" e "mariposa". A mariposa é metáfora da alma não só por seu vôo errante, aparente negação da trajetória inexorável, mas também por sua própria natureza metamórfica de larva, crisálida e borboleta voadora. O absurdo, a aceitar-se a existência da alma, não é acreditar na metempsicose, mas confinar a absoluta mobilidade psíquica numa única opção de espaço e tempo. Como disse anteriormente, reconheço em *Andarilho das estrelas* a jubilosa afirmação da capacidade fabuladora, não certo tipo herético de convicção religiosa. Esta é a prova que apresento. Diante da série de reencarnações e da sensação de estéril fadiga que provoca tal multiplicação da dor, só concebo uma resposta religiosa válida: a do budismo, que propõe como fim último sair da roda do carma e alcançar a quietude perpétua no *nirvana*. Porém, diante de suas infinitas mortes e padecimentos, cárceres e privações, Jack London-Darrell Standing só reage com insaciável curiosidade e o desejo de "mais e mais", que caracteriza a criança sentada aos pés do narrador. O corpo do protagonista padece, fatiga-se, dilacera-se, morre: mas a alma desfruta das delícias de um bom *argumento*...

Não era difícil prever: afinal, o prisioneiro de San Quentin que sonhava, na quietude de suas amarras, todas as peripécias e todos os amores era outra invocação da criança que, na sua cama de enfermo, lia London e Salgari. O primeiro era símbolo do segundo, assim como todo este capítulo é símbolo deste livro e da relação que nos irmana, leitor.

Capítulo X
Na companhia das fadas

> "A sombria figura encapuzada começou a rastejar em direção a Frodo, farejando. O *hobbit* sentiu gelar-lhe o coração. E imediatamente ecoaram risos e vozes claras: chegavam os elfos."

Talvez seja mais fácil, para começar, dizer que *O Senhor dos Anéis* é o *capricho* literário mais bem-sucedido dos últimos cinqüenta anos. Como é sabido, embora esquecido freqüentemente quando se olha da estreita casamata do cientificismo ou do historicismo, a literatura é livre, mas de maneira nenhuma caprichosa. Não obstante, de vez em quando, aparece uma obra que, em temática e realização, é tão independente daquilo que é usual, tão carente de ambições de progresso estilístico, tão capaz de aceitar, de bom grado, o beco sem saída de uma forma narrativa já exaustivamente explorada, e de se confinar, sem nenhum remorso, numa temática que parece atrair muito poucos, que, quando a queremos classificar, vem-nos inevitavelmente à boca essa designação de "capricho". Creio que o caráter *regressivo* é essencial para essa caracterização do caprichoso, e seria bom retirar desse termo qualquer conotação valorativa (dentro das estreitas margens do possível, pois estamos todos infectados de progressismo ou igual e obstinadamente afligidos pela nostalgia que se lhe opõe) para conservá-lo como traço relevante e distintivo perante obras superficialmente consideradas caprichosas e que são, mais ou menos, o contrário do que entendemos aqui por esse qualificativo. A deliberação da intenção regressiva ou do propósito renovador é pouco importante no momento. Um livro como *Locus Solus*, de Raymond Roussel, por exemplo, parece-me absolutamente longe de qualquer suspeita de capricho, visto tratar-se de uma obra verdadeiramente *avançada*, tanto do ponto de vista de sua complexa e obsessiva estruturação à maneira de boneca russa, como pela fria qualidade de sua fabulação. Por sua vez, *O Senhor dos Anéis* ou *Vathec*, de Beckford, são protótipos de capricho literário, de acordo com a definição anterior, que talvez seja excessivamente vinculada a uma concepção evolutiva da literatura. Essa categoria de "capricho" pode impor à obra que a recebe uma aura de superficialidade que seria francamente inoportuna, principalmente porque poderia levar a supor, por oposição, que o que parece recomendável ou simplesmente possível é uma criação literária *necessária*. Se recorro a tão equívoco qualificativo para a obra de Tolkien – apesar de já estar arrependido por tê-lo utilizado, como o leitor atento terá deduzido de todas essas penosas anotações –, é com o objetivo de abordar, de modo suficiente, a peculiaridade da relação entre o leitor e *O Senhor dos Anéis*. Esta consiste na plena entrega ou no tédio absoluto: estamos diante de um dos dez ou doze livros que nunca esqueceremos ou de uma patranha pueril inexoravelmente aborrecida. Esse é, na minha opinião, o destino dos caprichos, nos quais se entra ou não se entra. Como nada, nem a problemática em voga nem o devir estilístico da escrita, apóia a sua leitura, os caprichos literários são lidos também caprichosamente: se fizerem vibrar a corda que no leitor simpatiza com seu desvario, nenhum livro produzirá satisfação tão gratuita e completa, por inesperada; caso contrário, nada resgatará a estranha hostilidade despertada por essas páginas simultaneamente amaneiradas e insólitas. Esse aspecto não escapa a Tolkien quando ele assinala, no prefácio à edição em brochura, que o único defeito que nela encontra é ser *curta* demais. Efetivamente, as mais de mil páginas de texto concentrado de *O Senhor dos Anéis* deixam insatisfeito o leitor apaixonado por esse capricho, que gostaria de vê-lo prolongar-se, pelo menos, outro tanto, com a mesma generosa espontaneidade das primeiras mil páginas; por outro lado, ao leitor desfavorável já as cem primeiras parecerão horrivelmente minuciosas, e o conjunto será visto como uma apoteose do excesso. O mau – ou o bom, segundo o ponto de vista – dos caprichos literários é que nenhum álibi cultural justifica o esforço de lê-los, a não ser o próprio capricho, a pura vontade: não faltam razões históricas ou morais que levem mesmo os menos apaixonados por Tolstoi a perder-se nos fastidiosos meandros de *Guerra e paz*, inclusive, mas a entrega a *O Senhor dos Anéis* só pode apoiar-se no prazer que sua leitura proporciona. Uma vez conquistados por Tolkien, não temos razão para abandoná-lo nem para desejar que se abrevie a história que nos prende. Trata-se, todavia, de um capricho literário excepcionalmente bem-sucedido, porque foram milhões de leitores – e não dos piores – que reconheceram o próprio capricho no capricho de Tolkien e passearam pelas sombrias ou radiantes paisagens da Terra do Meio, como se fosse sua saudosa terra natal. O que parecia destinado ao apreço de uns quantos extravagantes conquistou, de imediato, a multidão, desde os sisudos professores de Oxford, que se inclinaram com deleitado escândalo sobre a obra de seu colega, até os *hippies* californianos, que enfeitaram suas jaquetas com medalhões em que se lê: "*Frodo lives.*" O capricho de Tolkien agradou muito mais do que ele mesmo esperava, provavelmente, ao escrevê-lo.

O Senhor dos Anéis foi descrito como o conto de fadas mais longo do mundo, caracterização que não me parece incorreta. Essa extensão, que, como já disse, não será deplorada pelo entusiasta, é, a meu ver, uma das chaves do indubitável acerto narrativo do livro. O esquema da história é tão simples, sua moral tão direta e convencional – Luz contra Trevas, Honra contra Vileza, Amizade contra Ódio, Beleza contra Fealdade etc. –, que qualquer resumo a condenaria à mais angustiante trivialidade; contada em cinqüenta páginas, seria apenas mais uma redação de um conto de fadas que já ouvimos narrar mil vezes, com uns ou outros detalhes. Mas o livro se salva, precisamente, por nos remeter diretamente para esse Reino das Fadas, povoado de ogros, duendes e bruxos, árvores que falam e lobos que rondam pela noite, cujas convenções mais ou menos genéricas conservamos na memória, entre outras recordações com aroma de mingau e naftalina. Tolkien conta *tudo* como se fosse a primeira vez – na verdade, melhor do que nos contaram a primeira vez. Responde a todas as perguntas que as crianças costumam fazer ao escutar um conto: como era – casa por casa – a cidade dos anões, como se chamava a espada do príncipe, quantas águias boas havia, o que os bruxos comiam, o que acontecera antes do começo da história, como se chamavam e como eram os lugares por onde viajavam os protagonistas, como se vestiam os ogros e onde viviam etc. Ao elucidar esses pormenores, ele nunca se deixa arrebatar pelo inverossímil ou pelo demasiado extravagante. Uma vez postulado o fantástico, Tolkien faz o uso mais discreto possível dele. Prevendo nossa desenganada hesitação em nos instalar plenamente no prodigioso, vai tornando o prodigioso tolerável para nós. Estamos em casa, mas não completamente; reconhecemos o que nos rodeia, mas só até certo ponto. Um comentarista descreveu isso de forma feliz: *Familiar but not too familiar, strange but not too strange*[1]. Mas a presença da cotidianidade, precisada do modo mais realista, predispõe-nos a aceitar a magia, cuja aparição nunca é mais prodigiosa do que o estritamente necessário. Graças à sua extensão, a história vai-se desenrolando com todo o sossego que exige o deleite deliberado nos detalhes e a atenção, sem impaciência, dada a cada um dos incidentes. Mas, e esta é talvez a virtude mais notória do estilo de Tolkien, uma vez aceito o seu desígnio principal, não podemos tachá-lo de moroso: ele nunca perde o sentido da ação nem a suspende a ponto de interromper o ritmo dos acontecimentos. Não perder o pulso narrativo ao longo de tantas páginas não é façanha menor e, a meu ver, redime Tolkien de muitas de suas indubitáveis insuficiências como escritor. O que, em termos de puro argumento, não prometia mais que uma simples historieta maniqueísta, com fadas no fundo, converte-se finalmente, por obra e graça de hábil prolixidade, numa experiência de leitura fascinante. É como ler um antigo poema mágico-épico celta contado de novo por Dickens ou Ridder Haggard.

É admirável o exercício de paciência para inventar uma espécie de continente perdido, com todos os seus detalhes lingüísticos, históricos, geográficos ou folclóricos, com o objetivo de ambientar convenientemente a velha história de São Jorge e o Dragão. A mitologia que Tolkien maneja é fundamentalmente simples, vincula-se a fontes muito conhecidas. Sauron, o Senhor Tenebroso, é, até por seu nome de sáurio, um novo avatar da Velha Serpente bíblica, cuja ambição e orgulho fizeram-na cair da sua radiante condição querubínica para o degradado estatuto de demônio tentador. Estão a seu serviço todos os espantos que assediam sombriamente a pura fantasia dos contos de fadas: espectros sombrios e sem rosto, de riso gelado, ogros canibais de brutal ferocidade, bandos de lobos gigan-

---

1. Kocher, Paul, *Master of Middle-Earth*, Londres, Thames and Hudson, 1972.

tescos, cujos olhos alarmam as sombras que rodeiam as fogueiras, bruxos pervertidos pelo excessivo saber... contra essa sinistra confraria unem forças as eternas personagens representantes do bem: anões industriosos e pacíficos, aos quais, porém, não falta coragem; fadas benfazejas; bruxos de poderosa e sábia bondade; altivos príncipes de espadas refulgentes; espíritos elementares dos bosques e dos rios... Entre estes últimos destacam-se os elfos, o povo livre das árvores e das colinas que Shakespeare e Kipling cantaram, a quintessência da vida ilimitada, risonha, profundamente harmoniosa, sem outra moral senão a agilidade e a beleza, sem outro trabalho senão a criação de brincadeiras maravilhosas com que intensificam suas alegres correrias. Desprovidos, por sua invejável condição, dos urgentes afãs da História, para eles apenas pretextos de formosos cantos, encarnam essencialmente aquilo que se opõe à obsessão de domínio escravizador do Senhor Tenebroso, mas também aos belicosos afãs justiceiros dos paladinos humanos. Intervêm na Guerra do Anel só quando a ameaça de Sauron projeta sua sombra ominosa até sobre sua florida existência, mas na realidade eles não pertencem ao reino da política, e seu heroísmo carece do toque dilacerado e patético que caracteriza o dos homens: são valorosos com natural fluidez, sem ênfase. Em geral, as preferências de Tolkien vão para personagens pouco contaminadas pela relação com a História: os elfos, os Entes, Tom Bombadil e até mesmo os próprios *hobbits*, a quem só a fatalidade arranca de sua rústica mediocridade provinciana, em que as festas de aniversários e as correrias em busca de cogumelos são os acontecimentos mais memoráveis. O idealizado mundo das gestas cavaleirescas, dos sacrifícios sublimes e das espadas refulgentes é uma espécie de sonho que, no final, deixa sempre um sabor amargo na boca. Finalmente, são o poder e o domínio que estão em jogo, e a ambição que por eles anseia não passa de loucura humana: é preferível que triunfem aqueles que são capazes de maior generosidade dentro da cobiça de poder, mas a disputa, em si mesma, pertence ao âmbito do ilusório e da desventura, por mais heroísmo a que dê ensejo. O guerreiro mais nobre está sempre à beira da feição demoníaca que o aparenta com a escuridão: por exemplo, a traição de Boromir ou a demência de Denethor. Até Aragorn brilha às vezes com um fulgor sombrio, e o bom senso de Sam descobriu nele algo profundamente inquietante já no primeiro encontro. O importante é que logo seja restabelecida a ordem natural que permite ignorar a política e relegar as façanhas ao papel de motivos de cantos épicos; isso é o que diferencia o bom Rei do Senhor do Escuro, pois caso este último triunfasse os habitantes da Terra-média estariam imersos na História *para sempre*. Os elfos e os Entes intervêm no conflito mais para ajudar a preservar a não-história do que para consertar a História; é o caso extremo de Tom Bombadil, tão absolutamente anistórico, tão primordial e telúrico que nem sequer pode *entender* o que está em jogo na Guerra do Anel, nem colaborar nela, ao lado das forças do bem. Se lhe fosse dado o Anel, como em certa ocasião se chega a sugerir, ele o perderia; não é nada que ele possa apreciar, esconder ou preservar; não tem nenhuma relação com ele e, por isso, quando o põe, não se torna invisível como acontece com as demais criaturas. Há algo que está além da disputa do Poder, que não intervém nessa luta nem para evitar cair sob uma dominação injusta: esse algo é, de certo modo, a melhor garantia contra Sauron. Porque o Anel não é simplesmente o Poder, na sua invocação mais neutra ou, digamos, mais administrativa, mas a nefasta fascinação do Poder, essa profunda e talvez irremediável corrupção da vontade que é provocada não só pelo Império efetivo, mas até pela desejada sombra do Império. Com exceção de Bombadil, todos os que tocam o Anel ficam infectados pelo miasma do domínio e em via de converter-se em farrapos humanos, como Gollum, ou em espíritos do mal, como Sauron. Frodo jamais conseguirá adaptar-se à pacífica e inocente vida do Condado: roído pelo fantasma do Amo que esteve a ponto de ser, ou que foi, de certa maneira, a torturada angústia de seus olhos insones acabou por convertê-lo em legítimo e infeliz herdeiro do Senhor do Escuro. Os que lutaram pelo restabelecimento anistórico da ordem natural nunca mais voltarão na realidade a conhecê-la, porque as feridas da guerra pelo Poder são irreversíveis e incapacitam para tudo o que não seja afinal o Poder. No final, o derrotado Sauron contagiou, com a própria maldição, seus encarniçados inimigos, e sabe-se lá se não ganhou definitivamente a batalha.

    Uma das mais curiosas sensações que experimenta o leitor de *O Senhor dos Anéis* é a de encontrar-se encerrado num *espaço completamente moral*. Esta é talvez a maior peculiaridade do livro e a que melhor o define, para o bem ou para o mal. Entendo por espaço completamente moral um âmbito onde não ocorram fatos neutros ou eticamente irrelevantes e onde a boa ou má disposição da vontade é a última causa que determina todos os acontecimentos, tanto o resultado de uma batalha quanto a configuração de uma paisagem ou a invulnerabilidade de uma cota de malha. Não é demais lembrar que a narração naturalista habitual, mesmo a mais moralizante e exemplar, restringe o alcance da ética às intenções humanas, enquanto os objetos artificiais ou naturais permanecem em expectante neutralidade, e mesmo que, em última instância, sejam dirigidos para o melhor, pela Providência ou pelo ardil da razão, só funcionam moralmente em nível instrumental. Em *O Senhor dos Anéis*, a condição ética impregna tudo, e os odores, as espadas ou as montanhas são em primeiro lugar bons ou maus, tomaram partido moral tal como as pessoas, e essa opção é, em última instância, o que determina sua eficácia. Todas as leis físicas estão submetidas à suprema Lei do valor moral, e o funcionamento da causalidade é antes de tudo axiológico. Essa superdotação de sentido com que se sobrecarrega cada gesto, cada árvore, cada alimento, contrasta sutil e poderosamente com o projeto descritivo aparentemente naturalista da narração, convertendo seu realismo em algo fundamentalmente mágico. Esse é o motivo por que se transita, sem sobressaltos, do cotidiano ao maravilhoso na obra de Tolkien: o prodígio adquire certo ar de naturalidade porque a naturalidade mesma é sobrenatural e prodigiosa, porque a realidade mais "física" não funciona de acordo com as cegas leis mecânicas da matéria, mas de acordo com os perplexos e irredutivelmente livres ditames do espírito. Toda a Terra-média é o tabuleiro do jogo entre o Bem e o Mal, mas cada casa e cada peça desse tabuleiro, bem como o próprio tabuleiro, são fundamentalmente *feitos* de vontade benigna ou maligna, não são simples instrumentos destas. O resultado da partida é duvidoso apenas na aparência; na realidade, está decidido de antemão; parodiando Kant, diríamos que a vitória final está inscrita de modo analítico, e não sintético, na própria partida. O Bem é certamente o mais forte e, como tal, tem de apropriar-se *sempre* do triunfo; mas acontece que é mais moroso, menos ativo que o Mal. A opção da vontade maligna é mais *intensa* que a da vontade benigna, mas está viciada de fragilidade em sua própria raiz. A visão histórica de Tolkien é cíclica: um vigoroso núcleo de Bem impõe-se ao Mal, para logo languescer e remansear numa espécie de atonia, da qual a intensidade feroz do Mal se aproveita para crescer continuamente, até que o coração do Bem recupere nova energia e volte a acorrentar o Mal. Para desenvolver toda a sua potência, o Bem necessita *ativar-se*, e talvez seja essa, afinal, a função do Mal na harmonia do mundo: a de servir de provocação para que o Bem se decida a desenvolver todo o seu vigor. Em cada choque concreto das duas vontades registrado em *O Senhor dos Anéis*, são sempre as vestes, as armas, os alimentos ou os gritos de combate da Luz que esmagam com sua força os sombrios rivais. O Bem é critério de eficácia e utilidade, contrapartida transcendente da clássica opinião anglo-saxônica que vê a eficácia e a utilidade como critérios do Bem. Por isso Frodo, muito próximo do final de sua Busca, rodeado de inimigos em pleno território de Sauron, consegue repousar tranqüilo na noite em que vê sua missão e toda a Guerra do Anel como um simples incidente dentro de uma infinita e recorrente conflagração que o Bem tem ganho de antemão, precisamente porque o universo é finalmente moral e não existe nada mais forte que a vontade benigna; ali, no coração de Mordor, revela-se por um momento a radical debilidade do poderosíssimo Senhor Tenebroso. Se os protagonistas positivos de *O Senhor dos Anéis* soubessem ser sempre fiéis à vontade benigna, o livro de Tolkien perderia toda a capacidade de intriga e seria a crônica de uma vitória ininterrupta. Mas a grande jogada do Mal é fazer o Bem duvidar de sua força, diminuir sua coragem diante do tentador espectro da possibilidade da derrota. O espetáculo do Mal, dessa *fragilidade intensa*, faz vacilar o incorruptível vigor do Bem até fazê-lo esquecer sua vocação necessariamente vitoriosa: sua condição triunfal especula com a possibilidade insólita de *cair*... Nenhum espectro assassino, nenhum monstro surgido do Averno podem realmente afetar minimamente a vontade reta, seus ânimos e suas obras, muito menos prevalecer sobre elas. A única ferida que as Trevas podem infligir à Luz é a sombra da dúvida sobre a força sempre triunfante da própria Luz. Toda a imensa e desesperada intensidade da vontade maligna de Sauron e seus servidores está voltada para tirar proveito desse momento de fraqueza. Mas eles são vítimas constantes das conseqüências adversas de sua vontade maligna, que acaba colaborando sempre com seus inimigos. Estão condenados a fazer o bem pretendendo o mal, tal como mostra Randel Helms em sua extraordinária análise dessa questão[2]. As qualidades positivas da vontade maligna – a sabedoria e a astúcia política de Sauron, a fidelidade às ordens recebidas de alguns orcos etc. – acabam agindo contra o Mal, *precisamente por serem elas mesmas positivas*. Os maus são atraiçoados tanto por suas capacidades como por suas deficiências. A única arma eficaz que resta ao Mal é seu próprio espetáculo, a angústia que sua imagem desolada provoca no Bem. Cresce no interior do Bem a envenenada suspeita da possibilidade de vitória do Mal, encorajada exclusivamente pela intensidade evidente da presença perversa. "O coração de Paladino tremia como folha de árvore, não porque a serpente lhe causara algum ferimento, mas porque ela lhe inspirava tal horror e aversão que ele, sem querer, estremecia, suspirava e até se arrependia de viver. Enquanto isso, ia atravessando, desatento e frenético, os caminhos mais sombrios, os trechos mais intrincados daquele tenebroso bosque..." (Ludovico Ariosto, *Orlando furioso*.)

Esse espaço totalmente moral em que transcorre a Guerra do Anel e a conseqüente primazia da vontade reta marcam a diferença essencial entre a mitologia de Tolkien e a de Lovecraft, que partilham certa imagética elemental de abomináveis seres subterrâneos e lugares ou coisas infectados pelo Mal. Mas Lovecraft não é moral, porque não é maniqueísta, apesar dos esforços mistificadores de August Derleth para o modificar nesse sentido: para Lovecraft só o Mal tem força, só ele é em certo sentido real, enquanto o Bem é uma ilusão, fruto da ignorância, um adiamento do inevitável, uma trégua que o horror concede a si mesmo, misteriosamente, antes de triunfar para sempre. Em última instância, as próprias noções de Bem e Mal carecem de sentido cósmico, são simples mostras de aprovação ou desagrado que os frágeis humanos lançam sobre o universo que os ignora e sobre umas colossais Entidades inimaginavelmente diferentes do homem, com propósitos que os excluem ou escravizam. Talvez existam certas Normas no universo que refreiem ou controlem o poder dos Grandes Antigos, mas são tão claramente alheias ao que os homens chamam de Bem quanto as próprias En-

---

2. Helms, Randel, *Tolkien's World*, Londres, Thames and Hudson, 1974.

tidades ameaçadoras. Os heróis de Lovecraft são esmagados pelo confronto com o infinito e não podem confiar nem na sua energia nem na sua virtude; sua única função positiva é recusar-se a colaborar com os monstros e seus adoradores, ou mesmo dificultar discretamente suas manobras com o fim de atrasar o máximo possível a vitória do irremediável. Mas devem pagar um preço muito alto por esse esforço de resistência, por essa guerrilha contra o espanto, e a maioria deles acaba sua aventura na demência, no suicídio ou na aterrada espera da grande sombra alada que se aproxima de suas janelas. Quanto gostariam de poder contar com espadas forjadas por magos para derrotar todo mal, com gritos de combate que os inimigos não pudessem suportar, com ampolas refulgentes que fizessem retroceder as trevas! Mas os elfos nunca vêm em seu socorro. Sem dúvida, as escadas perversas, os odores putrefatos e as vozes ou inscrições abomináveis que obscurecem os contos de Lovecraft inspiraram a criação de Mordor, assim como aquela declaração de Gandalf em que ele confessa que nas profundas cavernas que subjazem na Terra-média há coisas indescritíveis "que nem Sauron conhece". Mas há mais precedentes. Chesterton diz que, nos confins do mundo, há uma árvore que é mais e menos que uma árvore e "uma torre cuja arquitetura já é malvada". E ainda antes ergue-se o poema de Robert Browning – estranhei nunca o ver citado com referência a Tolkien –, *Childe Roland to the Dark Tower Came*, no qual encontramos a sinistra torre "cega como o coração de um louco", a paisagem calcinada e ominosa, o cavaleiro que vadeia um rio, temendo pisar o rosto de algum morto ou sentir o pé enredar-se nos cabelos ou na barba de um afogado, a convenção final de heróis defuntos e o mugido desafiante do corno da guerra. Mas talvez a contribuição mais específica de Tolkien seja, precisamente, esse reforço mágico e vitorioso da virtude, que o fatalismo pessimista de Lovecraft não consente: a mensagem mais profunda de *O Senhor dos Anéis* bem pode ser uma exortação a não se deixar dobrar pela aparente invulnerabilidade do Mal.

Há em *O Senhor dos Anéis* um primado definido da decadência que me parece particularmente relevante. Tanto o Bem quanto o Mal parecem ter degenerado na Terra-média: quer se fale de bruxos, de paisagens, de paladinos ou de fantasmas, a obra de Tolkien é sempre a crônica de um ocaso. Os guerreiros partem para o combate envelhecidos e fatigados, herdeiros de uma gloriosa tradição que os esmaga; em seu esplêndido isolamento, os Entes suspiram por suas fêmeas perdidas e definham sem descendência; até os elfos vivem mais no passado que no presente, e o velho rei Théoden arenga aos seus cavaleiros para a última cavalgada. Mas também Sauron é só uma sombra de sua própria malignidade de outrora e volta à luta, depois de derrotado duas vezes, mutilado de um dos dedos e sem o anel a que se resume seu poder. Finalmente, vítimas de uma inexprimível melancolia que assinala seu destino, os vencedores da Guerra do Anel embarcam numa nave que os afasta para sempre dessa Terra-média que acabou por ser-lhes misteriosamente intolerável. Tanto o Bem quanto o Mal, a vitória como a derrota, sofrem o mesmo lento mas inexorável processo de destituição, de desvanecimento, de aniquiladora nostalgia. O Tempo rebela-se contra eles, contra sua possibilidade e seu enfrentamento, solapando-as até pulverizar as imaginárias raízes que os sustentam. De algum modo, *O Senhor dos Anéis* transcorre nos dias posteriores ao final da época áurea de todas as suas personagens, sejam elas positivas ou negativas. Só a burguesa simplicidade dos *hobbits* ainda não foi posta à prova, e a eles cabe por um momento retomar a exausta tradição de heroísmo, de sabedoria e de horror que corroeu até a medula a vitalidade das outras raças. Sam, Merry e Pippin, que partiram do Condado como infantis excursionistas de valor adolescente, voltam crescidos, transformados em autênticos paladinos de impavidez comprovada; mas a dourada espontaneidade de seus melhores dias terminou, e agora só lhes resta esperar que a morte converta em lenda sua obscurecida altivez. Quanto a Frodo, seu contato prolongado com o coração da História não lhe consente repouso nem esperança pessoal: desde o começo de sua viagem faz parte da confraria de seres superiores, deteriorados pela sabedoria e pelo desenraizamento, como Gandalf, como Aragorn, como o próprio Sauron. Para ele já não voltará a haver Condado nem alegre entrega às festas de aniversário. Não é difícil relacionar essa decadência imaginária com o ocaso do mito da verde Inglaterra pré-industrial, paulatinamente coberta de fábricas fumegantes e atirada de cabeça para uma gloriosa história imperial de que sairá triunfante, mas com feridas necessariamente mortais. Essa é uma obsessão que Tolkien partilha com alguns de seus amigos católicos, como o escritor Clive Staples Lewis, cujas obras não é arbitrário relacionar com as de Tolkien[3]. Mas não parece justo nem suficiente degradar *O Senhor dos Anéis* a uma espécie de alegoria antiprogressista, o que indubitavelmente *também* é. O que decaiu foi o próprio conto de fadas, e Tolkien, ao elevá-lo a seu mais alto expoente, constata esse fato. Frutos de uma fabulação ameaçada de extinção, mas ainda sumamente formosa, as personagens da Terra-média vivem o crepúsculo da concepção mágica e ética que as fez nascer. Juntamente com os elfos, é a cruel contraposição de Bem e de Mal que morre, no neutro espaço físico que a ciência explora e impõe ao dócil senso comum. No fim das contas, o capricho de Tolkien revela-se impossível; também ele, como o ardente Gollum, pode clamar por seu precioso, por seu perdido tesouro de elementar nobreza e livre fantasia.

Adendo

Talvez valesse a pena estudar alguma vez as influências gráficas que sofreu a obra de Tolkien, tão deliberada e consistentemente visual. Recordemos que o próprio Tolkien tem talento para o desenho e ilustrou pessoalmente uma bonita edição de *O hobbit*. Não se pode duvidar da qualidade obviamente pictórica de diversas cenas de *O Senhor dos Anéis*, que recordamos depois de lidas como fotogramas de um desenho animado. Na verdade, seria possível fazer, com esse romance, um extraordinário desenho animado!* A influência mais notável é a dos grandes ilustradores britânicos clássicos do começo do século, como Arthur Rackhan, criador das gravuras de um livro tão tolkeniano como *The Rhinegold and the Valkirie*, ou o não menos notável Kay Nielsen. A imaginação gráfica de Tolkien é decididamente simbolis-

---

3. Ver, por exemplo, a obra de C. S. Lewis, *That Hideous Strength*, Londres, Pan Books, 1974 (1ª edição, 1945). Encontramos a luta de uma companhia de nobres personagens, capitaneadas pelo mago Merlin, contra as malvadas forças do cientificismo diabólico. O relato é ideológica e religiosamente muito mais determinado que o de Tolkien, embora seja infinitamente inferior em interesse narrativo.

* Nota à quarta edição. Fiz aqui uma previsão. O filme foi realizado alguns anos depois, conhecendo grande – e no meu entender discutível – sucesso.

ta, até mesmo pré-rafaelista. Um pintor como Edward Burne-Jones, que estudou teologia na mesma Oxford em que Tolkien passaria depois sua vida, é autor de quadros que parecem ilustrações para as aventuras dos elfos: por exemplo, *A cabeça maléfica*, em que Perseu mostra a Andrômeda a cabeça de Medusa refletida nas águas de um pequeno tanque. A cena lembra irresistivelmente o momento em que Galadriel mostra a Frodo o olho maléfico de Sauron refletido nas águas de um espelho mágico. Os elfos parecem desenhados a partir de modelos de Dante Gabriel Rossetti ou até de Richard Dadd...

Capítulo XI
Forasteiro em Sacramento

"Varríamos como um furacão a verde pradaria, e era uma verdadeira delícia ver voar ao vento os longos cabelos brancos de Old Wabble e a ainda mais longa cabeleira castanha de Old Surehand..."

Lembro-me de uma série radiofônica que devo ter escutado quando tinha nove ou dez anos, chamada *Dos hombres buenos*, com roteiro do perspicaz José Mallorquí. Um dos dois protagonistas, um português cujo nome era algo assim como João Silveira, costumava ter habilidade especial ou magnetismo inato para atrair conflitos sempre que entrava num *saloon* de qualquer povoado desconhecido do Texas. Cinco minutos após ter pedido seu uísque, aproxima-se dele um valentão proferindo frases insultuosas e provocadoras. Silveira não perdia a calma; confiante na rapidez invencível de seu gatilho, censurava delicadamente: "Quando falar assim, sorria, para eu saber que não está falando sério..." A briga não se fazia esperar, e logo o valentão se convencia de que teria sido mais prudente sorrir quando ainda tinha dentes para isso. A chalaça de Silveira, que parece oferecer uma possível saída para evitar a rixa mas que, na realidade, a provoca, ficou-me gravada como símbolo de todo um gênero literário que gira em torno da colonização do Oeste norte-americano. O estribilho do português encerra rudeza e cortesia; é malicioso, mas valente; condescende com a piedade, mas envolve-a num desafio. De certo modo, essas características são válidas para todas as histórias de faroeste. É necessário aduzir uma defesa das literaturas de "gênero" como às dos romances policiais, de faroeste, de ficção científica ou de terror, condenadas ao limbo do *kitsch* por decisão de Hermann Broch. Os relatos de gênero têm um *falso argumento*, isto é, seu verdadeiro argumento consiste na própria convenção que os define como gênero. Quando alguém opina que todas as novelas de faroeste ou todos os romances policiais são iguais, formula uma definição, não uma crítica às literaturas de gênero. Todas são iguais – em certo sentido, são a *mesma* –, porque jogam em essência com um só tema, deliberada e ritualmente circunscrito no aspecto formal, cuja repetibilidade infinita é o que autenticamente *fascina* o amante desse gênero. O que agrada, fundamentalmente, ao leitor desse tipo de narrativa é que, embora sendo todas iguais, são também inegavelmente diferentes, não só no aspecto circunstancial, tal como acontece com os dias de nossa vida. Algo idêntico repete sem cessar um conflito insolúvel, um núcleo essencial de sentido, um arquétipo afortunado que parece encontrar-se em nossa imaginação desde a origem, mais do que penetrá-la de fora; mas essa reiteração arrasta um fluxo incessante de possibilidades, uma variabilidade tanto mais angustiante porque se modula num só registro. Esse vivo contraste do diferente sobre o tecido do idêntico constitui a força das literaturas de gênero. A obra genial, entre todas elas, é a que alcança o ponto máximo de originalidade e diferença, sem por isso afastar-se do núcleo essencial da convenção genérica. *Dom Quixote*, no que diz respeito aos romances de cavalaria, é um exemplo típico disso. Broch condenou-as como *kitsch* porque aspiram, de maneira demasiado óbvia e crua, a causar um *efeito*; mas essa impaciência eficaz (cumprir de imediato a promessa de fixar novamente o arquétipo do argumento esperado) é necessária para ressaltar o deleite na diferença que construirá a peculiaridade incidental da trama. Naturalmente, todos os gêneros estão cheios de tiques, de estereótipos, de fórmulas prontas; mas quem não suporta de modo nenhum o *maneirismo* não é capaz de gozar a literatura, e bastam-lhe cem livros clássicos e inteiramente "individuais" para alcançar o cume da cultura literária necessária. Que seria de Shakespeare ou Kafka sem maneirismo? Os gêneros revelam que toda situação é literalmente inesgotável, que a época, a geografia, um delito de sangue ou o apego à carne (caso de um dos gêneros mais prototípicos, o romance erótico) são suficientes para circunscrever um microcosmo textual de possibilidades desconcertantemente inesgotáveis. Os gêneros nascem de uma decisão plenamente consciente – artificial – de três ou quatro imitadores de talento e morrem por um desinteresse combinado – seria arriscado decidir quem se cansa primeiro – de escritores e público. Não são eternos nem imutáveis: nisto, como em tudo, é preciso ser nominalista. O único gênero que nasce com a própria origem da literatura é o erótico; não é fácil aceitar que venha a desaparecer algum dia, mas essa possibilidade não pode ser excluída *a priori*. Os contos de terror são quase tão antigos quanto os eróticos, e o seu desaparecimento é pouco provável, mas não impossível. Com que ânimo deveríamos imaginar uma humanidade livre não só dos tremores do corpo, mas também dos tremores da alma, purgada tanto da beldade atrativa como do monstruoso, esquecida de Drácula e de Moll Flanders?

As histórias de faroeste não podem aspirar a essa longevidade que chega às raias do sempiterno. De certo modo, seu tempo já passou e elas rapidamente serão um gênero exclusivamente para eruditos curiosos, como acontece hoje com o romance bizantino. Além da precisa determinação histórica e geográfica (os territórios situados a oeste dos Estados Unidos da América durante o século XIX e começo do XX), a convenção genérica inclui também elementos que, embora sendo mais vagamente descritivos, são tão distintivos quanto as datas e os lugares: as grandes planícies semidesérticas onde o cacto eleva seus inóspitos braços para um céu demolidoramente azul, as extensas pradarias onde pastam vacas castanhas de chifres enormes, as mesetas rochosas de silhueta inconfundível, os pequenos povoados de casas de madeira com alpendre e os *saloons* com porta vaivém... Uma galeria de personagens estereotipadas, tão fixas e secretamente significativas quanto os arcanos maiores do tarô: o vaqueiro solitário que chega, ninguém sabe de onde, sem outro patrimônio além do revólver e do cavalo; o velho caçador de búfalos com gorro de pele de castor; o pistoleiro alto, de rosto anguloso e trajes negros; o xerife venal e corrupto, mas capaz de um último gesto heróico; o jogador trapaceiro; o poderoso fazendeiro sem escrúpulos que é o mandachuva indiscutível da cidade; a estrela do *saloon* que canta como um anjo caído; o nobre e sentencioso chefe índio; o cruel feiticeiro da tribo; a vivaz e espontânea filha do rancheiro; o médico beberrão mas disposto a aliar-se, quando chegar a hora, ao protagonista... Também é preciso ter em conta a personalidade sumamente definida de certos fetiches, como o *Colt*, a *Win-*

chester, a velha diligência de quatro cavalos, o amplo chapéu *Stetson*, os bisões, o veloz e inteligente cavalo do vaqueiro solitário, as grandes esporas de prata... Os relatos que se constroem com esses ingredientes têm certo ar rural gratificante e bravio, que não exclui uma clara referência ao nascimento das cidades. Seu encanto deve-se, em boa medida, ao fato de pertencerem a um passado tão imediato, que qualquer um pode prolongar as linhas de força que nascem nele e chegam até nosso presente. É agradável supor que o direito de viver em cidades foi conquistado na base de peripécias tão puramente épicas: certamente deve ter sido assim, mas não foi só isso. Os contos de faroeste oscilam entre o entusiasmo pelo que nascia e a nostalgia, às vezes parecida com remorso, daquilo que foi sacrificado para apressar o parto. Não só são massacrados os índios e os bisões, mas também se elimina ou põe de lado esse mesmo cavaleiro justiceiro e sonhador que habitualmente se revela incapaz de acumular propriedades, como exige a civilização nascente. Os protagonistas das novelas de faroeste não são – e isso é significativo – aqueles que no Oeste superaram realmente as dificuldades: seguramente, a conquista para a qual contribuíram acaba por excluí-los. De algum modo, dificultavam o desenvolvimento que conduzia à nossa atualidade, em lugar de facilitá-lo: nisso consistia o seu heroísmo, e é interessante ver como o nosso tédio atual reconhece esse fato. O fazendeiro monopolista e o jogador trapaceiro, que controlam a cidade com uma máfia de acólitos a seu serviço e se dedicam à intriga burocrática com as escrituras de propriedade das minas, esses são os autênticos civilizados que preparam o futuro que hoje é presente. Em qualquer reflexão sobre a origem das cidades modernas existe sempre um ponto melancólico, a recordar-nos que o esforço épico que as criou, triunfou suprimindo-se. A épica fez o impossível para conseguir certas condições em que o épico já não fosse necessário. Mas a melancolia transforma-se num sentimento de frustração mais intenso – e talvez mais exaltante – ao advertir que o desenvolvimento autônomo da cidade obriga a viver de tal modo que a épica é imprescindível para quem não quer ser totalmente devorado, com o agravante de que a coragem se tornou algo menos óbvio que nos tempos da fundação. É então que recordamos, com raiva idealizadora, o caubói indômito, que nunca aprendeu a viver o artifício dominante das urbes que nasciam e lutou para defender seu direito a não saber, que hoje já todos perdemos.

O clássico por excelência do romance de faroeste é Zane Grey, em cuja abundantíssima produção encontramos todos os exemplos de tramas, situações e personagens que regressaram interminavelmente nos discípulos de sua escola. Se Jaspers pôde dizer que toda a filosofia ocidental são notas de rodapé dos *Diálogos* de Platão, com maior verdade ainda pode-se afirmar que quase todos os contos contemporâneos de faroeste são paráfrases de modelos criados por Zane Grey. Ainda que seu estilo seja um tanto lento e suas tramas sentimentais sejam menos que suportáveis, não restam dúvidas de que ele amou profundamente o sonho de coragem e liberdade que a palavra "Oeste" significava, conseguindo transmitir esse amor a uma prole incansável de leitores. O realismo de costumes de sua narrativa permite-nos uma familiaridade surpreendentemente grata com os heróis de seus relatos, o que não os rebaixa, mas os torna críveis e simpáticos. Mesmo quando se torna lentamente informativo, Grey conserva o encanto de quem faz a crônica do prodigioso perante um círculo ávido e, para aumentar o entusiasmo dos ouvintes, dissimula a própria artimanha sob a capa de neutra precisão. Adivinho que suas páginas deleitaram John Ford e Howard Hawks, confirmando-lhes miticamente a paisagem e os homens que depois filmariam. Sem Zane Grey são dificilmente imagináveis *Paixão de fortes* ou *Onde começa o inferno*: ainda que não tivéssemos outros motivos de agradecimento, só esse bastaria para que nossa dívida com o dentista de Nova York fosse enorme. Pessoalmente, minhas preferências nesse gênero sempre se inclinaram para Karl May, narrador muito mais ágil e imaginativo que o anterior, embora menos documental. O Oeste de Karl May é já um Oeste cinematográfico *avant la lettre*, mas de filme rodado em qualquer lugar, menos no Oeste. Todavia, ele possui uma habilidade fascinante para urdir peripécias e tem esse invejável sentido rítmico necessário para transcrever a ação de modo literariamente adequado. Na graça de suas personagens reside boa parte de sua eficácia: o mais que perfeito e algo ingênuo Old Shatterhand, alemão que perambula por terras americanas, em que se idealizam recordações juvenis do autor; o sóbrio, valente e apaixonado Winnetou, protótipo do "índio bom", apache cuja previsível dignidade não carece de autêntico atrativo; a coorte de velhos *trappers* ou caçadores de búfalos, que aparecem em todos os seus relatos: jactanciosos, enfermiços, espirituosos, que tanto podem decidir uma batalha com sua intervenção quanto provocar um desastre com um assobio; os perigosos malvados, malvadíssimos, dos quais é muito difícil livrar-se, pois têm o mau hábito de ressurgir quando pareciam enterrados cem páginas atrás... Uma vez aceita a elementaridade das paixões que movem a trama, o leitor de Karl May encontra-se na estupenda disposição para a aventura do perfeito amante literário: saber que em cada página vai acontecer algo, e que esse "algo" pode ser qualquer coisa. Recordo-me de ter passado um verão inteiro literalmente "laçado" por Karl May e as personagens de seu Oeste em tamanho natural. O capítulo da morte de Winnetou, por exemplo, apesar de sua traiçoeira conversão cristianizante, supôs uma das maiores emoções novelescas de meus anos de juventude. Esse índio silencioso e valente conseguira tornar-se obscuramente necessário para mim...

Há ainda outra literatura dedicada ao Oeste norte-americano, na qual a convenção chegou à mecanização total e os recursos estilísticos reduziram sua panóplia ao estritamente indispensável para fazer-se entender. Novelinhas baratas, que custavam dez pesetas quando eu tinha dez anos, com capas medíocres, desenhadas em série, épica sem lágrimas de Marcial Lafuente Estefanía, de José Mallorquí, de Silver Kane... Não me envergonho de ter-me deleitado com *O coiote* ou com aquele forasteiro alto e poeirento, que limpava o povoado sem lei, livrando-o dos malfeitores, que ele despachava com um infalível balaço entre as sobrancelhas, e que depois se sabia ser um *ranger*. São os romances de Zane Grey a Karl May, assim como as séries de televisão que vão de *Bonanza* ou *O homem de Virgínia* a *Diligência*, mas o sol nasce para todos, e o homem morre mais por falta de épica do que por consolar-se com sagas de ínfima qualidade. O *office-boy* que, nos solavancos do metrô, lê espasmodicamente *O forasteiro chegou a Sacramento* também é tributário da glória e da aventura. Vejo-o num canto do vagão, com a pasta cheia de papéis alheios e pesados debaixo do braço, a cara sardenta, carrancuda pelo esforço, com os lábios a formarem silenciosamente as palavras que falam de Texas e bisões. Chega à estação e ele não percebe, absorto numa contemplação mítica, que nada sabe de apólices nem de contratos de locação: "As portas do salão oscilaram para deixar passar um homem alto e magro, coberto de pó. Ele olhou lentamente para os fregueses silenciosos que haviam deixado as bebidas sobre o balcão e disse com voz clara e calma: 'Aqui cheira a covarde.' Ninguém respondeu. Avançou para o balcão, com os braços caídos descuidadamente ao longo do corpo..."

Capítulo XII
O significado do terror

"Alma minha, entra com cuidado, que estou morrendo de medo."

Nós, amantes dos contos de terror, formamos uma maçonaria particularmente maníaca e fechada: somos tão arredios aos estranhos seres "normais", que confundem Poe com um escritor de novelas policiais e desconhecem até a nacionalidade de Lovecraft, quanto somos cordialmente fraternos com aqueles que partilham nosso gosto por calafrios. Poucas predileções literárias *são tão marcantes* como essa: é uma preferência que não costuma ficar impune... O verdadeiro amante do gênero não é um leitor ocasional de historietas horripilantes, conseguidas na penúria de uma livraria de estação ou toleradas no repouso sem compromisso das férias de verão; tampouco tem algo a ver com esse profissional de bom gosto que aprecia cortesmente o romantismo macabro de *A queda da casa de Usher* ou condescende em ampliar sua cultura com umas páginas de lorde Dunsany ou Ambrose Bierce, que são afinal literatos respeitáveis. Quem pode prescindir por uma semana inteira de narrativas arrepiantes, quem não está disposto a condenar à indigência os velhos pais e a vender a mulher chorosa e os filhinhos como escravos com o objetivo de obter dinheiro para comprar as obras completas de Arthur Machen, quem não adora certos autores do gênero, de nulo requinte literário mas pródigos, até o êxtase, em castelos sombrios e infatigáveis vampiros, quem não se prepara para ler um bom conto de lobisomens com a mesma excitada deliberação com que planeja até o último detalhe o ataque que por fim o levará a estar entre quatro paredes com a mulher dos seus sonhos? Esse não é mais que um *parvenu* do calafrio, um interino da angústia, um tíbio e casual freqüentador das alamedas do medo. A rigor, a narrativa de terror é O CONTO por excelência, a história prototípica que esperamos ouvir quando nos sentamos, com os ouvidos bem abertos, aos pés de alguém, diante do resplendor tremulante da fogueira: ele é o que por antonomásia merece ser contado. Trata-se de um gênero que foge à declamação ou ao ditirambo, preferindo celebrar-se no sussurro; nisso revela seu parentesco com a essência primordial do conto, modalidade expressiva, fundamentalmente *noturna*, inimiga do altissonante e do doutoral. Ao conto e ao amor o que convém é a escuridão e o cochicho. Uma vez abaixado o tom de voz, no quase silêncio expectante povoado pelos estalidos estranhos das coisas maldormidas, como resistir à tentação de evocar os fantasmas que não nos abandonam, de blasfemar muito baixinho contra a razão e sua ordem, de tornar presente o pânico elementar que a jornada de trabalho ou o medo da loucura nos impelem a dissimular durante o dia? Por um momento, suspendemos a hipocrisia salutar que atesta nossa condição de sensatos e empreendedores cidadãos de estados sustentados no progresso da ciência e voltamos a ver-nos como realmente somos: habitantes do improvável, vizinhos do nada, protagonistas de um pesadelo de tal desolação e desamparo que o único meio de conservar o juízo é tentar esquecer, na medida do possível, nossa mísera condição. Os defuntos que havíamos afastado radicalmente de nossas vistas, antes que começassem a infundir-nos pavor, saem da tumba e mostram-nos sua repugnante putrefação *animada*, recusando-se à tranqüila desaparição que, com espantada solicitude, lhes decretamos; voltam "conscientes dos vermes que os roem", como anunciou Blake. Perante esse retorno odioso do espectral, as mentes sãs, os fígados de bom funcionamento, as pessoas de bem, em que se apóia a marcha do mundo, retrocedem para a sensatez, suspirando por ar puro, sol e borboletas. Mas não faltam criaturas delirantes, viciosamente atentas a seus próprios estremecimentos, que, após terem conhecido a chicotada do horripilante, já não conseguem passar sem ele e voltam incessantemente aos autores que melhor podem proporcionar-lhes esse prazer. Entre esses seres crepusculares tenho a infelicidade de incluir-me.

O que há de desmedido e arrebatado nessa paixão não deixa de provocar assombro entre aqueles que dela não padecem e freqüentemente se dirigem a nós para dizer, como as sereias na segunda parte de Fausto:

"Por que deformar o gosto
com o horrível prodigioso?"

Não é fácil responder taxativamente a essa pergunta, e parece oportuno refugiar-se naquela máxima tão boba de que "gosto não se discute", quando o certo é que praticamente nunca se discute outra coisa. O método mais usual de despachar o assunto consiste em referir-se ao amplo arsenal de soluções psicanalíticas, cuja autoridade na perigosa selva da angústia parece indiscutível. Segundo a doutrina vienense, a fonte de nossos terrores situa-se no sentimento de culpa oculto no mais fundo de nosso psiquismo, fruto daqueles primeiros conflitos sexuais que amenizaram os remotos anos de nossa infância. Transgressões pueris e invejas do impossível, com o conseqüente temor do castigo mutilador, selaram nossa carne com sua marca de angústia: o espanto que remonta à lei violada, antes mesmo que ela tenha sido formulada, assedia nossos sonhos, transformando-os em pesadelos. Alguns seres, particularmente obcecados por esse delito inesquecível que não podem recordar, experimentam certo gozo – sádico ou masoquista? Em resumo, na hora de gozar não queremos privar-nos de nada...! – em ver literalmente representados os seus mais secretos calafrios; ali se objetivam e resolvem, em nível alucinatório, os assaltos invisíveis que perturbam nossa alma. Os monstros que vagueiam pela escuridão que nos constitui, consentem, finalmente, em tomar rosto e vulto: ainda que esse gesto seja espantoso, sempre traz certo alívio constatar que abandonaram o anonimato. O homem chega a adorar o que o lacera durante tempo suficiente: de tanto conviver com esse espectro que leva o seu nome, chega a nutrir carinho por ele. Dar espessura e colorido à angústia que nos rói, liberta-nos de certo modo dela, ao projetá-la para fora; mas, acima de tudo, permite-nos *vê-la*, isto é, admirá-la... Como não pasmar de respeito e até de orgulho perante essa sombra abominável que é a única grandeza que havia em nós!

Essa teoria da fascinação, que parece encerrar o que nos estremece, pode soar como excessivamente paradoxal, uma vez que é preciso sublinhar que a angústia admirada não deixa, de modo algum, de ser angústia. Mas, afinal de contas, não é menor o paradoxo que se encerra na doutrina psicanalítica dos pesadelos, apesar de todos os esforços racionalizadores de Ernest Jones. Admitido o caráter compensatório e lenitivo dos sonhos, destinados, em boa medida, a manter o próprio estado do sono por meio da realização fantasmática dos desejos não realizados na vigília, como explicar a operacionalidade dos pesadelos, que às vezes prolongam tanto o sonho quanto o mais feliz dos devaneios, mas cujos traços desagradáveis e angustiosos parecem mal coadunar com a doutrina geral sobre o papel de nossas fantasias noturnas? A única forma de conciliar os dois extremos parece-me esta: é preciso admitir que ver e padecer a história completa de nosso pânico é um dos desejos que nos agitam, e que o pesadelo o satisfaz com terrível generosidade. Entre os lençóis encharcados de suor e amarrotados por nossas convulsões, vivemos um prazer pelo qual pagamos preço tão elevado que nem sequer podemos recordá-lo mais tarde como prazer, uma vez despertos. Mas a cama nos denuncia, essa cama desordenada e úmida, por onde parece ter passado um tornado de amor frenético.

Deixo a linguagem psicanalítica para aqueles que realmente saibam utilizá-la, isto é, para aqueles que, de modo mais ou menos declarado, acham que o problema consiste em curar ou, mais modestamente, fazer o diagnóstico correto. Escrevo a partir do não-saber, da não-aprendizagem e, sobretudo, da resistência à idéia de cura – meu problema é que não consigo *piorar* o suficiente, por falta de valor – e da confusão quase jubilosa dos sintomas. Em primeiro lugar, é preciso destacar a relação direta entre os contos de horror e a morte: o problema é a morte, sua necessidade, suas lúgubres pompas e, talvez, seus remédios. O tema da morte remete-nos, de imediato, para algo que ainda não foi trazido à luz neste capítulo, o caráter *sobrenatural* das histórias de terror aqui comentadas. O verdadeiro espanto, esse que, de modo explícito ou implícito, é sempre medo da morte, não pode ter outro fundamento senão o sobrenatural. Aqueles que não acreditam no sobrenatural nunca tremem: por exemplo, as pedras e alguns insetos sociais – entre os animais superiores, não é fácil encontrar casos desse tipo de ataraxia. O sobrenatural não deve ser entendido no sentido de transcendente, espiritual (?) ou mágico, ainda que possa estender-se finalmente a essas e outras áreas, por metonímia. *Sobrenatural é, simplesmente, o inadmissível para a necessidade*, o injustificável por qualquer legalidade, a espontaneidade que, em lugar de render-se à norma produtiva que a razão estabelece, viola a si mesma como o irracional. A morte é, dizem-nos, o plenamente necessário, o paradigma mesmo do inelutável; para nós, porém, os futuros mortos, ela é algo escandaloso, como o escárnio de toda norma, como uma função atroz ou perversa do arbitrário. Se pudéssemos ver a morte como algo realmente necessário, como plenamente natural, nada nos impressionaria terrificamente nela: nem sua presença, nem a putrefação que acarreta, nem seus sintomas. Todos aqueles que aspiraram a purgar-nos dos males da morte recomendaram-na como algo natural e necessário (Spinoza, Hegel, o senso comum ou a ciência) ou como inexistente (nisto coincidem Epicuro e os cristãos, embora por motivos diferentes). A primeira desculpa vê-se negada por nossa intuição; a segunda, pela evidência. A morte não está no futuro, mas aqui e agora, sem cessar; nada mais falso que supô-la ausente e que quando chegar já não estaremos para recebê-la: a morte não é incompatível com meu eu atual, e sim o seu verdadeiro fundamento. Porém, à sua necessidade, à sua naturalidade, que são precisamente a força da morte e aquilo que nela mais nos aterra, a isso não podemos acostumar-nos: fingimos certa acomodação resignada, uma familiaridade hipócrita com o que nos é mais estranho, mas a procissão do horror caminha por dentro e assoma à menor falha de nossa couraça racionalista. O que fundamentalmente agradecemos aos contos de horror é a possibilidade de considerar *abertamente* essa morte como sobrenatural, morte cuja naturalidade somos obrigados a admitir cotidianamente da boca para fora.

Mas admitir que a morte é sobrenatural é começar a incubar a proibida esperança de escapar dela. O impensável vem em ajuda do possível. Os procedimentos que aspiram a redimir-nos da aniquilação passam pelas mais insuportáveis agonias. A teoria geral subjacente a essas tentativas antitanáticas é a que se encontra resumida nos versos do poeta alemão, e que nos aponta que ali onde espreita o perigo cresce também o que nos alivia, ou, mais simplesmente, o conhecido refrão latino: *simil similibus curatur*. Sacudir a sombra da morte exige descer à própria morte, penetrar no horrível reduto onde ela triunfa. "Pior ainda que a morte é a sua guarida", adverte-nos Sêneca. Mas ali encontram-se os materiais fúnebres com que alguns tentaram edificar para si uma precária imortalidade: o ataúde cheio de terra balcânica do vampiro, os fragmentos de cadáveres que irão compor o corpo atormentado da criatura prometéica, os fulgores lunares que consumarão o milagre da licantropia, o mesmerismo arrepiante que mantém em suspenso a fatal decomposição do senhor Valdemar. Perdida toda a naturalidade, definitivamente abandonado o seu falso caráter de coisa óbvia, a morte recupera seu manto de névoa gelada e seu desconsolado ulular noturno: torna-se parente do crime e da maldição, mas também da magia, do encantamento que ressuscita e do pacto com o demônio, que oferece uma vitalidade ignominiosa. A concepção naturalista da morte procura atenuar sua evidência com métodos que vão desde a perífrase eufemística para aludir a ela até a maquiagem de cadáveres (o que, por outro lado, não deixa de ser um sinal indubitável de que não é tão fácil acostumar-se a seu domínio). O sobrenaturalismo terrorífico, por sua vez, exacerba sua presença até o intolerável, arrebata-lhe os véus que dissimulam sua repugnante nudez e acentua, na medida do possível, seus sombrios encantos. Estabelece-se assim uma luta de ocultamentos e revelações: diante da esmerada eliminação funerária dos restos mortais, que desaparecem, o horripilante testemunho de clausura e asfixia que sussurra o morto, consciente de seu enterro; diante da discreta fotografia do defunto num dia de praia e ao gradual desvanecimento de seu nome das conversas familiares, a ululante aparição do espectro ou o fedor de putrefação e terra removida que acompanha os passos de quem volta; diante do sensato "não pensar nisso", que o senso comum impõe em relação à morte, a obsessão mórbida do necromântico, do freqüentador noturno de cemitérios, do dissector ou do enamorado irrefreável da exangue beleza da morta; diante desse caráter de aliviado desembaraço que acompanha o acatamento do irremediável, o frenesi de incitar, recompor, ressuscitar, invocar do além que caracteriza os inconformados com o falecimento que povoam as histórias de terror. O "mau gosto" enfrenta o bom, com a facilidade para encobrir os estragos da morte que define a civilização nela baseada. O invisível reclama, patenteia e cobra sua ocultação com uma acentuação gritante de seus traços mais alarmantes. A morte perde o distanciamento e aparece *tal como é realmente*: dona e senhora, centro do mundo, negro aroma de toda a existência, referência obrigatória de cada gesto, de cada olhar. Mas esse desvelar-se trabalha contra ela; sua aparição sem manto a lacera. De seus faustos e estereótipos surge uma nova esperança de vida, um vigoroso furor que se agita e ergue o morto, extraindo outra vitalidade mais duradoura do que deveria ter sido perpétua extinção. Os cemitérios enchem-se de animação noturna, as ruínas vêem-se de novo povoadas por habitantes desconsolados, nos bosques e pântanos mefíticos crescem novas espécies inimagináveis. Ainda que, finalmente, a morte consiga impor seu equilíbrio, e o pó volte ao pó, o império do mais necessário viu-se momentaneamente comprometido por intolerável exceção: insinua-se a suspeita de que uma vontade indomável pode enredar a morte, procurando suas armas no lodo da própria putrefação.

Mais ainda: a constatação do horroroso é já subversiva no âmbito de uma normalidade garantida pela resignação ao deplorável, ao menos no nível das aparências. O próprio *tom* do relato horripilante encerra uma intenção de refutação da morte, em vez de expressar um deleite mórbido no seu triunfo, como crê, por vezes, o observador superficial. É a indiferença – por mais fingida que seja e por mais disfarçada que esteja de "prudência" – que apresenta atestado de óbito, não o grito de espanto. Acostumar-se a um mal é colaborar com ele, por mais razões científicas que se apresentem para a necessidade de seu acatamento. A história de terror baseia-se em proclamar que o golpe da morte sobre a realidade é algo a que jamais poderemos habituar-nos completamente. Mas que ferozes transformações sofrem aqueles que se rebelam contra a necessidade! Que elevado preço pagam por seu atrevimento subversivo! Pálidos vampiros de longos caninos, espectros andrajosos de recurvas garras frias, lobisomens bestiais, abomináveis criaturas tentaculares de Lovecraft, bonecos sem alma, feitos de cadáveres, virgens lívidas que voltam para consumar seu amor impossível, bruxos que foram parecendo, cada vez mais, com os demônios que guardam em suas redomas... São os herdeiros desditosos do Primeiro Rebelde, trapos de carne que o espírito deixa presos nas redes da realidade ao pretender escapar. Empalados, queimados, exorcizados, abrasados com a maldita água benta, são eles, indubitavelmente, os *protagonistas* dos contos de horror, os verdadeiros heróis das narrativas horripilantes, e não as insípidas e beatas criaturas que prevalecem sobre eles no final da história. Seu nome é Legião: a legião dos mutilados da maior das guerras de independência, da revolução contra a morte. Apesar de sua inevitável derrota final, a simples tentativa já é uma vitória. Os sentimentos do leitor por eles são delicadamente ambíguos, algo assim como um reconhecimento aterrorizado, uma espécie de pavorosa simpatia. Por um lado, nossa tranqüilidade, nossa ordem e nossa prudência exigem que sejam destruídos, que se desfaça a ameaça que representam; mas, por outro, identificamo-nos irrefutavelmente com seus afãs, e em nosso foro íntimo descobrimos que seu desesperado ulular é nosso hino secreto. São o maior perigo que nos espreita, mas também uma de nossas mais valentes possibilidades. Talvez não partilhemos de sua decisão de buscar as armas contra a morte na própria morte, o que supõe, afinal de contas, um certo reconhecimento às avessas da necessidade desta, um novo referendo ao desespero do inexorável; mas em todo o caso sua luta iguala-os a nós ou, pelo menos, torna-os iguais ao que há de menos submisso em nós. A despeito do nosso horror, é sua gesta que nos interessa, e não a dos que acabam com eles ou escapam de suas garras. O que nos aproxima é um segredo, de polichinelo, que pode expressar-se assim: *somos da estirpe dos fantasmas*. Acaso não somos tão sobrenaturais quanto eles, por mais que tentemos submeter-nos a uma naturalidade que cada um de nossos gestos, para não dizer de nossos pensamentos, desmente com a mais íntima força de convicção? A estranheza abominável do corpo dos monstros duplica o alarmado assombro que sentimos em face do nosso: também temos tentáculos e fétidos humores, sofremos modificações que não controlamos, e vamos nos convertendo em algo que chega a ser-nos perfeitamente alheio e que acabará por nos aterrar. Eles apressaram o processo, isto é, sentiram a impaciência de alcançar imediatamente o final, para tentar ir mais além, para conseguir utilizar a degradação em seu proveito. Reconhecemo-nos em seu trepidar penoso, nessa alma insaciável que perverte a vida à força de querer intensificá-la, nessa solidão radical, sem mescla, do irremediavelmente diferente. Se me é permitido, direi que os monstros nos propõem o reverso da *santidade*, reverso que, por ser negro, não é menos tributário do sagrado. Os espectros das histórias de terror são os bem-aventurados desse deus louco que apareceu para Lovecraft ululando na escuridão; sua horripilante hagiografia é desconsolada e desconsoladora, mas fere-nos no mais íntimo.

Relacionei diretamente o conto de terror com o sobrenatural; não faltará quem me recorde o ditame de Jacques Bergier, que faz de Lovecraft o "inventor do conto materialista de terror". Creio ter tornado suficientemente claro o que entendo por *sobrenatural* para poder assegurar que, se por "materialista" se entende algo que é determinado por leis físicas necessárias, a afirmação do crítico francês é perfeitamente errônea. Os contos de Lovecraft, como os de Machen, Chambers ou Hope Hodgson, são tão sobrenaturais – no sentido antes indicado – quanto qualquer clássica história de fantasmas do século XIX, se bem que, na verdade, eles tenham deslocado o desafio à necessidade, em relação ao plano em que seus predecessores o situavam. Anteriormente, os elementos que sustentavam o inexorável eram de índole religioso-cristã e serviam de marco para as andanças de espectros e vampiros, seguidores do demônio e inimigos da cruz; depois, a necessidade ganhou rosto científico, e a rebelião contra ela começou a apresentar-se como desvarios da arqueologia, física ou medicina, mas isso bem antes de Lovecraft: é o caso do célebre romance de Mary W. Shelley ou de *O estranho caso do senhor Valdemar*. O que mudou foi o conceito de natural, antes submetido aos desígnios da Providência e hoje aos da ciência. As histórias de terror continuam apelando ao sobrenatural, assuma este as facetas diabólicas da fé cristã ou os pontos em que o conhecimento científico tropeça com um limite vertiginoso que lança por terra o seu conceito de normalidade. A esse respeito, é curioso assinalar a importância que certo tipo de *neopaganismo* desempenha nos relatos de Machen, Blackwood ou de Lovecraft. O termo "paganismo" deve ser tomado no seu sentido mais literal, pois, na maioria dos casos, trata-se de cultos proibidos que sobrevivem em aldeias esquecidas ou marginalizadas da civilização industrial urbana. No culto ao Diabo dos clássicos bruxos e vampiros, ou do monge maldito de Lewis, palpitava a presença irreprimível do perseguido dualismo maniqueísta, irmão gêmeo do cristianismo. Nos seres da Antiga Ordem de Lovecraft ou nos espíritos elementais de Blackwood, volta para assumir seu domínio a pluralidade condenada do politeísmo. O monoteísmo, cristão ou cientista, continua situando o terror nessa diferença e nessa diversidade que se lhe opõem e olha com espanto o retorno distinto do imprevisível ao reino da inelutável previsão, do passado mais pavorosamente remoto, que vem turvar com os seus eflúvios envenenados o dogma do progresso. A raiz do pânico é que o grande Pã não morreu.

Sentar-se junto à chaminé e começar a ler uma história perfeita de Montague Rhodes James; ou espremer-se no metrô, enquanto se relêem aos tropeções as mágicas linhas do prodigioso Jean Ray. As tumbas se abrem, acorrem os fantasmas, e suspeitos montões de trapos rastejam atrás de nós pela calçada; ou o número 13 de qualquer rua pode ser Maupertuis. A sorte está lançada: somos vítimas do vício mais antigo que a literatura propagou, o afã por relatos horripilantes. O bom gosto e todos os preceitos literários não nos desautorizam; a psiquiatria nos põe entre os neuróticos obsessivos ou os oligofrênicos e recomenda-nos duchas de água fria; o partidário da literatura educativa e politizada deplora nossa pueril evasão. Mas só damos atenção a Sade, e só a Sade, quando ele nos sussurra: "Aplaca a tua alma, trata de converter em gozo tudo o que alarma o teu coração."

Capítulo XIII
O assassino perfeito

"Até agora limitei minhas investigações a este mundo. Combati o mal com modéstia; mas atacar o próprio pai de todo o mal talvez seja tarefa ambiciosa demais. No entanto, o senhor há de reconhecer que pegadas são coisa material."

Acabo de ler um excelente romance policial, *There Came Both Mist and Snow*. Faz muito tempo que sou devoto de seu autor, Michael Innes, cujo livro *A vingança de Hamlet* parece-me uma das obras mais bem escritas no gênero[1]. Em *There Came Both Mist and Snow*, Innes realiza um *tour de force* que compromete a própria possibilidade desse tipo de narrativa: todas as personagens são declaradas culpadas, todas as soluções são possíveis, mas nenhuma é indubitável. O virtuosismo inteligente é levado tão longe que fechamos o livro exasperados, com uma sensação de insatisfação. Por um lado, saboreou-se, até o embotamento, a excitação do espírito em exercício; por outro, girou-se no vazio e, em face do resultado final, todo o esforço parece ter sido supérfluo e fútil. Esse estado de ânimo, de que tantas vezes sofri ao terminar de ler filosofia, incita-me a aproximar esses dois gêneros literários: a narração detetivesca e a narração especulativa.

É evidente que a filosofia é um gênero literário, caracterizado pela recorrência de determinados modos expressivos e determinados temas. Algumas pessoas sorririam satisfeitas diante dessa declaração que, possivelmente, lhes parece comprometedora para um filósofo: a filosofia reconhece que é literatura, ficção, arbitrarieda-

---

1. ¡*Hamlet, venganza!*, em "Selecciones del Séptimo Círculo", Madri, Alianza-Emecé. *Tras la niebla y la nieve*, Barcelona, Barral, "Ed. de Bolsillo".

de imaginária; quem deseja obter um conhecimento verdadeiro deve dirigir-se à ciência ou pedir alguma receita à política. Esses simplórios ignoram que a literatura é tudo menos arbitrária, e que a noção de "conhecimento verdadeiro" é precisamente uma invenção filosófica, carente de sentido fora do discurso da filosofia. A filosofia não é narração e, *portanto*, renuncia à verdade verdadeira; é uma narração cujo argumento é a busca da verdade. Em tal busca se estabelece o sentido do conceito de "verdade", razão pela qual seria absurdo dizer que a verdade não está na filosofia, mas na ciência, na política ou na religião, visto que determinar *onde* está a verdade é precisamente a tarefa da filosofia. Mas tudo isso já está dito em muitos outros lugares. O que quero estabelecer aqui é o seguinte: a filosofia é uma forma de narração; a especulação é o desenvolvimento de um *argumento*, tanto no sentido discursivo quanto no sentido dramático do termo.

Em linhas gerais, pode-se dizer que o romance é um gênero literário que se destaca pela plasticidade das formas e pela frouxidão das convenções que o organizam. Sobre isso debruça-se Roger Caillois, em *Puissances du roman*, com um acerto que não preside, a meu ver, o conjunto dessas notas[2]. O romance policial, em contrapartida, tem uma estrutura sumamente rígida: mesmo sem admitir todas as normas que os membros do *Detection Club* juraram acatar e de acordo com as quais escreveram coletivamente *The Floatig Admiral*[3], não seria impossível codificar, com algum rigor, uma série de leis cuja infração, excetuando o caso do gênio, desnatura o tipo de relato e decepciona o apaixonado por esse gênero. As exceções geniais baseadas no hábil desprezo da norma (como o tão repetido exemplo do narrador assassino em *O assassinato de Roger Acroyd*, de Agatha Christie) baseiam o efeito surpresa na aceitação

---

2. Coincide com essas apreciações um excelente artigo de Félix de Azúa, *El género neutro*, Cuadernos de la Gaya Ciencia, II, a que aludo de novo no epílogo deste livro.

3. Nesse curioso romance, cujo interesse é fundamentalmente extraliterário, colaboraram Chesterton, Dorothy L. Sayers, Dickson Carr e muitos outros. Cada um escreveu um capítulo e, independentemente dos outros autores, propôs uma solução. *O almirante flotante* encontra-se no excelente catálogo do "Séptimo Círculo", razão por que é de esperar que seja reeditado na atual coleção de *Selecciones*.

implícita, por parte do leitor, desse código não escrito. Pois bem, tudo isso poderia atribuir-se também a esse tipo de narração chamado filosofia. Em ambos os casos, trata-se de trazer à luz a lógica interna de alguns fatos aparentemente desconexos; trata-se de uma busca que vai encadeando deduções até chegar à verdade decisiva, à luz da qual todo o relato recupera seu sentido definitivo e torna-se ele próprio supérfluo: uma vez *entendido tudo*, tanto no romance policial como no sistema filosófico, enquanto se percorria o longo caminho até a luz, torna-se insuportável, impossível de reler. Obviamente, ambos os gêneros se comprometem a proporcionar um desenlace esclarecedor: a confissão de completa ignorância no final de uma intriga policial ou de um tratado de metafísica seria vista como uma fraude intolerável. Tanto em filosofia como na narração de um crime, a descoberta da Verdade comporta de imediato uma postura moral, a adoção de uma distinção mais ou menos matizada entre o mal e o bem, entre o mau e os bons ou entre o bom e os maus (o romance policial tende à primeira hipótese, ao isolar o criminoso na sua sinistra singularidade, enquanto a filosofia se inclina para a segunda, beatificando o justo diante da multidão maligna: nem é preciso recordar o caso de Sócrates). Os dois gêneros partilham uma mesma aversão pelo detalhe inútil: não há digressões lícitas, tudo deve concordar, encaminhar ou referir-se à Verdade última. Se num romance policial se descreve uma taça de modo lento e deliberado, só pode ser por dois motivos justificados: ou o conhecimento dessa taça ajuda no esclarecimento do crime ou é uma falsa pista destinada a engrossar a intriga. Qualquer capricho literário, nesse caso, indignaria o bom aficionado. De igual modo, numa teoria especulativa como manda o figurino, seria intolerável introduzir um *excursus* que não concordasse com o princípio geral do sistema, a não ser que expressasse uma das dificuldades encontradas na elucidação desse mesmo princípio. Ambos os gêneros banem o gratuito, o inexplicável, o irredutível para a solução definitiva das últimas páginas: âmbitos exatos e rigorosos depreciam qualquer apelo ao acaso. Por outro lado, o criminógrafo e o filósofo têm como ponto de honra ir facilitando ao leitor todas as chaves do desenvolvimento do caso, de tal modo que um aficionado exemplar possa completar por si mesmo, e sem outra ajuda além da lógica, a elucidação do assassinato ou o percurso total do sistema. Mas, na verdade, ambos os autores conseguem obscurecer tão diabolicamente o assunto que pretendem explicar, que em geral tornam imprescindível a leitura da obra até o fim. Outra semelhança: por mais que se pretenda evitar, tanto em filosofia quanto em criminologia *sempre* ficam fios soltos que costumam obcecar o leitor depois de fechar o livro, ainda que ele devesse estar tranqüilo agora que já sabe o fundamental.

O filósofo e o detetive procuram a solução de um enigma, apoiada na resposta a algumas perguntas elementares: por quê? quem? como? No caso do filósofo, o *mysterium magnum* abarca o universo; mais modesto na aparência mas semelhante no essencial, o detetive indaga a identidade do agente do ato. Acaso conhecer inequivocamente a causa de uma só coisa não implica descobrir a causa de todas? Trata-se de saber quem é responsável, quem se oculta atrás das aparências, simultaneamente velado e revelado por elas. É preciso explicar a *totalidade* do ocorrido, seja no cosmos ou no local do crime. Tanto num como noutro caso, o essencial do assunto consiste em aplicar rigorosamente o princípio de razão suficiente: tudo tem uma causa, um fundamento, uma intenção, nada ocorre porque sim. Um acontecimento escandaloso – um crime ou uma dívida – vem perturbar a solidez sem fissuras de uma ordem: é preciso restabelecê-la, repará-la, fazer cada peça voltar ao seu lugar. Para isso, será preciso *reinventar* a realidade, percorrer de novo o caminho que levou cada coisa até seu lugar atual. Tarefa, talvez, desesperada, pois ninguém ressuscita a vítima por descobrir o assassino, nem se pode cicatrizar completamente a ferida do pensamento com o bálsamo do sistema acabado. Tanto o intento do criminalista como o do filósofo são de um conformismo arrematado, em último caso inútil. Ambos os projetos de serenidade, para não serem fastidiosas charadas sem alma, necessitam da presença abismal da morte: dela extraem sua importância, sua urgência, sua hipótese, mais ou menos justificada, de patética grandeza. Um relato policial, sem a morte ou sua ameaça, não passa de um hieróglifo idiota, de um vazio tão convencional quanto um exercício de palavras cruzadas; acontece exatamente o mesmo com uma filosofia que evite ou minimize o tema da morte, presa a questões mais "científicas" ou a abordagens mais positivas: os anglo-saxões não costumam cometer o primeiro erro, mas incorrem com freqüência angustiante no segundo, pelo que são muito mais confiáveis como romancistas policiais que como filósofos.

Há ainda outro ponto – o leitor já o intuiu – em que a filosofia e o romance policial se assemelham: ambos são gêneros ameaçados de extinção, pelo menos na sua forma clássica. Nem os grandes sistemas nem os grandes detetives têm futuro: desconfia-se das explicações demasiado engenhosas. A sociologia ameaça devorar ambos os estilos narrativos, cujos modelos tradicionais se desagregam em face do assalto combinado do brutal e do obsceno, quando não da denúncia política. É indubitável que a violência e a questão da origem continuarão a ser motivos literários essenciais; não menos certo é que as convenções estilísticas que regeram, até hoje, a exposição de ambos os argumentos – que são fundamentalmente o mesmo, como já deixei vislumbrar – estão em vias de desaparecer. Os aficionados à velha moda sofrerão, sem dúvida, com a mudança, se é que chegaram alguma vez a acostumar-se completamente à novidade e não preferem desenvolver orgulhosos gostos de antiquário. Em *Murder off Miami*, de Weahtley e Links, a forma tradicional do livro é substituída por uma pasta na qual se encontram informações policiais, fotos, vestígios e pedaços de tecido ensangüentados: a leitura é substituída pelo quebra-cabeças; o narrador dilui-se, já não é preciso o exercício cortês de ouvir o conto de acordo com a ordem preferida por outro. O cientificismo positivista não foi menos eficaz no enfraquecimento do relato especulativo, desagregado em dados isolados, formalismos lógico-matemáticos e curvas de produção. Em ambos os casos, a mesma urgência de *pôr a mão*, de manipular. Já não se trata de referir-se a um sentido no seu desenvolvimento, mas de proporcionar um punhado de instrumentos. Mas a Verdade obtida trivializa-se irremediavelmente e, o que é pior, trivializa-se sem se tornar mais modesta, nem mais cética, no que se refere a seu caráter de definitiva: será que isso nos aproxima de um decisivo despertar de nossos terrores ancestrais? Ou a despersonalização do espanto multiplica seu aguilhão? Rumamos para criminosos sem nome, para palavras sem origem, para comunidades sem fundamento... Oxalá um Sherlock Holmes, sem vícios, floresça também nesse páramo e, como o outro, detenha a tempo o diabólico sabujo que vem em busca do nosso sangue!

No mês de agosto de 1975 uma notícia menor sacudiu discretamente a modorra jornalística do verão espanhol. Agatha Christie havia decidido publicar seu romance *Cai o pano*, escrito muitos anos antes, em que ela mata seu célebre e engomado Hércules Poirot. Os nostálgicos e os ociosos estremeceram em suas espreguiçadeiras perante esse novo acinte da vovó do crime. Os jornais dedicaram generosos comentários ao assunto, provavelmente agradecidos à escritora inglesa pelo inesperado presente dessa notícia sem compromisso, mas com o leve sabor picante do humor e do macabro. Solicitaram-me um artigo sobre o tema e escrevi mais ou menos o seguinte:

"Foi a traição (involuntária, segundo conta a lenda) da mulher que mais o amava que motivou a morte de Hércules, abrasado em sua túnica ensangüentada. Outro Hércules morre agora, atraiçoado também pela mulher que mais amor lhe dedica. Alguém dirá que, afinal de contas, Agatha Christie é dona da sua personagem: ela deu, ela tira. Grave erro. Poirot não é um presente que possa ser arrebatado: não é o sonho de um, mas de muitos. Talvez seja isso, precisamente, que motivou os criminosos ciúmes da sua mãe política, digo literária: Agatha Christie deu-se conta de que Poirot a abandonara para partir com qualquer um, com todos. Ela era só uma entre muitos; talvez o belga, com seu sotaque de *Assimil* mal aprendido, lhe sussurrasse à noite '*Je t'aime*', ao que ela responderia, despeitada, 'Isso é o que você diz a todas'. Desse ciumento ponto de vista, não lhe faltavam razões para odiá-lo. E ter essa senhora por inimiga não deve ser nada confortável, se considerarmos que ela tem uma das fichas criminais mais longas da Europa. É uma Locusta com *cottage*, uma Elisabeth Bathory mais hipócrita e amante de chá.

"Estou certo de que ela planejou o crime demorada e cuidadosamente. Aos 85 anos, o arroubo passional deve ser descartado. Além disso, ele não entra no estilo de Agatha Christie, que é uma perfeccionista minuciosa, mais retorcida que um saca-rolhas antigo. A premeditação é indubitável. E a aleivosia, como naquele *O assassinato de Roger Ackroyd*, em que o desprevenido leitor, ouvindo a voz impessoal de um narrador, tomava-o pelo bom Hastings, quando na verdade se tratava do próprio assassino... A senhora Christie terá escolhido com maníaca deliberação o lugar e o momento, terá preparado a arma mais segura, terá conseguido um álibi intacável. Além disso, quem irá descobri-la, quando ele já não estiver?

"Mas em seu lugar, querida senhora, eu não ficaria tão confiante. Nenhum crime é fácil (com a possível exceção daqueles que se cometem em grande escala e a serviço de nobres ideais), mas o dos grandes detetives encerra riscos particulares. Aqui temos o caso de Conan Doyle, que também decidiu um dia que, para o maior entre os maiores, para Sherlock Holmes, haveria um 'problema final'. Procurou-lhe um adversário prodigioso – um anticristo –, levou-o à Suíça (Holmes, que viajava tão pouco, apesar de suas míticas missões na Europa central, em auxílio de monarquias ameaçadas!) e despenhou-o de uma vertiginosa catarata, abraçado a seu arquicriminoso Moriarty. Foi tudo em vão. As cartas indignadas dos clientes e amigos do detetive da Baker Street esmagaram Sir Arthur; algumas delas começavam com um 'grandessíssimo animal' e seguiam por aí afora... Até a idosa mãe do romancista já havia sido conquistada por aquele espertíssimo neto morfinômano e violinista, e intercedeu por ele junto do filho. Conan Doyle fez a tentativa de narrar outro caso de Holmes sem tentar ressuscitá-lo, como se fosse uma aventura póstuma: e assim o fez enfrentar a noite odiosa do ermo de Dartmoor, assediada por um sabujo sobrenatural... Mas as pessoas não queriam que Holmes estivesse morto; e mais, *sabiam* que ele não estava. A morte, cara Agatha Christie, não é nem justa nem necessária. Isso de que 'todos temos de passar por ela um dia' ou 'é a lei da vida' é uma solene estupidez. Morrem só as vítimas do aborrecimento, do desamor, do trabalho, da exploração: todos morremos assassinados. Por isso gostamos dos romances policiais, nos quais morte nenhuma fica impune e todas revelam atrás de si, por mais naturais que pareçam, um maléfico plano destruidor que o grande detetive se encarregará de descobrir e castigar. Era só o que faltava! Com os heróis, a morte não pode: basta ser Sherlock Holmes, D'Artagnan, Hércules Poirot ou Flash Gordon para não morrer nunca. Isso é o que procuramos ao ler suas aventuras, uma *vida* sempre ameaçada e sempre triunfante, a derrota da necessidade da morte. Com razão reprovava Sancho a D. Quixote por seu empenho em morrer: 'Não morra vossa mercê, senhor meu, siga antes meu conselho e viva muitos anos; porque a maior loucura que um homem pode cometer nesta vida é deixar-se morrer sem mais nem menos, sem que ninguém o mate, sem que lhe dêem cabo outras mãos que não as da melancolia.' Certo, Sancho! Morrer era uma traição que Alonso Quijano quis lançar ao cavaleiro da Triste Figura, mas, por sorte, fracassou estrepitosamente. Como aconteceu com a tentativa de matar Sherlock Holmes ou como, provavelmente, acontecerá com sua tentativa, minha senhora, de acabar com o ridículo e cordial Poirot.

"Sherlock Holmes vive em Londres, perto de Trafalgar Square, numa pequena habitação situada sobre o acolhedor alvoroço de um *pub* que tem seu nome e foi transformado em museu de suas aventuras. Há pouco tempo fui vê-lo: ali estava seu cachimbo, seu violino, o manequim assassinado por uma bala numa perigosa ocasião... Uma trupe de americanos subiu estrepitosamente a escada que leva ao pequeno quarto de Holmes enquanto eu estava ali; uma senhora gorda me perguntou: 'Onde está ele?' Respondi-lhe: 'Saiu para dar uma volta por Whitechapel, madame, mas pode voltar a qualquer momento.' E era a pura verdade*.

---

* Poucos casos de vitalidade literária são tão impressionantes como o de Sherlock Holmes. Depois da morte do seu criador – se for permitido falar com tanta impropriedade, pois mais justo seria dizer "ocasionador" ou algo assim –, Conan Doyle, ele continua uma carreira que não dá sinais de acabar. O filho de Sir Arthur, Adrian Conan Doyle, em colaboração com o estupendo John Dickson Carr, escreveu uma série de novos casos de Holmes. Ellery Queen enfrentou-o num excelente romance, logo levado ao cinema, com *Jack, o estripador*. Herald F. Heard ganhou todo o nosso carinho com *Predileção pelo mel*, surpreendente problema resolvido por um Sherlock centenário e incógnito. Muito recentemente, dois romances francamente bons trouxeram de volta, para a atualidade literária, o grande detetive da Baker Street. O primeiro deles, *Seven-per-cent Solution*, de Nicholas Meyer, reúne Holmes com outro grande investigador vitoriano, o jovem Freud, e faz que ambos colaborem numa desesperada tentativa para salvar o equilíbrio político europeu. O segundo é *The Return of Moriarty*, de John Gardner, autor de uma original recriação da gesta de Beowulf contada da perspectiva de Grendel, o dragão**; neste caso utiliza-se um procedimento de certo modo similar, pois o protagonista do livro é o arquiinimigo de Holmes, enquanto o detetive nem sequer aparece. O romance constitui uma imemorável crônica dos *bas-fonds* londrinos em finais do século XIX, mas também envolve uma interessante reflexão sobre o que significa ser culpado e o que supõe ser fiel.

** Nota da quarta edição: a tradutora desta obra nos Estados Unidos, Frances López Morillas, assinala que cometi um erro, visto que se trata de dois autores diferentes, embora tenham nomes idênticos.

"Por isso sinto-me na obrigação de adverti-la, muito seriamente, senhora Christie, dos perigos que vai enfrentar com essa sua tentativa de liquidar Poirot. Já sei que, matando-o, a senhora pretende demonstrar que ainda é a única que manda, e até aí podíamos chegar. Mas não se sobrestime. A senhora acha que Hércules Poirot é personagem sua; mas, pensando bem, não será mais provável o contrário? Pelo que sabemos, Agatha Christie é uma velhinha respeitada, cuja fotografia aparece nas contracapas dos romances de Poirot. Dizem que é casada com um arqueólogo e que gosta de *bridge*. São pessoas desse tipo, precisamente, que aparecem nos casos de Poirot. Perdoe-me, mas a senhora é perfeitamente inverossímil. Suspeito, muito suspeito. Creio que Agatha Christie é uma invenção de Poirot para contar seus casos sem pecar por excesso de vaidade, mas sem deixar de vangloriar-se o mais possível. Tente matá-lo, minha senhora, e verá o que acontece: sua foto irá se apagar lentamente das contracapas, e a senhora deixará completamente de existir. Lembre-se de que não há crime perfeito."

O último parágrafo do meu artigo viu-se infelizmente confirmado, pois Agatha não chegou a sobreviver meio ano à execução de sua personagem. Comparativamente, sua morte passou mais despercebida que a de Poirot: ninguém tentou esclarecer quem era autenticamente *real* e quem era a personagem. De qualquer forma, agora já não estou tão seguro quanto ao verdadeiro culpado do assassinato de Poirot. François de Lyonnais, num interessante quadro sobre as estruturas do romance policial[4], chega à conclusão de que a única solução nunca utilizada no gênero é a de que o criminoso é o próprio leitor. Talvez esse desenlace nunca tenha sido empregado precisamente porque o leitor hipócrita *sempre* é semelhante e irmão do criminoso, do detetive e até da própria vítima. Embaraçosa pluralidade. Pois bem, no caso da morte de Poirot, não me surpreenderia se o assassino fosse, afinal, o próprio leitor ou sua imagem de hidra proliferante: os leitores. Almofadinha e afetado, discretamente absurdo, nem mais nem menos que o artificial mundo inglês que freqüenta, Poirot haveria de ver-se cada vez mais privado do apreço de certos leitores inclinados à ação e à cibernética. A confusão

---

4. Oulipo, *La littérature potentielle*, "Idées", Paris, Gallimard, 1973, p. 66.

política da senhora Christie, que a levou a aproximar um Hitler ressuscitado dos *hippies* e outros jovens de vida airada, também não deve ter contribuído para sua sobrevivência. Como não conta com a vigorosa aura poética de Sherlock Holmes, a ressurreição de Poirot é, no momento, problemática, embora não se possa descartá-la completamente. Afinal de contas, no caso de morrer, quem não tem a esperança maior ou menor de ressuscitar?*

---

* Não fico satisfeito com o tom desabrido de minha referência a Agatha Christie. Talvez o que disse seja justo, mas dá a impressão de um desapego que estou muito longe de sentir por aquela que foi uma de minhas autoras favoritas, sincero e platônico amor da minha adolescência. Constato esse mal-estar ao acabar de ler o último caso de Poirot, esse *Cai o pano* que encerra sua execução. O relato é uma admirável recapitulação de todos os temas da escritora, uma visão magistralmente reflexiva das ambigüidades do gênero. Poirot e Hastings voltam ao Styles de seu primeiro caso para iniciar uma aventura crepuscular, num ambiente moribundo de envelhecimento e decadência. Enfrentam um estranho tipo de assassino, que poderíamos chamar de "criminoso por catálise", uma espécie de precipitador das angústias mortíferas que todos guardamos dentro e que podem levar-nos ao crime para apagar o que há de intolerável em nossas vidas. Esse assassino não empunha pistola nem administra veneno: limita-se a estar presente no ambiente propício ao homicídio e murmurar, como por inadvertência, as palavras que desencadearão a fúria do indeciso... Todas as personagens de *Cai o pano* sentirão sua influência mortífera, até o bom Hastings, que recuperará por um momento aquele odioso cochicho na primeira pessoa, atrás da qual se ocultava o assassino de Roger Ackroyd. Finalmente, será Poirot quem mata, com a inocente colaboração de Hastings, e nada menos que duas vezes! De algum modo, não foi sempre assim? Não é o mesmo Poirot essa presença que *atrai* de certa maneira o crime, que o busca e nele se recolhe, tal como o criminoso que persegue em Styles? Mas, também, acaso não é essa a condição inescusável do próprio leitor apaixonado pelo gênero policial? Este último caso suprime conjuntamente o criminoso, o detetive e o *voyeur* que os instiga com seu olhar insone. A infinita ambigüidade da "justiça" que se administra nesses relatos fica definitivamente exposta nas derradeiras palavras de Poirot: "Liquidando X salvei outras vidas, vidas inocentes. Mas ainda não sei... Talvez tenha alguma utilidade isso de não saber a que me ater. Mostrei-me sempre tão seguro... seguro demais..." Assim se conclui a carreira de um detetive, e para encontrar-lhe um paradigma talvez seja preciso remontar a Sherlock Holmes. Como lição final, aprendemos que o crime está indissoluvelmente vinculado ao *projeto* de libertação pelo qual sonhamos a felicidade a partir de nossas vidas mutiladas: de certa maneira, todos estaríamos dispostos a matar para chegar a ser imortais. Talvez o verdadeiro assassino não seja o autor do delito, mas o observador que o fareja como se fosse caça ou o ávido espectador que anseia por ele. Todos vítimas e verdugos de uma

Sou um amante perfeito, à antiga, em matéria de romance policial (e, provavelmente, em tudo o mais). Gosto da expectativa aparentemente plácida que precede o crime, da súbita série de cadáveres, das casas fechadas, das propostas impossíveis que beiram o sobrenatural, das soluções engenhosas e da deliciosa decepção de todo o esclarecimento. Gosto pouco do *roman noir*, que costuma aborrecer-me até em seus mais preclaros representantes, como Raymond Chandler ou Chester Himes. É um gênero que me parece muito mais adequado para o cinema do que para o romance; as ruivas alcoólicas e perversas, os detetives cínicos mas generosos, os desagradáveis inspetores de polícia e os gordos e cruéis gângsteres resistem mal à leitura, mas triunfam nas mãos de John Huston ou Jean Pierre Melville. Pelo menos, assim acontece comigo. Talvez nunca tenha amado tanto uma personagem de ficção como Sherlock Holmes; ignoro com exatidão qual é o segredo que o coloca tão acima de seus confrades de lupa. Suponho que tem algo a ver com o fato de ele pertencer a esse precoce momento da ciência em que esta era ainda romântica e pessoal, e também a certo estilo seco mas talentoso de heroísmo e disponibilidade para a aventura, que o solitário de Baker Street encarnou de forma inesquecível. Em todo caso, o mistério de seu magnetismo continua intacto. Depois de Conan Doyle, os romances policiais que prefiro – e assim acabo esta confissão geral – são os de John Dickson Carr, que às vezes assina como Carter Dickson. *The Burning Court* ou *The Unicorn Murders* narram acontecimentos impossíveis, cheios de vivacidade e com tenebrosas sombras fantasmagóricas, finalmente resolvidos com elegância lógica. É um narrador muito hábil, com um agradabilíssimo e macabro senso de humor.

O primeiro caso policial da literatura foi resolvido, como se sabe, pelo profeta Daniel. Enfrentando os sacerdotes idólatras de Baal, que sustentavam que o deus consumia os alimentos que lhe ofereciam todos os dias, inventou um impecável sistema para des-

---

mesma desdita que não sabemos remediar. E, não obstante, a fulgurante alegria do herói aparece por um momento na despedida de Poirot, dedicada a nós, que por tantos anos o admiramos: "Foram tempos magníficos..." Belíssimo adeus, velha Agatha! Minha brilhante, sutil, desconcertante Agatha Christie! Tiro-lhe o chapéu!

mascarar seus adversários. Durante a noite, espargiu cinzas em volta do altar do deus, onde se faziam as oferendas, e, no dia seguinte, encontraram-se no chão enegrecido pegadas humanas que acusavam de fraude os adoradores de Baal, piedosos ladrões da comida que o deus devorava milagrosamente. Séculos mais tarde, Sherlock Holmes encontrou as pegadas enormes de um cão sobrenatural que durante gerações acossara os Baskerville e, sem retirar ao diabo sua parte, sustentou que aquelas pegadas eram materiais. Tal como Daniel, ele sabia que nem os deuses nem os espectros deixam marcas ao pisar.

Adendo

Detratores, partidários e teóricos do romance policial pretejaram muito papel nos últimos quarenta ou cinqüenta anos. Prodigalizou-se o fútil, não faltou engenho nem profundidade, mas talvez aquilo que verdadeiramente interessa seja, afinal, o disparate. Esta última categoria tem um representante sem dúvida notável no doutor Roldán Cortés, autor convicto e confesso de um livrinho que ostenta o título vibrante de *Influencia de la literatura moderna en las enfermedades mentales*, com um prólogo inevitável de dom Gregorio Marañón. Ou dom Gregorio não conseguiu resistir à tentação de escrever de um prologozinho, ou aquele era um caso de forte compromisso pessoal. O livro delira, com invejável brio, sobre temas tão diversos como o misticismo literário, a literatura anarquista, o erotismo, o realismo e até o hiper-realismo (?), gênero "muito em voga em nosso tempo", conforme nos advertem (o aborto é de 1940). Contra o "detetivismo", como ali se denomina, vitupera-se à vontade: não resisto à tentação de citar algumas passagens particularmente belas da sua diatribe. "Os narradores desses episódios à Conan Doyle têm contra si a ausência de qualquer intenção moral e o afã desmedido de converter em labirintos intrincados os débeis cérebros daqueles para quem escrevem suas obras. Acumulando cenas de dramáticos enredos, isto é, de *vaudeville* invertido, exaltam e oprimem com toda espécie de habilidosos artifícios o recurso inferior da curiosidade, tão desenvolvida nas imaginações pouco cultas. Em todas elas, e ao contrário do que acontece no século dos livros cavaleirescos, resplandece um espírito feminino de astúcia, misturado com um ambiente de criminoso cinismo. Nada de gigantescas e viris aventuras, nada de *passagens honrosas*. Artifícios, fingimentos, emboscadas, assaltos, extorsões e farsas. Esse é o conteúdo de tais produções." Numerosos perigos psíquicos espreitam os infelizes que entram em pântano tão traiçoeiro. Por um lado, o doutor Roldán recorda-nos o conhecido risco de identificação simpática com o criminoso, seguido, logicamente, "do irresistível desejo de emular suas façanhas, como nos dias tristemente espanhóis dos Diegos Correntes, dos Candelas ou dos Sete Niños de Ecija". Mais grave ainda, porém, se tal é possível, será o desequilíbrio de "imaginações que se consideram mais elevadas e que, por isso mesmo, discernem algo sobre a moral, abstraem-se nessas leituras, compenetram-se do dever inflexível representado, no caso, pelo policial, e em diversas ocasiões levam sua obsessão a tal extremo que, sentindo-se Sherlock Holmes, tratam de aplicar seu detetivismo à própria realidade da vida, chegando até a sofrer de verdadeira monomania persecutória em relação aos amigos, aos conhecidos e à própria família". Não restam dúvidas de que este hiperpolicialismo é freqüentemente detestável e remete-nos para outros dias, não menos tristemente espanhóis (!) que os dos generosos bandidos andaluzes, mas muito mais próximos.

Resumindo, não me resta mais que subscrever a opinião de Marañón em seu prólogo ao livro do doutor Roldán: "Nada poderia dizer por minha própria conta sobre esta pequena e belíssima obra, a não ser que gosto muito dela."

Capítulo XIV
Borges: duplo contra simples

"Sou eu, sou Borges..."

Todos os escritores têm segredos; se assim não fosse, sobre o que escreveriam? Secretas angústias, deficiências, ambições, concupiscências, desordens. O aspecto fundamental de Borges é o caráter primordialmente *literário* de todos os seus segredos. Nada é tão surpreendente como encontrar, por fim, alguém realmente *possuído* pela literatura, que obtém dela todos os seus pontos de referência e deve-lhe todas as suas alegrias. Borges, o possesso da poesia, o enfeitiçado por contos e tratados. Nisto reside a singular e comovedora limpidez de Borges: nenhum segredo extraliterário, mas toda a vastidão inabarcável da literatura como segredo. Transparência: Borges edificou lentamente um claro desafio às sombras, cuja transparência tem todos os atributos do que é velado e o odioso palpitar das trevas. Não é uma luz crepuscular, brilhante, mas está prestes a ser devorada pela sombra, como a de Proust; é um meio-dia deslumbrantemente esotérico, cujo fulgor cega como o mais profundo dos mistérios porque é o mistério mais profundo. Como afirma Cioran, "a autêntica vertigem é a ausência de loucura". Não há escritor mais denodadamente sensato que Borges, nem mais vertiginoso. É uma sensatez conquistada com dificuldade, que, para manter-se, exige todo um complexo ritual. Daí que a prosa e a poesia de Borges sejam tão ricas em repetições de temas e modos que têm um caráter nitidamente cerimonial, de consolidação do cosmos por sua renovação. Borges, o cerimonioso, o supremo sacerdote pagão. A celebração adequada do rito exige uma disposição privilegiada e desprendida, uma memória zelosa de seus limites, uma vontade sagradamente ordenadora que se reforça na contemplação implacável da imunda fragilidade de toda ordem, na visão do caos. Essa vocação cerimonial pode parecer *maneirismo*, se considerada sob uma perspectiva dessacralizadora, isto é, ingenuamente otimista da realidade. A desmitificação do mundo, a trivialização de cada um de seus aspectos – "isso não passa de..." – não supõe tanto sua libertação da opressão do sagrado quanto sua completa submissão à necessidade da Lei, necessidade institucionalizada na significativa expressão "leis naturais". Desse modo, a alimentação e a sexualidade perdem todo mistério e reduzem-se a processos orgânicos; a rotação dos astros ou o movimento dos rios, a processos físicos; a composição dos corpos, a fórmulas químicas: por trás de cada mistério apagado surge uma lei necessária; libertos da arbitrariedade do aleatório, eis-nos aqui subjugados pelo necessário. A profanação total do mundo consuma-se em sua plena ordenação, em sua transformação em objeto manipulável, de acordo com a Lei da natureza, que tem a dupla função de autorizar sua utilização, ao apagar a aura sagrada que impunha respeito, e ensinar, ao mesmo tempo, os modos de tal manipulação. Essa concepção é otimista, porque acaba definitivamente com o caos (que não passava de ignorância da Lei), mas só de modo ingênuo ou superficial, pois troca a incerteza – a liberdade, em última análise – pelo férreo desconsolo da necessidade. Em todo caso, as cerimônias rituais, cuja expressão era o mito, perdem sentido, pois só podem ser realizadas com o caos, como pano de fundo e referência constante: a Lei torna-as inexplicáveis, isto é, *inúteis*. Quanto mais forte é a Lei, menos relevância têm as cerimônias e os cultos, que se transformam em gestos rebuscados, ridículos, supersticiosos. A esse rebuscamento supersticioso dá-se o nome, em literatura, de maneirismo, e nada mais lógico, do ponto de vista descrito, do que referi-lo ao cerimonioso Borges. Mas, enquanto no mundo da Lei não há outra sensatez além da *submissão*, mais ou menos ilustrada, a presença inequívoca do caos converte a sensatez numa aventura improvável e torna necessária uma cuidadosa interpretação da própria liberdade. Tal *interpretação da liberdade* (no duplo sentido de "desentranhar" e de "representar") efetua-se nos ritos e em seus mitos correspondentes. Por bem ou por mal (por bem e por mal) a sensatez de Borges *é conquistada*, não simplesmente aceita. Essa consideração lança uma luz decisiva sobre o *conservadorismo* – em todos os aspectos – de Borges, que, contra a opinião dos escandalizados progressistas que o admiram, não é um capricho superficial, mas uma conseqüência perfeitamente lúcida do seu mais profundo pensamento.

Seu confinamento na literatura não distancia Borges dessa confusa abstração, a "realidade". Pelo contrário, situa-o no coração da realidade, ou melhor, na realidade da realidade. O fato de ter percebido que o discurso é a realidade da realidade faz de Borges o escritor mais moderno, isto é, o que melhor soube tirar partido de aparecer depois dos outros. Na verdade, até muito recentemente não se tinha revelado plenamente essa condição nuclearmente *real* do literário, que a escrita de Borges possibilita. Por "literário" não se deve entender apenas o que é habitual considerar narrativa ou poesia, mas também as outras formas poéticas ou narrativas que são a filosofia, a teologia, a teoria científica, as constituições políticas ou as proclamações revolucionárias. É totalmente obtuso continuar insistindo no caráter *fictício e inventado* do fato literário, por oposição à condição de real e de conhecido que se supõe no hipotético mundo efetivo. Pois o literário é o que realmente nos é dado em cada momento, o que condiciona moralmente nossas ações, o que nos explica cientificamente qual é a "verdade" do que nos rodeia, o que nos cria uma identidade e um nome próprio, o que configura nossos arrebatamentos amorosos ou nossas urgências políticas. A própria distinção entre palavras e coisas, entre teoria e práxis, entre literatura e mundo real é perfeitamente literária. As invenções e fingimentos começam precisamente quando tentamos posicionar-nos no "natural" ou voltar à primordialidade da "vida real", pois, incapazes de abandonar a órbita do literário, vamos fazendo uma literatura cada vez pior, mais vaga e divagatória, mais cheia de recursos ao "inefável" ou a termos desesperadamente abstratos, como "aí", "isto", "agora"... Talvez numa época remota as coisas não tenham sido assim, o que por outro lado é inimaginável para nós, e certamente a concepção ingênua do mundo sempre acreditou entender o existente de outro modo (digo "acreditou" porque nunca lhe foi possível *pensá-lo* realmente), mas a partir de Hegel, Nietzsche ou Saussure as coisas deveriam estar já bastante claras. O que acontece é que Borges foi particularmente incapaz de sustentar a convencional distinção literária entre o discurso do mundo e o próprio mundo, que em determinado plano – que Hegel chamava de plano do *entendimento* – é indispensável para o normal funcionamento do Estado, o que situou sua escrita num nível tão implacavelmente realista, que o senso comum (isto é, a interiorização da Lei) não consegue vê-lo como tal e o atribui ao gênero fantástico ou à evasão. Todo o patético contido de Borges reside, simplesmente, na sua declarada incapacidade de alcançar o outro tigre, o que não está no verso; mas essa incapacidade não é prova de sua fuga sem retorno para o fabuloso, mas de seu realismo, porque esse tigre que não está no verso *não existe*.

A literatura como único segredo: essa é a chave da obra de Borges. Aparentemente, essa chave é comprovada pela constante presença de *objetos literários* em suas páginas: livros, bibliotecas, citações, referências eruditas mais ou menos apócrifas, comentários de obras célebres, recriação de temas clássicos, variações sobre estes, discussões entre escritores e teólogos... A cada virada de página, uma nova aparição de seu mito primordial: o homem cego, com a dupla cegueira que o impede de ver o "mundo real" – alcançar o tigre que não está no verso – e ler os livros, passeando pela interminável biblioteca onde estão escritos amanheceres, pirâmides e jardins, ou deambulando talvez – ele não sabe, é cego – por entre amanheceres, pirâmides e jardins, que são os símbolos com que está escrito o Livro de Deus. A indiferença do cego por qualquer dessas duas perspectivas, sua impossibilidade de conciliar definitivamente a disputa entre uma e outra, acaba, de algum modo, por igualá-las, identificá-las. É preciso estar cego para as aparências, entregue unicamente à memória, para descobrir a essencial irrelevância da distinção entre discurso e vida, que em nível pragmático parece esmagadoramente importante. Na memória, ambos os tigres são idênticos, indiscerníveis, porque nunca houve mais de *um*. Kant deu origem a uma perigosa suspeita quando revelou que cem táleres sonhados não são nem mais nem menos reais que cem táleres verdadeiros... Se são igualmente reais, a própria distinção entre sonhado e verdadeiro torna-se cada vez mais problemática. Com isso acreditou demolir o argumento ontológico, mas na realidade reforçou-o; porque precisamente, como Santo Anselmo dizia, Deus é, em todo caso, o real por excelência, *ainda que seja tão-somente um Deus sonhado...* O guardião da biblioteca é cego ou não sabe ler, o que para Borges é equivalente, motivo por que, forçado a entregar-se à memória, descobriu a radical identidade entre significante e significado, a essência literária do mundo. Mas esse conhecimento afasta-o do resto dos homens, impede-o de usufruir os livros e as coisas, confina-o à única atividade que lhe é possível, *rememorar*. A erudição, as citações, o rascunho ideal não serão uma opção entre outras, mas a única que lhe resta, ou o silêncio. Não há escrita menos inocente, menos direta; mas a plena aceitação do caráter palimpsesto de todo texto, seu afastamento de todos os enganos intermédios – o chamado realismo, o psicologismo, a confissão subjetiva... – devolvem a Borges um primitivismo sedutor; e ele, que escreve, como sabemos ser verdadeiramente impossível escrever *o princípio*, parece, às vezes, o narrador primigênio...

Mas a literatura como único segredo aparece – ou melhor, oculta-se – em nível mais profundo que o da presença de objetos literários em seus textos. A própria trama da obra de Borges tem apenas um motivo central, repetido inesgotavelmente: a *duplicação*. Essencial duplicidade de Borges. A literatura é o duplo do mundo real, que acaba por substituir este, de tal modo que já não podemos saber se alguma vez existiu tal coisa como um "mundo" fora da criação literária. Interminável jogo literário de duplicações: palavra e coisa, forma e conteúdo, significante e significado, argumento e estilo, autor e personagens, invenção e observação, ética e estética, ficção e reportagem... Cada um desses termos parece definir-se em relação ao outro, que se lhe opõe; um exame mais profundo revela que todos os atributos de um correspondem ao outro, com uma mudança de nível e uma diferença de ênfase. Constatamos que existem dois mundos sobrepostos, paralelos, que a memória (ou esse tipo especializado de memória, o pensamento) unifica. Ler ou viver; o tigre cantado e o que não está no verso... Borges não tem outro tema além desse da dupla fatura do mundo, precisamente porque seu único segredo é a literatura, ou melhor, seu segredo e o da literatura são o mesmo. Toda a obra de Borges pode resumir-se no título de um dos seus livros: o outro, o mesmo. Seus dois filósofos preferidos – com exceção, naturalmente, de Platão, o duplicador por excelência – são os que basearam seu sistema numa duplicidade conciliada, em última instância, no uno: por exemplo, Spinoza, em que a substância única não permite revelar-nos mais que dois infinitos atributos, o pensamento e a extensão, e Schopenhauer, em cujo sistema o mundo é composto de vontade e representação. É o pensamento desses dois filósofos que é mais inevitável compreender como *leitura* do universo... E não será difícil encontrar idêntico motivo nos narradores mais intimamente amados por Borges: por exemplo, Poe, que contou a história de um homem suplantado e finalmente executado por seu duplo; Stevenson, que urdiu a terrível aventura do sábio desdobrado em duas personalidades éticas opostas; Chesterton, que vislumbrou a radical e poderosa identidade do Príncipe da Ordem e do Príncipe da Anarquia... Na obra de Borges, o tema aparece sob as mais diversas formas e matizes; fundamentalmente, podemos dizer que o princípio de duplicação se realiza em Borges mediante a recorrência de três cerimônias, cuja constante reiteração não está isenta de entrecruzamentos: iremos chamá-las de cerimônia do Espelho, cerimônia do Labirinto e cerimônia da *imago mundi*. Iremos falar sobre cada uma delas, sem nenhuma pretensão de esgotar o assunto, o que excederia o caráter meramente indicativo desta nota.

    A *cerimônia do Espelho* renova a forma mais diretamente acessível da duplicação. Um se reconhece no outro como sendo o mesmo; o igual procura o seu igual, entre a simetria e a diferença, tal como, do outro lado do espelho, Alice encontra um mundo idêntico mas invertido. Espelhos condenados pelos heresiarcas de Tlön, por causa de sua função reprodutora semelhante à paternal e igualmente repudiada. Simetria do outro lado do mundo, mais além da morte, onde Poe continua urdindo prodígios atrozes e Baltasar Gracián se atarefa em minuciosas ninharias. O outro Borges, que vai paulatinamente suplantando Borges e que talvez escreva suas melhores páginas; ou esse jovem si-mesmo que Borges encontra sentado num banco, junto a um rio que flui simultaneamente nos Estados Unidos e na Suíça. É a história repetida com uma inútil e prodigiosa vacilação: as facas que renovam seu duelo em outras mãos quando seus donos já morreram; o improvisado evangelista que repete as incidências do evangelho e vê-se condenado à cruz como Cristo; Deus olhando para um rabino, sua criatura, com um desalento idêntico ao deste quando contempla o Golem que fabricou; ou o feiticeiro das ruínas circulares, que sonhou um homem e termina por saber-se, também ele, sonhado... ou Borges seguindo as mesmas pegadas de Croussac e repetindo sua cegueira rodeada de livros. É o tigre cantado e o que não está no verso, o tigre transcendente de temível simetria. Ou é a identificação na obra, ao longo do espaço e dos séculos: Fitzgerald recriando os *rubaiyat* do persa epicurista; Pierre Ménard reiterando modestamente o D. Quixote; ou qualquer um de nós sendo novamente Shakespeare a repetir o monólogo de Hamlet. Há uma duplicação superior na criação: a que o próprio Shakespeare conheceu depois de sua morte, quando se encontrou com o seu Fazedor e soube que este também era todos e ninguém, tal como ele em relação às suas personagens. Por vezes o espelho acaba por igualar o que se delineava como oposição irredutível, como é o caso desses dois teólogos que se julgaram furiosos rivais e mais tarde se souberam um só aos olhos de Deus. Também acontece ser a reprodução tão esforçada que, no último momento, aspira a substituir seu modelo, como o mapa cujo tamanho e minúcia em nada o diferenciava da terra de que era cartograma. Mas a grande cerimônia do Espelho é, sem dúvida nenhuma, o memorioso Funes, que com sua infatigável crônica mnêmica termina por duplicar impecavelmente o mundo e a vida.

A *cerimônia do Labirinto* intercepta seus meandros com todos esses espelhos. Também o labirinto é duplicação: um caminho que se bifurca no outro, que por sua vez se bifurca no outro. Ah!, esse amplo e interminável jardim de veredas que se bifurcam, cada um dos ramais imita os anteriores e deles difere, tal como os gestos dos homens ou os sentidos das palavras, perdição de quem passeia sem guia ou *procura*! *Irremeabilis error*: um vagar inextricável, como a leitura, o sonho ou a memória. O próprio deambular duplica o vagabundo, assim como o conjunto de todos os passos dados por um homem configura finalmente um desenho, o do seu próprio rosto. A função do poeta é dupla: por um lado, cumpre o papel de monstro em seu labirinto, segregado por ele mesmo; mas também é o matador de monstros que se interna no labirinto *vindo de fora*, para finalmente se reconhecer no tecido de suas voltas. Astérion prefere morrer a abandonar seu complexo domicílio, que o preserva de uma monstruosidade que os olhos dos outros proclamaram; e Teseu sabe, por um momento, que nunca poderá sair do labirinto, que este não contém outra chave nem outro horror senão ele mesmo:

> *Nada esperes, nem sequer*
> *no negro crepúsculo da fera.*

O labirinto é uma reiteração de duplicações. Por isso, seu protótipo é a cidade ou a biblioteca. Cada pátio da fervorosa Buenos Aires, a cidade sonhada, a cidade mítica, remete para outro pátio; cada esquina rememora outra esquina. Somos habitantes nostálgicos e vítimas da Jerusalém celestial, cujas ruas fatigam-nos sempre, ainda que o labirinto que nos rodeia possa chamar-se ocasionalmente Buenos Aires, Paris ou Viena. Porém, existe outra perdição ainda mais cerrada, a desse bosque de símbolos, a biblioteca, que percorremos *cegos*, sem nunca encontrar o livro que encerra a chave de todos os livros, sem nunca possuir definitivamente as árvores, os tigres e as montanhas *reais* que suas páginas prometem. A biblioteca é o lugar da duplicação por excelência: a palavra duplica a coisa, mas também as outras incidências dessa mesma palavra ou de todas as palavras; o tigre de Blake remete para o tigre da enciclopédia, e este para o livro de viagens; o leitor nunca encontrará um definitivo fio de Ariana ou a fera deste rigoroso labirinto. Ali os volumes têm prisioneiras civilizações, crenças e nações que, como Tlön e Uqbar, são inencontráveis *fora*, se é que isto tem algum significado. O Espelho simboliza o símbolo; o Labirinto simboliza a nossa relação com ele.

O terceiro instrumento de duplicação é a *cerimônia da Imago Mundi*. O resumo do seu último sentido, aquele da conhecida fórmula de Hermes Trismegisto: "O que está em cima é igual ao que está em baixo." Como o Todo é infinito, cada parte é também, de algum modo, o Todo, e qualquer dos sucessivos "todos" que imaginamos não é na verdade senão parte. Há pontos privilegiados onde se dá uma insólita concentração de perspectivas, em virtude da qual um determinado objeto adquire a virtude de propagar incontivelmente todas as suas potencialidades, repetindo assim o universo. Este é o caso do Aleph, que realiza na perfeição o propósito do torpe poeta que o localizou: duplicar o mundo não é fazê-lo na entediante extensão de milhares de versos, mas só num único ponto e simultaneamente como vertiginosa visão capaz de abolir espaço e tempo. Essa chave irrefutável do todo pode escrever-se na pele de um leopardo, como descobre o asceta que vai morrer nas suas garras, ou pode ser o Zahir, esse objecto inolvidável – moeda, animal, paisagem... – que acaba por substituir na memória todas as restantes recordações, convertendo o possuído pela sua imagem, um Funes *intensivo*, tão detentor do cosmos como o extensivo. O propósito de alcançar a *imago mundi* move em última instância o poeta, que quer encontrar a palavra que resolva – abolindo-as simultaneamente – todas as maravilhas do jardim do Imperador, obrigando este a decapitá-lo por lhe ter roubado os seus bens mais preciosos. Por acaso Adão, ao comer a maçã, não quis tirar a Deus o seu bem-aventurado Jardim? No último livro de Borges *O livro de areia*, incluem-se dois exemplos de *imago mundi*: um consiste na literatura que conta com uma só palavra certo povo perdido; o outro é um livro infinito, que vai mostrando as imagens de todas as coisas num fluir constante, por onde o leitor resvala numa perseguição interminável. Vamos terminar com um último caso, meio jocoso, meio terrível, como tantas vezes acontece com Borges: essa adega do porto de Santa Maria em que a Trindade repete a sua glória ilimitada perante os olhos inocentes de uma menina. A cerimônia da *imago mundi* alude a uma duplicação fulminante, intuitiva, não discursiva de todo o universo; se os espelhos eram os símbolos e o labirinto a nossa relação com eles, a *imago mundi* é a nostalgia de possuir a plenitude do significado sem passar pelo esforço e pela paciência da mediação.

Diante do Todo que se desdobra em mundo e discurso do mundo, Borges não se sente fascinado por nenhum dos termos, mas sim pelo próprio desdobramento. Esse desdobramento é precisamente a função literária, o ambíguo segredo dos poetas e filósofos. Mas a duplicação é uma *transição*: ninguém pode instalar-se nela impunemente. Borges paga sua obstinada radicação na função literária com a aura de *caprichosa irrealidade* que rodeia sua obra, o que lhe granjeia, por um lado, a admiração de espíritos débeis, que fizeram bandeira poética da superficialidade, e, por outro, provoca o ódio daqueles que de tão férteis em problemas reais nunca problematizam a realidade. É um mal-entendido inevitável, provavelmente irrelevante, pois os mal-entendidos são o próprio tecido da leitura. Será necessário insistir, depois destas páginas, que nada é mais alheio ao disciplinado Borges que o capricho ou a irrealidade? É inútil, pois muito poucos acreditarão em mim, e ele nunca dissipará o equívoco. Esse é o seu segredo.

Epílogo

Enquanto estava atarefado na redação deste livro, tendo já escrito o capítulo dedicado à "Evasão do narrador", li um clarividente ensaio de Félix de Azúa sobre o romance ("El género neutro", em *Los Cuadernos de la Gaya Ciencia*, II), que me suscitou novas e desencantadas reflexões sobre a morte das histórias. O romance desemboca na autofagia verbosa do *Finnegan's Wake* ou nos grunhidos e balbucios das personagens de Beckett, encalhados em seu corrupto limbo de impotência e desolação. Os "romances divertidos" são paródia ou simulacro, que mentem as peripécias que prodigalizam por mera convenção comercial ou por abatimento do ânimo em face do borbulhar sulfuroso da realidade sem heróis que temos de habitar. O romance neutralizou todos os gêneros num magma que poderíamos designar, com uma expressão extraída da lingüística mais recente, como uma marmelada semântica. Chegou mesmo a assimilar e digerir, de certa forma, o conto ou a narração que tentei analisar no primeiro capítulo deste livro. *A ilha do tesouro* ou *Os primeiros homens na Lua* são, afinal de contas, romances, tanto quanto *Absalão, Absalão* ou *Molloy*; e mais, são romances que hoje ninguém se atreveria a escrever, exceto os escritores de segunda classe, cujo bendito mau gosto os ancora no passado, para que de lá continuem contando, como se o tempo não existisse. Devemos falar de "romances-narração" em comparação a "romances-romances"? Nos primeiros, seriam conservados o conto, a história, tal como o inseto aprisionado numa gota de âmbar, enquanto os segundos seriam puro âmbar, em cuja amarelenta lividez nada poderia vislumbrar-se. Não obstante, os dois casos são fatais, sob o ponto de vista desse lado épico da sabedoria, que é o conto, segundo Benjamin: visto que apenas se manifesta em sua prisão de âmbar, o inseto é um espécime pré-histórico que só pode estar morto ou ausente. O conto se perpetua no translúcido amálgama do romance, que o oculta e deforma mais do que o revela; solidificado, rígido, antepassado inexplicável de si mesmo, mais parece uma corrupção da pureza que o envolve do que um prisioneiro ou uma relíquia. Convencidos já disso o bom gosto e a perspicaz crítica da época, a viscosidade do âmbar flui sem peias, uma vez desalojado o hóspede incômodo, atenta apenas à sua auto-reprodução vazia. Mas o que não chegamos a conhecer é o vôo do inseto em liberdade. Porque não há dúvida de que o inseto não nasceu para o âmbar nem para a aniquilação, mas para voar em espaço aberto. A mim, para falar a verdade, o que me interessa é o inseto, não o âmbar; este último fatiga-me tanto quanto esses pratos excessivamente copiosos e muito iguais a si próprios – uma travessa de espaguete, por exemplo –, em que não se sabe o que aborrece mais, se a quantidade interminável ou a mesmice monótona do conteúdo. A pergunta a fazer seria: é possível dissociar, de algum modo, o inseto do âmbar? Porque cedo, de bom grado, o âmbar àqueles que sejam capazes de apreciar a esquisitice recôndita de sua pouco aparente diversidade ou as magias regulares de sua fatura. Mas a que selva deverei dirigir-me para encontrar insetos voadores em liberdade e felizes? Alguma vez existiram tais bichos? Não serão uma espécie de sombra ou secreção do próprio âmbar, que nós, ingênuos, tomamos por autônomos seres cativos? Nunca existiram na realidade? Existiram, mas agora já não existem? Passou a época? Ou, para abandonar a já enfadonha metáfora da mosca enredada na teia, pergunto-me se será possível libertar a história do grude fossilizador do romance; em resumo, se será possível resgatar o conto da literatura e devolvê-lo ao seu verdadeiro âmbito: a ética, a iniciação ou a magia.

Não fingirei uma resposta que ignoro. Não gritarei, iludido, que o conto não pode morrer enquanto existirem homens, pois tudo pode morrer enquanto os homens existirem, a começar pelos próprios homens. Depois da surpresa desoladora da morte do homem, todas as demais desaparições me parecem veniais e plausíveis. Mas tampouco há razões definitivas que obriguem a admitir que a morte do romance, ou mesmo a morte de toda a literatura, deve supor a abolição das histórias. Há, inclusive, indícios de certo peso que abonam a opinião contrária. O indício mais óbvio é aquele cuja própria evidência desconcerta e revolta: a literatura tem história, mas o conto não. A tal ponto a história chegou a ser o transcendental mais importante que temos para pensar qualquer das realidades que nos rodeiam, que afirmar que algo carece de história ou de historicidade – não se deve confundir o uso que agora fazemos do termo "história" com o anteriormente utilizado como equivalente de "conto" ou "narração" – parece pecado gravíssimo do pior platonismo idealizante. E, não obstante, parece-me completamente evidente que as metamorfoses convencionais sofridas pela narração – no sentido que estabelecemos para essa palavra no primeiro capítulo – não justificam nem suportam uma análise histórica do conto, enquanto esta é perfeitamente adequada no caso do romance ou do teatro, como formas literárias. Para voltar a uma metáfora anterior, o âmbar é histórico, mas o inseto não; e nos casos em que este também o é, só o é quando prisioneiro do âmbar. Os historiadores encontram alimento infinito para os comentários na imaginária mítica ou nos recursos estilísticos da *Odisséia* em comparação com os outros tão distintos, encontrados em *A ilha do tesouro*, por exemplo; não afirmo, porém, que, sendo ambas narrações ou contos, não haja, entre elas, distância temporal, nem precedência histórica, nem um percurso arquivístico de informações que expliquem a mudança de Ulisses em Jim Hawkins. Todos os contos são coetâneos, todos ocupam o mesmo plano no tempo, isto é, *fora* do tempo. A velha história chinesa de fantasmas – anterior a Cristo – *não antecede nem precede* qualquer conto de Montague Rhodes James: ambos são fruto de um ânimo estritamente idêntico, pelo menos no que se refere às graduais diferenças que o historiador recenseia. Em contrapartida, de Flaubert a Proust e de Proust a Sollers ou a Juan Benet tece-se uma intriga feita fundamentalmente de tempo, de acumulação de inovações e de desenganos. Isso é a história. A literatura é sua filha, mas a narração pura é de linhagem diferente, na qual tudo volta, nada se esquece, e o mesmo gesto se conserva e se repete, intacto, para dar de novo nascimento à coisa. Em outras palavras, no conto acontecem muitas coisas, mas ao conto não acontece nada; no romance, por outro lado, quase nunca acontece nada, mas ao próprio romance não deixam de ocorrer peripécias, de que costumamos ser pontualmente informados pelas revistas especializadas. O que o romance conta – o que se conta *no* romance – são as aventuras do próprio romance; o que chamei de narração pura, pelo contrário, remete-nos de imediato para a possibilidade da *ação*, para o mundo do que fica por fazer, mais que para o âmbito do que fica por contar, ainda que atrás do primeiro venha alegremente o segundo. Devido a essa diferente situação em relação ao tempo, o romance acaba necessariamente na morte, enquanto o conto narra a conquista da plenitude da vida. E sendo assim, alheia à história – por mais herético que isso pareça –, como poderia a narração morrer? Não será precisamente essa a única possibilidade que lhe está vedada? Que o romance venha a morrer é coisa normal, inscrita em seu próprio projeto. Por outro lado, o conto, instalado no limbo da não-história, parece igualmente alheio à morte e ao tempo em si. Isso, evidentemente, pode ser miragem. Como já disse, talvez o inseto não seja mais que uma caprichosa configuração do âmbar, e o destino fatal deste acabe também com aquele. É possível, sem dúvida. Mas minha esperança está no enfado ou no desdém dos bons romancistas, dos estudiosos sérios da literatura, diante da ingênua insistência dos narradores em continuar contando de qualquer forma suas histórias, sem se preocupar minimamente com a evolução dos recursos novelísticos no último meio século. "Para eles parece que o tempo não passa!", dizem com atônita indignação. E efetivamente não passa. Aí reside talvez o segredo de sua imortalidade.

Mas há outro argumento a favor da perenidade dos contos, um testemunho subjetivo, tão descaradamente subjetivo que, até as últimas páginas deste livro, não me atrevi a falar dele. Chegou o momento de confessar. Há espíritos – só conheço o meu caso, mas a modéstia impede-me de me considerar o único – que entendemos tudo na forma de conto e estamos irremediavelmente fechados para toda arte ou sabedoria que não possa ser narrada. Apresso-me a reconhecer que essa é uma tremenda limitação. Não posso ouvir uma sinfonia sem ir inventando para ela um argumento de fontes e tormentas; por trás de cada quarteto de Beethoven adivinho uma patética história de amor, e prefiro a ópera a qualquer outro tipo de música porque ela *conta* declaradamente alguma coisa. Cada quadro e escultura são fragmentos de uma narração que me apresso mentalmente a reconstruir, para poder fruí-los; a arquitetura interessa-me apenas como cenografia de peripécias que imediatamente percebo, escritas na estranha solidão das pedras. Os bosques e o mar só me atraem na medida em que são a antiga decoração da aventura e o cenário da épica sem Homero dos animais, que foram nossos deuses e que, de algum modo, voltarão a sê-lo. A religião é o conto por excelência, o argumento subjacente de todas as histórias: suas perplexidades dogmáticas e sua casuística teológica parecem-me apenas deslizes de maus narradores, incapazes de despertar o interesse de seus ouvintes devido a sua mania de se enredarem em digressões. Sou declaradamente cego para a magia formal da matemática ou da lógica; dão-me prazer, por outro lado, os acasos da história, da filosofia ou da política. A ciência e o amor me interessam por sua relação com a ética, que dota cada gesto com o peso da lenda. Todo assunto em que não se pode ser herói da própria paixão torna-se completamente estranho e supérfluo para mim. Em poesia, agrada-me a épica, que costuma encerrar toda a lírica, mas o arrebatado acúmulo de metáforas, que contradizem toda a articulação argumentativa ou o ânimo vanguardista, que aproxima sem filiação perceptível os pingüins das luzes de néon ou o desespero dos guarda-chuvas, aborrece-me além da conta. Em literatura, toda experimentação verbal me enfastia, exceto em casos felizes como Joyce ou Faulkner, que me convencem de que não havia melhor forma para contar a história. Já sei que isso é uma limitação e não me vanglorio dela; porém, devemos usar em nosso proveito os defeitos que nos afligem. Meu gosto pelo narrativo permite-me, por exemplo, ter uma grata relação com os imbecis; quando preciso tratar com alguém cujas idéias detesto ou cujas opiniões só merecem desdém, procuro conduzi-lo ao terreno da narração e fazê-lo contar alguma coisa; até os seres mais ínfimos ocultam uma lamentável ou atroz odisséia. Pessoas que não suportaria sob nenhum outro aspecto, chegam a entreter-me e – quem sabe – a interessar-me como narradores. Por outro lado, não me faltam amigos a quem adoro, mas cujo trato logo se torna insuportável por sua incapacidade de contar seja o que for e por sua mania de entrincheirar-se no abstrato ou no doutrinário. Gostaria de dizer ao visitante inoportuno: "Conte logo sua história e saia!"; porém, esse procedimento, caso se generalizasse, simplificaria talvez de modo indesejável as relações humanas.

É despropositado supor que, enquanto houver pessoas afetadas por essa maldição da ânsia insaciável de contos, incapazes de considerar a sabedoria ou o amor fora do prisma do narrativo, inúteis para outra perspectiva de ação que não seja o ponto de vista do herói, enfermos incuráveis do mito, como eu, as histórias perdurarão, ainda que naufraguem toda a literatura e a cultura que conhecemos? Mas se o tempo é tão forte como parece, se nada pode escapar à usura da história e se, arrastados pela corrente dos anos, os contos desaparecerem finalmente da palavra e da memória dos homens, prometo solenemente ressuscitar para voltar a contá-los.

Apêndice
Robinson ou a solidão laboriosa

A personalidade humana de Daniel Defoe ou, para ser mais exato, os aspectos sociopolíticos de sua personalidade apresentam tanto interesse quanto aquilo que há de mais estritamente literário em sua figura. Daniel Defoe foi um *homem de letras* no sentido mais amplo e menos sublimado do termo: panfletista, jornalista, poeta satírico, cronista histórico, autor de livros de viagens e de ocultismo, moralista e novelista, os catálogos mais aproximados de suas obras completas não apresentam menos de seiscentos títulos. Pode-se dizer que ele praticou todos os gêneros comuns em seu tempo e até que inventou ao menos uns dois novos. Sobretudo, foi ele o primeiro literato autenticamente profissional no sentido moderno do termo: ou seja, *defendeu-se* bem na vida por meio da literatura, entendendo-se "defender-se" tanto no sentido de ganhar o sustento como no de defender posições, proteger-se e atacar os inimigos. Talvez alguém diga que isso não é coisa tão excepcional, e que já outros haviam seguido caminho semelhante, a começar do ilustre precedente de Erasmo, séculos antes. Pois bem, não é a mesma coisa. Os destinatários dos escritos de Defoe não foram os universitários nem os teólogos nem os príncipes e detentores de altos cargos públicos (embora estes últimos às vezes tenham financiado e estimulado algumas de suas obras mais pungentes): seu público foi majoritariamente a gente da rua, a massa burguesa e popular que tanto protagoniza as revoluções como sofre as pestes, *the mob*, a plebe ávida de emoções, fantasmas, viagens aventureiras, exotismo, crimes sangrentos e sátiras também cruéis. Daniel Defoe soube dar a esse público o que ele apreciava e arrancar-lhe os cobres em momento oportuno, com um notável senso mercantil da vida que o próprio Robinson teria aprovado entusiasticamente.

Defoe nasceu em 1660 e morreu em 1731. Era filho de um açougueiro londrino que se chamava apenas James Foe. O "de" de seu sobrenome ele mesmo se encarregou de pôr quando começou a carreira literária. Seus anos juvenis foram dedicados ao comércio, com sérios altos e baixos da sorte: os biógrafos discordam, e não se sabe ao certo se tais peripécias comerciais lhe deram oportunidade de viajar por diversos países europeus ou se ele nunca saiu da Inglaterra, engrossando a lista dos famosos autores de livros de viagens que sempre se abstiveram de viajar. Ainda muito jovem, casou-se com Mary Tuffley, com quem teve sete filhos; foi ela sua companheira durante 47 anos, até o dia de sua morte. De família, foi um não-conformista ou dissidente, no sentido técnico e religioso do termo, ou seja, fazia parte dos ingleses que não aceitavam a Igreja anglicana fundada por Henrique VIII. Durante a maior parte da vida esteve envolvido em confusões políticas, e muitos comentaristas reprovam a facilidade pré-churchilliana com que ele transitava entre *whigs* e *tories*. No entanto, seria injusto e inexato tomá-lo por simples oportunista que se vendia a quem fizesse o melhor lance. Teve idéias próprias, moderadas, e apoiou em geral as forças políticas que em cada caso mostrassem menos propensão a cometer arbitrariedades excessivas. Em defesa de Guilherme de Orange, rei que chegou à Inglaterra vindo do continente, escreveu *O verdadeiro inglês*, poema satírico em que zomba dos preconceitos contra os estrangeiros e da obsessão pela "pureza" da identidade nacional. Ainda hoje se lê esse poema com agrado e, em vista dos ventos que correm pela Europa, até com agradecimento.

Sua intervenção nos conflitos ideológicos da época não só lhe valeu ocasionais subvenções como também o cárcere e o pelourinho. Deste último saiu bem descansado graças a seu senso de humor e à sua popularidade: ajeitou tudo para que o saldo de sua exibição pública naquele patíbulo não consistisse em humilhações por parte dos curiosos, mas sim em risos e aplausos. De tão incômoda cátedra (adornada para a ocasião com grinaldas festivas por seus amigos) recitou um *Elogio do pelourinho*, muito celebrado, e até conseguiu ganhar algum trocado vendendo cópias da dissertação entre os assistentes. Seu faro comercial nunca deixava de funcionar, fossem quais fossem as circunstâncias: em certa ocasião escreveu a crônica das malfeitorias de um famoso assassino e aproveitou para apresentar publicamente o livro na data da execução deste, entregando ao biografado um exemplar da obra ao pé mesmo da forca e diante da multidão expectante. O que nunca lhe falhou foi seu estilo, sóbrio e extraordinariamente preciso, da maior eficácia narrativa. Cyril Connolly disse da época em que Defoe, Swift, Congreve, Dryden etc. escreviam: "Foi um momento da história da linguagem no qual as palavras expressavam o que significavam, no qual era impossível escrever mal." Creio, porém, que sempre se pode escrever melhor ou pior, e sem dúvida Daniel Defoe foi um dos que, em seu tempo, o fizeram com maior excelência.

Antes dissemos que a Defoe costuma ser atribuída a paternidade de dois novos gêneros literários. O primeiro é o jornalismo, no sentido moderno do termo. Ele fundou e dirigiu durante muitos anos o periódico *The Review*, que uma década mais tarde mudaria de nome para *The Mercator*. A publicação, segundo parece, teve as melhores virtudes de seu gênero (informação atraente, variedade, talento) e também muitos de seus vícios (sensacionalismo, venalidade, partidarismo político etc.). A segunda "invenção" que se atribui a Defoe é a novela em língua inglesa. É preciso reforçar este detalhe do idioma, porque sem dúvida a novela em si mesma, como gênero definitivo e definidoramente moderno, já nascera um século antes com as andanças tragicômicas de certo fidalgo de La Mancha e de seu fiel escudeiro. Não faltam estudiosos que regateiam essa paternidade para Defoe e até para o âmbito inglês, afirmando que o primeiro autêntico novelista na língua de Shakespeare foi Henry Fielding. Em minha opinião, por pouco que ela valha, não há dúvida de que Daniel Defoe foi um autêntico novelista e de que em suas obras estão todos os ingredientes que mais tarde caracterizarão o gênero no mundo anglo-saxão: a presença tumultuosa do mar, viagens, disputas e aventuras, exotismo, ambigüidade moral, realismo naturalista, agilidade expositiva, simplicidade dos traços psicológicos, presença familiar de elementos macabros ou aterrorizantes etc.

A iniciação de Daniel Defoe no gênero novelesco foi muito tardia, pois sua primeira novela, *As aventuras de Robinson Crusoé*, começou a ser escrita quando ele tinha 59 anos. É, pois, uma obra de maturidade e experiência, uma reconversão literária por parte de um escritor inquieto que já estava farto de panfletos, sátiras e intrigas jornalísticas. Sem dúvida as pretensões de Defoe nada tiveram que ver com necessidades de expressão subjetiva de uma alma atormentada: sua intenção era atingir o maior número possível de leitores e obter um bom rendimento financeiro desse esforço. Afinal, era pai de uma família numerosa, e suas filhas casadoiras precisavam de dote! Por isso, dirigiu-se em primeiro lugar a um editor popular em cuja casa já haviam sido forjados vários *best-sellers* da época: William Taylor. Assim como faria depois com cada uma de suas novelas sucessivas, fez-lhe um bosquejo detalhado da obra antes de começar a escrevê-la. O argumento baseava-se num fato real: anos antes um marinheiro chamado Alexander Selkirk havia sido abandonado na ilha de Juan Fernández, diante das costas do Chile. Viveu lá em completa solidão durante quatro anos e meio, até ser encontrado em estado semi-selvagem pelo barco do capitão Rogers, atrevido navegante inglês que estava dando a volta ao mundo. Quando Rogers publicou a história de sua travessia, uma das partes que mais interesse despertaram entre os leitores foi a "Narração de como Alexander Selkirk viveu durante quatro anos e quatro meses sozinho numa ilha". O êxito desse relato despertou a imaginação de Defoe. Com sua habilidade de repórter e seu vigoroso senso comum, sentiu-se capaz de escrever uma crônica aparentemente verídica, porém muito mais rica em detalhes sugestivos do que a simples realidade, que costuma ser um tanto decepcionante. Ao editor Taylor essa pareceu ser uma proposta interessante: ele fez algumas sugestões práticas sobre o esboço inicial e ressaltou que a extensão mais adequada para o relato deveria ser de umas 350 páginas. Defoe pôs mãos à obra. Seu náufrago teria alma viageira e passaria por diversas aventuras em terras exóticas antes de ver-se confinado em sua ilha, único modo de fazer que o leitor já se sentisse afeiçoado por ele quando tivesse início o seu pitoresco exílio. Sobre a duração deste, quanto mais longo fosse, melhor. Os quatro anos e pouco de Selkirk foram assim multiplicados até mais de 28 anos: como se costuma dizer, toda uma vida. Defoe deu ao protagonista o mesmo sobrenome de um de seus colegas de escola, Crusoé (ademais, o ditongo final é idêntico ao de seu próprio sobrenome, o que talvez tenha facilitado sua identificação com ele). Quanto ao nome, deu-lhe o famoso de Robinson.

O maior acerto da novela consiste precisamente no caráter de Robinson: não por ser complexo e sofisticado, mas justamente por não ser. Se ele tivesse sido um místico ou um erudito, sem dúvida não poderia ter sobrevivido quase trinta anos nas inóspitas condições da ilha. Nem, é claro, se tivesse sido alguém completamente obtuso. Robinson é uma pessoa reflexiva e inteligente, mas sua inteligência é primordialmente *prática*. Ele é capaz de fazer considerações sobre as implicações da situação em que se encontra e até acerca da luz que esta lança sobre diversos aspectos da existência humana. Mas essas elucubrações abstratas nunca adiam a solução dos problemas mais imediatos apresentados por sua sobrevivência ou mesmo por sua comodidade. Em vez de se sentir acabrunhado pela adversidade, Robinson reage como se ela fosse um tônico. Aproveita ao máximo seus recursos, economiza, calcula e, evidentemente, *usufrui*, impondo-se às dificuldades. Por um lado, julga o sentido profundo dos acontecimentos a partir de sua perspectiva puritana e de sua teologia bíblica; mas enfrenta os desafios da situação de acordo com todos os conhecimentos instrumentais e as capacidades técnicas de que é dotado um filho precoce do século das Luzes. Sua visão de mundo não é quietista nem pessimista no sentido de renúncia implicado no termo: ao contrário, ele sente o robusto otimismo dos ativos que sabem que podem confiar em suas forças e em seu engenho. Cada um de seus sucessos o enche de satisfação, embora nunca o impulsionem para as complacências suicidas da indolência.

Afinal de contas, Robinson Crusoé é o perfeito pioneiro, um representante da espécie civilizada que conquistou o mundo confiando na Providência Divina, mas convencido de que tal Providência só ajuda os que, com decisão clara e olho certeiro, são capazes de ajudar-se. A natureza está cheia de possibilidades generosas que, no entanto, favorecem mais apenas os que são capazes de forçá-la, engenhosamente, a entregar seus recursos. Pouco a pouco, a ilha vai se civilizando graças aos desvelos entusiastas do náufrago: o que em princípio parecia alheio e hostil vai-se transformando em lar. Robinson não cria, porém, do nada; ao contrário, aproveita as ferramentas que conseguiu resgatar do barco e também a experiência e o aprendizado que adquiriu como membro da sociedade humana mais desenvolvida de seu tempo.

Mesmo quando reflete acerca de sua insólita e aparentemente definitiva posição, sua atitude é mais de quem faz um balanço mercantil do que de quem medita agonicamente. Poucas páginas há mais significativas que aquela em que ele anota, cuidadosamente, em duas colunas o "débito" e o "crédito" (quer dizer, os inconvenientes e as vantagens) de seu isolamento forçado. Nem nesse momento Robinson dedica muito tempo à autocompaixão e às lamentações: feitas as contas, o déficit não lhe parece excessivo, e ele vai em frente. Mas essa adaptação espontânea àquilo que Horkheimer chamaria de "razão instrumental" não produz impressão de secura nem de meticulosidade neurótica. Ao contrário, as aventuras de Robinson nos mostram o lado vital e estimulante dessa mentalidade que soube converter aventura em negócio e negócio em aventura.

Há algo nesse livro que parece contagiado diretamente pelas minuciosas naturezas-mortas e pelos interiores pintados naqueles mesmos anos por artistas holandeses, flamengos e também ingleses. É o gosto pelas *coisas*, pela santidade utilitária dos objetos, por tudo o que funciona e atende às exigências de nossos afazeres. A deleitação com que o autor descreve suas provisões e seus trastes, sempre especificando número, qualidade e estado de conservação, acaba por levar a saboreá-los com uma satisfação quase poética. É que existe, de fato, certa *poesia do inventário*, na qual Defoe se destaca de modo particular. Mas também ocorre o mesmo arroubo nas descrições de instrumentos, no detalhe com que são planejadas as habitações e os perímetros defensivos, na industriosa inventiva com que ele consegue dar à luz, novamente, as artes do tear ou a própria agricultura, a partir dos recursos mais precários. A gesta de Robinson Crusoé é uma celebração exultante da materialidade dos objetos e da reconfortante docilidade com que se avêm as exigências razoáveis da vontade humana.

Alguns acreditaram ver nessa novela algo assim como uma parábola destinada a provar que o indivíduo humano pode se virar sozinho, fora da sociedade. Nada mais errado: *Robinson Crusoé* é precisamente um canto ao necessariamente social de nossa condição. Até numa ilha deserta continuamos vivendo em sociedade com nossos semelhantes e com a civilização que nos formou: nosso vínculo é a *memória*, graças à qual conservamos os modelos da técnica, os procedimentos para realizá-los... e também o vestígio das rotinas que os reclamam. O mais estupendo de Robinson é que ele não aproveita a circunstância de se encontrar numa ilha deserta para renunciar às "frescuras" da civilização, como talvez Rousseau tivesse aconselhado, mas, ao contrário, põe energicamente mãos à obra para reinventá-las o quanto antes. O autêntico Alexander Selkirk parece ter sido resgatado por seus salvadores num estado semi-selvagem (algo assim, imagino, como o Ben Gunn de *A ilha do tesouro*), e isso porque não havia passado mais de quatro anos naquela prisão; por outro lado, com 28 anos de isolamento, Crusoé era ao mesmo tempo governador, arquiteto, agricultor, engenheiro e general em sua ilha. Tudo, menos um selvagem incivilizado...

Uma pegada na areia da praia adverte Robinson de que sua solidão terminou. Aparece o Outro, volta o ser humano, em forma de ameaçador canibal e também de vítima perseguida. É fácil, a partir desse ponto, transformar a novela em simples transposição da mentalidade colonial. Sem dúvida, a disposição de Robinson é humanitária e nada cruel, mas também paternalista e próxima do despotismo esclarecido. O jovem Sexta-Feira (que certas traduções castelhanas insistem em chamar de "Domingo", talvez para que o nome soe menos esquisito) é por ele tratado com indiscutível benevolência, mas é também com indiscutível naturalidade que ele o transforma em seu criado. Nunca duvida da obrigação de protegê-lo, mas nem por isso o considera seu igual: tal como se costuma dizer do direito de antiguidade, a civilização é um grau a mais e marca uma diferença hierárquica. Robinson (e certamente Defoe) não compartilha dos hoje tão habituais escrúpulos antietnocêntricos. Em *Novas aventuras de Robinson Crusoé* – continuação da primeira parte e que teve tanto sucesso quanto ela – Robinson viaja para o Oriente: na China, império cuja organização seria depois mitificada por iluministas como Montesquieu ou Voltaire, ele não vê mais que uma forma colorida e sofisticada de selvagismo, nada comparável à industriosa Inglaterra da qual provinha. Contudo, não renuncia à defesa de valores universais como a tolerância, por exemplo quando fala com certa ironia do respeito mútuo em que, no seu pequeno domínio, coexistiam diversas religiões: a de Sexta-Feira e seu pai, a do espanhol também resgatado por seus bons ofícios e a do próprio Robinson. E quando à ilha chegam outros europeus, Robinson se dá muito melhor com os serenos e nobres espanhóis do que com seus revoltosos compatriotas. Talvez a mentalidade de Robinson (e de Defoe) seja colonialista, mas está claro que ele não se mostra xenófobo.

O êxito das *Aventuras de Robinson Crusoé* foi e continua sendo espantoso. Diz-se que, depois da Bíblia, esse foi o maior *bestseller* da história, a novela traduzida para maior número de línguas e com maior número de edições. Suas seqüelas também são inumeráveis, sendo talvez a mais conhecida *O Robinson suíço*, de Wys, que Júlio Verne considerava superior ao original. O próprio Júlio Verne escreveu uma imitação do protótipo, intitulada *O tio Robinson*, e sem dúvida também há "robinsonismos" em *A ilha misteriosa*. Em nossos dias devemos registrar a excelente novela de Michel Tournier, *Vendredi ou les limbes du Pacifique* [Sexta-feira ou os limbos do Pacífico], e sem dúvida a enigmática *Pincher Matin*, de William Golding: em ambas, a peripécia aventureira se transmuda em parábola metafísica. Embora já sejam poucos os que viajam de navio e ainda menor o número de ilhas desertas, a imagem de Robinson Crusoé continua viva no inconsciente coletivo de nossa cultura. Talvez todos alguma vez, em nossos sonhos ou pesadelos, nos tenhamos visto sozinhos numa natureza que nos desconhece, com a memória intacta mas sem ninguém com quem compartilhá-la, obrigados a inventar de novo todas as indústrias e todas as artes. Então nos encomendamos à sombra impávida e enérgica de Robinson Crusoé como a nosso santo padroeiro. Encerremos esta evocação com umas palavras atiladas do sagaz Italo Calvino: "Por seu empenho e seu prazer em contar as técnicas de Robinson, Defoe chegou até nós como o poeta da paciente luta do homem com a matéria, da humildade, da dificuldade e da grandeza do fazer, da alegria de ver as coisas nascer de nossas mãos. De Rousseau a Hemingway, todos os que nos mostraram, como prova do valor humano, a capacidade de sopesar, de obter, de fracassar ao 'fazer' uma coisa, pequena ou grande podem reconhecer em Defoe seu primeiro mestre" (*Por que ler os clássicos*).

Despedida

"A noite está cheia de tavernas e castelos, e em todos eles há peles de animais, armas, fogo a crepitar nas lareiras, homens robustos como árvores e nunca nenhum relógio."

Ernest Bloch

Guia biobibliográfico dos principais autores mencionados

ANDERSON, K., Caçador de feras e escritor. Desconheço seus dados biográficos, mas suponho que o ápice de suas aventuras na Índia se situem entre a segunda e terceira décadas deste século. Seus livros de caça foram belamente editados na Espanha pela Editorial Juventud. Citaremos como obras principais *Devoradores de hombres*, *La llamada del tigre*, *La pantera negra de Sivanipalli*.

BORGES, J. L., Nasceu em Buenos Aires em 1899. É, sem dúvida alguma, um dos realmente grandes poetas e narradores com que foi brindado o século XX. Seu reconhecimento universal foi tardio, mas unânime. O aficionado de Borges – este é, por si só, todo um tipo de literatura – não escolhe obras dentro da obra de Borges: elege Borges, e isso basta. Mencionaremos, porém, alguns títulos: *Ficções*, *O Aleph*, *Discussão*, *Outras inquisições*, *O fazedor*... e toda a sua poesia. Suas obras completas foram editadas pela Emecé de Buenos Aires.

CHRISTIE, A., Romancista inglesa nascida em 1891 e falecida em 1976. Não é difícil, sendo mesmo inevitável, encontrar defeitos nessa autora clássica da novela policial, cuja vastíssima obra se estende por mais de meio século de publicações ininterruptas. Mais justo, porém, é lembrar seu talento incansável, a sutileza de algumas tramas muito menos óbvias do que parecem à primeira vista, o encanto de algumas personagens e ambientes retardatariamente vitorianos, a cuja descrição nunca falta uma suave ironia. A gratidão pelas horas prazerosas que nos proporcionaram suas calculadas perplexidades é aqui mais forte que a paixão crítica. Lembremos algumas obras mestras: *Assassinato no Orient Express* (L&PM Editores), *O assassinato de Roger Ackroyd* (Globo), *A morte de Lord Edgware* (Livros do Brasil), *O ca-*

so dos dez negrinhos (Globo), *Os três ratos cegos e outras histórias* (Nova Fronteira), *Os trabalhos de Hércules* (Nova Fronteira)... Na Espanha, suas novelas foram editadas pela Biblioteca Oro de Editorial Molino.

CONAN DOYLE, S. A., Romancista escocês, nascido em 1859 e falecido em 1930. Um dos mais prodigiosos e puros narradores da língua inglesa. Sherlock Holmes seria um monumento suficiente para perpetuar qualquer autor: ele criou também o professor Challenger, o honorável e batalhador sir Nigel Loring e seu ternamente fanfarrão cabo Gérard. Distingue-se por invejável facilidade para o *interessante*, por grande disposição para o macabro e para o fantástico, que honram seu sangue nórdico, e pelo perfeito domínio da técnica de narração da ação. Sonhou em ser outro Walter Scott: foi diferente dele, mas de modo algum inferior. A Editorial Aguilar publicou umas *Obras completas* muito incompletas, excelentemente traduzidas e prefaciadas por Amando Lázaro Ros, a que o leitor espanhol deve remeter-se.

CROMPTON, R., Creio que foi preceptora ou algo parecido e sei que morreu no final dos anos sessenta, quando contava cerca de 80 anos. Para mim, sua existência não é menos problemática que a do Castañeda que inventou ou ouviu Don Juan. Será Don Juan uma personalização de Castañeda? Será Richmal Crompton – cabeluda grisalha, vestido preto de corte antiquado e guarda-chuva, talvez lunetas presas com fita larga – o melhor disfarce de William? Não seria a primeira vez que ele se disfarçaria de vovozinha para levar a cabo os seus planos. Em todo caso, a Editorial Molino publicou a saga completa desse herói de nosso tempo. A edição antiga contava com os preciosos desenhos de Thomas Henry, substituídos em versões posteriores por horrores ao gosto da época (ou tal se supõe).

DEFOE, D., Nasceu em Londres em 1660, talvez em setembro. Faleceu em abril de 1731 em Ropemaker's Alley Moorfields. Seu sobrenome, proveniente do modesto açougueiro que foi seu pai, era simplesmente Foe, mas Daniel o prestigiou com um "De" anterior, perpetrando assim uma fraude tão inocente quanto comum. Robinson Crusoé, que era amante das realidades tangíveis e pouco dado a fantasias honoríficas, provavelmente teria desaprovado essa veleidade vaidosa de seu criador. Defoe foi um dos primeiros escritores profissionais de que temos notícia: em numerosas ocasiões vendeu a pluma a quem mais oferecia, escreveu por encomenda, adaptou suas obras às exigências comerciais de seus editores e ao gosto do público... Em suma, cometeu todos os pecados que os guardiães da alta cultura literária reprovavam nos mercenários da prosa popular. Sua obra permanecerá para sempre, mas o mesmo não ocorrerá com a de tantos autores refinados.

DICKSON CARR, J., Assinou também suas obras com o pseudônimo de Carter Dickson. Nasceu na Pennsylvania, Estados Unidos, no ano de 1905. Viveu em Londres, onde foi secretário do Detection Club, até morrer em 27 de fevereiro de 1977. A meu ver, é um dos três ou quatro grandes do gênero policial. Distingue-se por certo gosto pela introdução de elementos fantásticos e impossíveis no desenrolar de seus casos, nos quais freqüentemente importa mais saber "como" do que "quem". Numa de suas melhores novelas, *O sinal do morto* (Livros do Brasil), são dadas duas soluções para um crime: a primeira rigorosamente racionalista, a segunda sobrenatural. Ele inventou um protagonista, o doutor Gideon Fell, cuja aparência física foi modelada diretamente sobre a de Chesterton. A Aguilar publicou dois volumes de boas novelas suas, e na coleção Séptimo Círculo podem ser encontrados até vinte e um títulos mais. Lembrarei aqui *O oito de espadas* (Livros do Brasil), *Fire Burn* (Carrol & Graf Publishing), *The Burning Court* (International Polygon), *Os crimes da viúva vermelha* (Livros do Brasil), *Crime de um unicórnio* (cultrix)... É autor de uma atraente biografia de sir Arthur Conan Doyle.

GREY, Z., Nasceu em Zanesville em 1875 e faleceu em Altadena em 1939. Foi dentista em Nova York de 1898 a 1904. Em 1902 publicou seu primeiro título, *Betty Garey*. Pai da novela estilo faroeste, suas obras tiveram imitadores, mas, em geral, não foram superadas. Entre suas centenas de livros citaremos *The Spirit of the Bordery* e *Riders of the Purple Sage*. Suas novelas foram traduzidas em numerosas versões populares.

LONDON, J., John Griffith, chamado Jack London, nasceu em San Francisco, filho de um astrólogo ambulante, que não chegou a conhecer, e de uma adepta do espiritismo. Depois de uma infância miserável, que o levou a trabalhar numa fábrica aos treze anos, foi caçador de focas no Japão, cantoneiro no Canadá e nos Estados Unidos, garimpeiro no Alasca. Com vontade férrea, teve formação autodidata. Sentiu paixão pelas idéias progressistas de sua época, filiando-se ao Partido Socialista americano. Conseguiu fazer carreira como jornalista e novelista, chegando a ser um dos escritores mais cotados da época. Suas primeiras novelas, ambientadas no Grande Norte, valeram-lhe o cognome publicitário "Kipling do Gelo". Seus extraordinários dotes narrativos foram estimulados por sua paixão pelos ermos selvagens e pela aventura, numa visão do homem dotada de feroz pessimismo, ambiguamente iluminada por uma comovedora necessidade de aspirar à sociedade fraterna. Foi fascinado pelo terrível, pelo violento e pelo sobrenatural; sonhou com os ciclos da evolução e com o devir histórico. Chegou a ser muito rico, desperdiçou, viajou sem cessar, passou por dois casamentos tumultuados. Acossado pelos fantasmas do álcool e pelo espectro do destino, suicidou-se em seu rancho californiano Blen Ellen, em 1916. Dentro de sua obra admirável, quero lembrar agora suas epopéias agrestes *Chamado da floresta* e *Caninos brancos* (Ática), seu autobiográfico *Martin Eden*, seu esplêndido *O lobo do mar* (Civilização Brasileira), e suas alarmantes visões de um passado remotíssimo, *Antes de Adão* (L&PM), e de um futuro desolado, *O tacão de ferro* (Civilização Brasileira).

LOVECRAFT, H. P., Nasceu em Providence (Rhode Island) em 1890 e faleceu na mesma cidade em 1937. Levou vida crepuscular de solidão e pobreza, sem outros incentivos além da incessante correspondência com um círculo de jovens admiradores relativamente restrito. Seus assombrosos relatos de terror despertaram pequeno interesse em sua época, mas chegam a ser hoje uma obsessão insubstituível. Estruturam-se em torno de toda uma cosmogonia e uma mitologia peculiares, enraizadas na vivência do desesperado desvalimento do homem diante das forças insondáveis que o produziram e que o destruirão. Quem chegar a "entrar" em um de seus contos não conseguirá prescindir de nenhum dos restantes. Na Espanha, há recompilações de suas histórias, que, segundo creio, incluem todas elas, em edições da Acervo, da Alianza Editorial e da Barral Edições.

MAY, K., Karl Hohenthal (seu verdadeiro nome) nasceu em 1842 na Saxônia e faleceu em Radebeul em 1912. Lutando contra as dificuldades financeiras de sua origem humilde, já muito jovem viajou pela Europa, América do Norte e do Sul, Kurdistão, Arábia, ilhas do Pacífico etc., vivendo inúmeras aventuras que, pelo que parece, o irmanam mais aos bandidos do que aos justiceiros de seus relatos. Suas obras tiveram enorme popularidade na Alemanha e foram muito traduzidas. A saga de Old Shaterhand e Winnetou, seu melhor sucesso literário, compreende as novelas *La montaña de oro, La venganza de Winnetou, En la boca del lobo* e *La isla del desierto*, todas publicadas em castelhano nos dois tomos de *Obras escogidas* editadas pela Aguilar.

POE, E. A., Genial poeta e narrador americano, nascido em Baltimore em 1813 e falecido na mesma cidade num domingo, 7 de outubro de 1849. Sua vida, dificultada pela miséria, pela lucidez e pelo álcool, foi consumida em benefício de uma maravilhosa obra literária, tetricamente suntuosa, refinadíssima, chocarreira, um autêntico milagre de romantismo fantástico. Todos os seus relatos, seus poemas e seus ensaios críticos são imprescindíveis. Quem não leu *The Black Cat* (Konneman), *O poço e o pêndulo* (Vega Editora), *Arthur Gordon Pym* (Oxford University) ou *Escaravelho de ouro* (Ática) ainda não sabe até que ponto a leitura pode ser uma operação arriscada e prazerosa. Suas obras completas tiveram a sorte de ser traduzidas para o castelhano por Júlio Cortazar – ventura ainda maior tiveram em francês, ao serem recriadas por Baudelaire – e foram publicadas pela Alianza Editorial.

SALGARI, E., Nasceu em Verona em 1863. Na juventude foi homem de mar, viajando por todo o mundo. Depois se dedicou ao jornalismo e à narração. Escreveu 86 novelas e mais de cem narrativas, nas quais recria os múltiplos rostos da aventura, os riscos da selva e do mar, as peripécias indomáveis da pura ação que só procura perpetuar seu jogo. A miséria e as desventuras familiares levaram-no ao suicídio em Turim, no ano de 1911. Só pelos títulos de seus livros ele mereceria figurar na história da literatura: *O corsário negro* (Verbo, Brasil), *Os mistérios da floresta negra* (Europa-America), *Os piratas da Malásia* (Europa-America), *O rei do mar* (Europa-America), *Sandokan, o tigre da Malásia* (Verbo, Brasil), *Tigres de Mompracém*, *A última aventura de Sandokan* (Europa-America)... Suas novelas foram editadas na Espanha pela Editorial Molino.

STEVENSON, R. L., O rei dos narradores contemporâneos nasceu em Edimburgo em 1850. Depois de uma juventude boêmia, na qual vagamente estudou Direito, dedicou-se por inteiro à literatura. Ninguém como ele entendeu a necessária ambigüidade de todo relato, que não é contradito, porém reforçado, por uma implacável paixão ética. Possuidor de um gosto infalível pelos bons argumentos, sabe desenvolvê-los num estilo ajustado e eficaz, que nunca renuncia ao poético: sua forma de contar as histórias não se sobrepõe a estas, mas parece *crescer* naturalmente com elas. Além de *A ilha do tesouro*, sóbria epopéia de audácia e ética que é um dos poucos sucessos perfeitos da literatura moderna, dotou a nossa imaginação com o arquétipo do homem cujo desdobramento moral se realiza fisicamente: *O estranho caso do dr. Jekyll e de mr. Hyde*. Suas *Novas noites árabes* potencializam o relato policial, levando-o a dimensões oníricas, sem diminuir seu caprichoso rigor. O mito de Caim e Abel foi plasmado de forma inesquecível em *The Master of Ballantrae* (Oxford University), enquanto *Aventuras de David Balfour*, *Catriona* ou seus *Nos mares do Sul* se transformaram em clássicos de seus respectivos gêneros. Sua inacabada *Weir of Hermiston* apresenta pela última vez em sua obra o iníquo e necessário mistério da obediência e do poder.

Afetado por grave doença pulmonar, passou os últimos anos da vida viajando de ilha em ilha pelos mares do Sul, em busca talvez da mística terra sem dor. Os samoanos o chamaram de "Tusitala", o que conta histórias. Faleceu em Upolu em 1894 e foi enterrado pelos nativos no monte Vaea, segundo era seu desejo. O epitáfio em versos, que ele mesmo compôs, começava assim:

> *Under the wide and starry sky*
> *dig the grave and let me lie*
> *glad did I live and gladly die...*

TOLKIEN, J. R. R., Nasceu em 1892 e faleceu em 1974. Foi professor de Literatura Inglesa Antiga em Oxford, publicando estudos e versões dos velhos poemas *Sir Gawain and the Green Knight, Pearl and Sir Orfeo*. Em 1938 começou a escrever seu *O Senhor dos Anéis*, que seria publicado dezesseis anos depois; no ano anterior (1937) havia sido publicado *The Hobbit*, novela curta em que ele toma pela primeira vez posse da Terra-média. Nós, seus entusiastas, que não queremos ser desterrados definitivamente desse discutível paraíso, esperamos com ansiedade a publicação de sua grande novela póstuma *The Silmarillion*. Hoje existem já versões espanholas de quase toda a obra de Tolkien.

VERNE, J., Nasceu em Nantes em 1828 e faleceu em Amiens em 1905. Licenciou-se em Direito e trabalhou como corretor da Bolsa, até se dedicar por inteiro à literatura. O entusiasmo despertado por sua obra proporcionou-lhe fama e riqueza. Muito mais interessante que suas celebradas faculdades antecipatórias dos avanços da ciência é seu instinto seguro para farejar os arquétipos míticos que tais avanços recuperariam. Talvez ninguém tenha sonhado com *os espaços* e *os instrumentos* com rigor mais feliz. Além das duas obras comentadas neste livro, devemos lembrar *Cinco semanas num balão, Os filhos do capitão Grant, Dois anos de férias, Héctor Servadac, A ilha misteriosa, Um capitão de quinze anos, Da Terra à Lua, Miguel Strogoff*....

WELLS, H. G., Escritor, jornalista e divulgador de assuntos científicos, históricos e políticos. Nasceu em Kent em 1866 e faleceu em Londres em 1946. Sua obsessão regeneracionista – "o futuro da Humanidade é uma corrida entre a educação e a catástrofe" – não valeu maior vigor nem fantasia a suas parábolas sociopolíticas, das quais hoje o que apreciamos são as boas intenções do autor. Além dos dois livros aqui comentados, devemos lembrar *A ilha do doutor Moreau, O homem invisível, A máquina do tempo, Cuando el durmiente despierta,*

Doce historias e un sueño, *Kipps*... A Editorial Plaza e Janés, em sua coleção "Clásicos del siglo XX", publicou algumas *Obras escogidas* essenciais.

E como última saudação a todos os mencionados de passagem que poderiam ter ocupado muitas páginas, aos esquecidos, aos injustamente postergados, por motivos que tanto a razão como o coração ignoram, aos que caíram fora do livro, vai se saber por quê:

RUDYARD KIPLING, incomparável criador de *Mowgli* e de *Kim*; sir HENRY RIDER HAGGARD, que me contou a portentosa aventura de Allan Quatermain em *As minas do rei Salomão* e como a beleza da bruxa centenária se dissipou na chamejante fonte da Vida; EDGAR RICE BURROUGHS, a quem devo a grande silhueta ágil de Tarzan e tantas peripécias assombrosas em Marte e Vênus; JAMES OLIVER CURWOOD, cujas biografias de animais me parecem estupendas, comparáveis até a *Caninos brancos*, de London; JAMES FENIMORE COOPER e seus românticos moicanos; sir WALTER SCOTT, o Mago do Norte, cujo *Ivanhoé* ou *O talismã* foi imperdoável não comentar; a facúndia mosqueteira de ALEXANDRE DUMAS; GASTON LEROUX, cujo enamoradiço Rouletabille – quem poderia ter esse nome! – descobriu que o assassino impossível do quarto amarelo era seu próprio pai, tal como Freud o teria avisado se tivesse sido consultado; os inesquecíveis bandidos generosos, como Dick Turpin lutando contra os mil chefes de Polícia que o perseguiam, ou o refinado Arsène Lupin, que nos foi presenteado por MAURICE LEBLANC; as lendárias viagens de MARCO POLO, minucioso na crônica do incrível porque diferente, cujo mundo veneziano já nos é quase tão desconcertantemente exótico quanto o de Kublai Khan de que nos falou; os muito sérios exilados no jardim-de-infância por um mundo adulto que se negou a ouvir sua metafísica (HERMAN MELVILLE), sua sátira (JONATHAN SWIFT) ou seu alucinante humor (LEWIS CARROLL); os floretes e as máscaras de RAFAEL SABATINI, JEAN RAY e sua caterva de fantasmas flamengos; os terríveis meninos insones de MARK TWAIN, talvez o mais feroz pessimista da literatura moderna; os aventureiros juvenis do CAPITÃO MARRYAT; o inventor de Conan, ROBERT E. HOWARD, que se suicidou aos vinte e nove anos para não ver a mãe morrer, e todos os seus irmãos de espada e bruxaria: FRITZ LEIBER, MICHAEL MOORCOOCK...; os caçadores de plantas e as lentas caravanas de MAYNE REID; os maiores da ficção científica, como RAY BRADBURY e seus nostálgicos náufragos marcianos, ou ISAAC ASIMOV; ARTHUR C. CLARKE, filósofo e poeta das inesgotáveis promessas da técnica, que fará do homem algo mais ou menos que um homem; e, *last but not least*, os autênticos e puros narradores de contos, como CHARLES PERRAULT, IRMÃOS GRIMM, ANDERSEN ou os anônimos fabuladores que sonharam com Simbad e Aladim durante *AS MIL E UMA NOITES* da infância perpetuamente perdida e recuperada.

IMPRESSÃO E ACABAMENTO
Yangraf Fone/Fax: 218-1788